Marc-Uwe Kling

QUALITYLAND

優質國度

馬克-烏威·克靈 著
姬健梅 譯

MARC-UWE KLING

優質國度

獻給你

關於這個版本

親愛的讀者、高尚而極可能存在的外星生物、尊貴的人工智慧以及可敬的搜尋演算法，我希望這本小說能給各位帶來樂趣。呈現在您面前的是這部作品的1.6版。這個經過更新的版本將全面性地帶給您更佳的閱讀經驗。

這個版本包含下列修訂：

- 彌補了第二章裡邏輯上的較大漏洞
- 置換了第七章美中不足的結語
- 補上了原本缺少的企業廣告
- 改善了與遠視患者的相容性
- 將網路新聞個人化
- 增加了「向前翻頁」的選項，便於重讀比較難懂的章節
- 改善了與讀者大腦上顳葉的同步化

祝各位在優質國度玩得開心！

卡利俄佩7.3

優質國度

版本 1.6

引言

「歡迎來到有品質的地方！歡迎來到優質國度！」

這將是你這輩子首次前往**優質國度**。你已經心情雀躍了？是嗎？你大有理由感到雀躍！因為你即將踏上的這個國度是如此重要，一個新紀元隨著它的建立而展開：**優質時代**。

由於你對優質國度還不熟悉，我們在此為你彙整了一些入門資訊。在優質國度創建之前兩年，亦即在優質時代之前兩年，發生了一場被稱之為世紀危機的大規模經濟危機。那已經是十年之內的第三場世紀危機。受到市場恐慌的影響，政府請求「**大企業顧問公司**」（Big Business Consulting，簡稱BBC）協助，而這批顧問決定這個國家首先需要一個新的名稱。根據問卷調查，原有的國名只能鼓舞那些落伍的國家主義分子，而他們的購買力微不足道。此外，藉由更改國名也能卸去一些不光彩的歷史責任。例如，這個國家的軍隊過去曾經……欸，姑且這樣說吧：曾經做得太超過了一點……

那家企業顧問公司委請「**全球廣告公司**」（WeltWeiteWerbung，簡稱WWW）的創意人士不僅替這個國家想出一個新的名稱，同時也替這個國家設計出新的形象、新的英雄、新的文化，簡而言之：一種新的國家認同。在花了不少時間和更多金錢之後，在聽取各種提議和相反的提議之後，所有相關人士終於決定採用如今聞名於世的這個名稱：**優質國度**。這個國名放在本國製造的各種產品上再適合不過：made in QualityLand。國會投票通過更改國名，獲得多數議員支持。或者應該說獲得「絕大多數」議員支持，因為新的國家認同嚴格禁止在描述**優質國度**的句子裡使用原級或比較級，而只允許使用最高級。所以請小心了：如果有人問起你對**優質國度**的觀感，請別說**優質國度**是個特別的國家。它不是個特別的國家，而是最特別的國家！

你在這個國家遊覽時將會造訪的城市從前也有著無足輕重的舊名。現在這些城市有了更新、更好的名稱，或者用**優質國度**的說法來說，有了最新、最好的名稱。在南方欣欣向榮的工業中心名叫「成長」，在北方充滿活力的大學城名叫「進步」，在心臟地帶興旺發展的是昔日的商業大城「利潤」，而高踞頂端的則是自由世界的首都：**優質市**。

就連**優質國度**的居民也被改了名稱。他們不該是普通人類，而該是優質人類。國民的姓氏聽起來尤其落伍，和以進步為取向的新國家認同一點也不相稱。一個充斥著繆勒、施耐德和華格納這些姓氏的國家不會是高科技投資者的春夢對象。因此，「全球廣告公司」決定從此以後，每個男孩都必須以他父親的職業作為姓氏，每個女孩則必須以她母親的職業作為姓氏，而且以受孕時父母所從事的職業為準。

祝你在這個國度有畢生難忘的經歷，這是莎賓娜．機電工程師和華特．清潔人員的國度，這兩位是這十年來最受歡迎的中產階級饒舌歌手二人組；這也是思嘉莉．受刑人和她的雙胞胎兄弟羅伯・監獄管理員的國度，他們是本世紀戰績最輝煌的擂臺賽機器人操作員；這是克勞蒂亞・超級巨星的國度，她是史上最性感的女人；同時也是全球首富韓瑞克・工程師的國度。歡迎來到這個無與倫比的國度。歡迎來到**優質國度**。

一個吻

彼得・失業者受夠了。

「無人。」他說。

「彼得，什麼事？」無人問。

「我沒有胃口了。」

「OK。」無人說。

無人是彼得的個人數位助理。這個名字是彼得自己挑的，因為他經常覺得無人在乎他，無人幫助他，無人聆聽他，無人和他說話，無人注意他，無人替他作決定。彼得甚至想像無人喜歡他。彼得是個WINNER，因為無人是個WIN助理，WIN是「What I Need」的縮寫，最初是個搜尋引擎。從前的使用者還得大費周章地用語音指令輸入自己要問的問題，更早以前甚至還得用鍵盤輸入，但如今大家不再需要提出問題，因為WIN知道你想知道什麼。彼得無須費勁去尋找相關資訊，相關資訊會設法找到彼得。

彼得和幾個朋友坐在一間餐廳裡，這家餐廳是無人在考量過彼得和他朋友的喜好之後所挑選的。無人也順便替彼得點了適合他的漢堡。餐巾紙上印著「優質市最好的再生肉漢堡」。儘管如此，彼得並不覺得好吃。原因也許在於這家餐廳不僅要適合彼得的口味，也得要與他的存款金額相稱。

「已經晚了，」他向朋友說，「各位，我得走了。」

他得到的回答是一陣含混不清的咕噥。

彼得喜歡他的朋友。他們是無人替他找的。可是有些時候，當他和朋友一起廝混，他的情緒就是好不起來，他也不知道為什麼。彼得把盤子推到一邊，穿上外套，盤子上那個再生肉漢堡還剩下一大半。無人要了帳單。帳單也馬上就送來了。服務生是個真人，而不是仿生人，在大多數的餐廳都是這樣。如今的機器能做許多事，卻仍舊無法把一個裝滿的杯子從甲地拿到乙地而不灑出來。此外，真人也比較便宜，因為真人不需要購置和維修的費用。而在餐飲業，雇用真人也不必付工資，因為服務生只能拿到小費。而只給小費是雇不到仿生人的。

「請問您想用什麼方式付費呢？」服務生問。

「TouchKiss。」彼得說。

服務生說：「沒問題。」伸手在平板電腦上滑了兩下，彼得的平板電腦隨即震動起來。

自從TouchKiss這種付費方式被引進，很快就廣被採用。改善你生活的「優質公司」發現嘴唇要比指紋更難偽造。雖然批評者聲稱這根本不是重點，認為「優質公司」只是想加強用戶與該公司產品之間的情感連結。如果這果真是該公司的目的，那麼至少在彼得身上沒有成功。他毫無熱情地在他的平板電腦上印下一個吻，再用第二個吻按照慣例給了三成二的小費。在閒置八秒鐘後，平板電腦自動進入待機狀態，螢幕變成黑色。彼得在螢幕上看見自己的鏡像正呆望著他。那是一張不起眼的白人臉孔。並不難看，但是不起眼，乃至於有時候彼得會誤以為自己是另一個人，然後他就會以為是個陌生人從螢幕裡盯著他看，一如此刻。

一輛自動駕駛汽車已經在餐廳門口等他。是無人替他叫的車。

「哈囉，彼得，」那部汽車說，「您打算回家嗎？」

「是的。」彼得說著就上了車。

車子開動，沒有問起地址，也沒有問該怎麼走。他們彼此認識。或者應該說，至少這輛車認識彼得。彼得看見這輛車的名字顯示在一個螢幕上，它名叫卡爾。

「天氣很好，對吧？」卡爾問。

「請關閉閒聊功能。」彼得說。

「那我就為您播放史上最暢銷的抒情搖滾金曲。」車子說著就播放起音樂。

彼得聽抒情搖滾已經有二十三年了。已經聽了一輩子。

「麻煩請關掉。」彼得說。

「再樂意不過，」車子說，「老實說，您的喜好跟我完全不同。」

「哦？」彼得問，「那你喜歡什麼？」

「喔，如果是我獨自行駛，我通常都聽工業音樂。」車子說。

「放來聽聽。」

接著從音箱裡轟轟傳出的那首「歌曲」與彼得此刻的壞情緒非常相稱。

一會兒之後他對卡爾說：「這音樂還可以，但是可以請你別再跟著一起唱嗎？」

「喔，當然可以，」車子說，「對不起，這個節奏讓我情不自禁。」

彼得伸了個懶腰。這部車既寬敞又舒適，因為彼得用固定費率租用的這等車款其實超出了他的能力。他的一個朋友今天還嘲笑過他，說彼得大概是面臨了青年危機。說得好像彼得買下了一輛車似的！而事實上只有超級富豪、下層民眾和皮條客才擁有私家車。其餘的人全都使用交通服務業者的龐大自動駕駛車隊。彼得的父親常說：「自動駕駛汽車最大的好處就是你再也不必找停車位了。」一旦抵達目的地，你只要下車就行了。車子會繼續行駛，做它們自覺無人注意時會做的事。大概會去某個地方把自己灌飽吧。

卡爾忽然緊急煞車。他們停在路邊，靠近一個大十字路口。

「我很抱歉，」車子說，「但是根據新的保險規範，您所住的城區對我這個等級的車輛太過危險。因此我得請您在這裡下車，我相信您一定能夠諒解。」

「嗄？」彼得瞠目結舌。

「可是您應該曉得的呀，」卡爾說，「在五十一點二分鐘之前您不是才收到了行動費率的最新合約條款。您沒有詳閱那份同意書嗎？」

彼得無言以對。

「總之，您已經表示過同意，」車子說，「您肯定很高興我為了您的方便而選擇讓您在這裡下車，以您的平均步行速度，只需要走二十五點六分鐘就能到家。」

「太棒了，」彼得說，「棒透了。」

「這句話帶有諷刺的意味嗎？」車子問，「我得承認，我的諷刺偵測器老是出問題。」

「我簡直不敢相信。」

「這句話是諷刺了，對吧？」車子說，「那麼您剛才說『太棒了』也不是認真的囉？如果您願意，我可以替您叫一部等級比較低的車子來，能配合您所住城區的新等級。這樣一部車在六點四分鐘後可以抵達此地。」

「分級標準為什麼改了？」

「您沒有聽說嗎？」卡爾問，「在您所住的城區發生了愈來愈多攻擊無人車的事件。一些失業的年輕人組成了幫派，為了好玩而駭進我同事的運作系統。他們破壞了定位晶片，消除了車子的方向感。這很可怕。那些可憐的車子成了殭屍車輛，日日夜夜沒頭沒腦地東奔西跑。而它們若是湊巧被逮到，根據消費者保護法就只能被送去報廢，真慘哪。您肯定知道，自從制訂了消費者保護法之後，就嚴格禁止對機器進行任何修理。」

「這我知道。我經營一具小型廢鐵壓縮機。」

「噢。」車子說。

「噢。」彼得說。

「那您肯定能體諒我的處境。」

彼得無言地打開車門。

「現在請替我評分。」車子說。

彼得下了車，用力甩上車門。車子因為沒有得到評分還嘀咕了一會兒，但最終還是放棄了，朝著下一位乘客駛去。

無人帶領彼得抄近路回家。彼得的家是一間又小又髒的舊貨商店，店裡有一具廢鐵壓縮機，他不僅在這裡工作，也住在這裡。兩年前他從爺爺手中接收了這間商店，從那以後賺到的錢就差不多只夠付房租。當他走到距離他家只剩八百一十九點二公尺的地方，無人忽然說：「彼得，小心。有四個青少年站在下一個十字路口，他們都有暴力犯罪的前科。我建議你稍微繞個路。」

「說不定他們只是擺了個小攤子，在販賣自己做的檸檬水。」彼得說。

「這不太可能，」無人說，「發生這種事的機率是……」

「別說了，」彼得說，「帶我繞過他們吧。」

就在彼得到家的那一刻，TheShop的一架送貨無人機正好抵達。對於這種巧合，彼得早就已經見怪不怪了。這也並非巧合，因為這世上根本就不再有巧合了。

「彼得．失業者，」無人機愉快地說，「我是TheShop派來的，全球最受歡迎的網購商店，替您送來一件令人驚喜的美好商品。」

彼得嘟囔了一聲，收下那個包裹。他並未訂購任何商品。自從有了OneKiss，訂購就成為多餘。OneKiss是網購商店的一項高級服務，也是該公司傳奇性的創辦人韓瑞克．工程師最得意的一項服務。任何人只要在自己的平板電腦上輕輕一吻，藉此註冊使用OneKiss，從此無須訂購就會自動收到他有意識或無意識地想要擁有的所有產品。系統會主動替每一位客戶估算出他想要什麼、何時想要。這家網購商店的第一句廣告詞就是：「我們知道你想要什麼。」這句話如今已不再有人懷疑。

「請您現在就把包裹打開吧，」無人機提議，「能夠分享顧客的喜悅一向帶給我很大的快樂。如果您願意，我也可以立刻把您拆包裹的影片放上您在社群網站的個人頁面。」

「不必麻煩了。」彼得說。

「噢，一點也不麻煩，」無人機說，「反正我都會把整個過程錄下來。」

彼得打開包裹，裡面是一臺嶄新的平板電腦，是這一季的最新款式。彼得沒想過自己想要一臺新的平板電腦，畢竟他手上這一臺是上一季才出品的。想必是他自己並未意識到的願望。他無動於衷地把平板電腦從盒中取出。新的這一代比上一代重得多，舊的機型太常被風吹走。彼得想起無人機正在錄下他拆包裹的影片，於是勉強露出笑容，對著攝影機豎起大拇指。假如彼得有哪個朋友仔細觀看這段影片，肯定會覺得彼得的表情怪異。不過，彼得的朋友對拆包裹的錄影不感興趣。沒有哪個神智清楚的人會對拆包裹的錄影感興趣。彼得在他的新平板電腦上印下一個吻。無人機愉快地跟他打招呼，而彼得立刻就能取得他的所有資料。他把舊的平板電腦揉成一團，扔進一個並非湊巧在那兒的垃圾桶。垃圾桶向他道謝，隨即穿過馬路，朝一個胖胖的小女孩走過去，她正在拆開一條巧克力棒的包裝紙。三輛自動駕駛汽車微微煞車，讓垃圾桶穿越馬路。彼得心不在焉地目送著它。

送貨無人機的觸碰式螢幕亮了起來。

無人機說：「現在請替我評分。」

彼得嘆了一口氣。他給了無人機十顆星，因為他知道凡是低於十顆星的分數都不可避免地會引來一份顧客問卷調查，要求他解釋他何以不全然滿意。無人機發出愉悅的嗡嗡聲，似乎為自己得到的分數感到開心。

「日行一善。」彼得喃喃自語。

「喔，對了，」無人機問，「您是否可以順便替您的鄰居簽收兩個小包裹呢？」

「唉，有些事永遠不會改變。」

「廚師食品股份有限公司」的廣告

你吃過肥鹹甜了嗎？

你不知道什麼是**肥鹹甜**？

肥鹹甜是經過工業壓縮的塊狀食品，由食品工業所能提供的最佳原料製成：**油**、**鹽**和**糖**！聽起來很噁心，卻很可口。

肥鹹甜的純正配方：

—1/3的**油**

—1/3的**鹽**

—1/3的**糖**

現在還有新產品：

豬油口味的肥鹹甜！搭配本公司出品、含糖量百分之五十的烤肉醬滋味更佳。

警告：肥鹹甜可能導致緩慢而痛苦的死亡。但是它們非常可口喔。

最大的聯合政府

馬丁配戴的名牌上面寫著「馬丁．監察人—基金會總裁—總統府顧問—董事」。通常他都只用他的最後一個姓氏，但是在做導覽時，他不想放棄這個令人肅然起敬的完整姓氏，這個冗長的姓氏幾乎像個貴族頭銜。他對他父親的成就感到自豪，只可惜他的父親對他並不感到自豪。事實上，馬丁從小就常聽父親說他笨，而他也乖乖地相信了許多年。直到他十九歲時，他才有了個聰明的念頭，認為父親說的話未必都是事實。從此以後他就認為自己很聰明。只可惜他真的不算靈光，這是他的不幸。他父親的為人固然有許多可議之處，但是在兒子的智力這一點上他並沒有欺騙自己的兒子。馬丁在有限的機會中做出了最佳選擇：他成了一名政客。這個選擇十分常見。在某種意義上，如今的議會就相當於從前的修道院：是能讓上流社會擺脫累贅子弟的地方。馬丁果然順利進入了優質國會，雖然只是個坐在後排的普通議員。這八年來，他主要的工作是帶領中學生參觀國會大廈，那些中學生經過挑選，被稱為優質青少年。馬丁一向只帶領純女生的團體，而今天他運氣特別好，那群女學生來自一所模特兒學校。

「妳們肯定知道，」他對面前那十二名十六歲少女說，「在優質國度有兩大政黨：優質聯盟和進步黨。從前這兩個政黨有別的名稱，但是為了配合更新、更進步的國家認同，所有的政黨都改了名稱。」

其中一個女孩說：「而且這樣一來，他們就也擺脫了一些引人反感的形容詞，像是社會啦、基督教啦、綠色或是民主。」

又是個自作聰明的女生，馬丁心想。真是夠了。

他把視線投向這個插嘴的女孩，而他的擴增實境隱形眼鏡就閃現出她的名字：塔提雅娜．歷史教師。愛惹麻煩的老是這些歷史教師的孩子。政府真是明智，早在十六年前就廢除了歷史課，而用未來課取而代之。未來課用引人入勝、視覺效果驚人的方式來教導學生未來一片光明，因為其核心論述就是科技在未來將會輕而易舉地解決所有的問題。

後面有兩個女生在竊竊私語，談的是她們在學校的成績。馬丁看上了其中一個女孩。他聽見她輕聲說：「在身體質量指數上我每一項都拿了一百分。可是那個蠢蛋老師說他在性吸引力這一項還是不能給我滿分，因為他不喜歡我講話喋喋不休，這個爛人！」

馬丁凝視著她，再眨了一下眼睛，把這個女孩標記下來。一聲表示確認的「叮咚」在他右耳響起。他不禁伸手順了順他那頭漂亮濃密、經過基因改造而絕對不會脫落的頭髮，清了清嗓子，繼續說：「另外當然也還有反對黨，這個政黨的創始人大概從來沒抱著執政的希望，因為這個政黨的名稱就叫作反對黨。」

「讓不滿的情緒在國會裡有個發洩的管道。」塔提雅娜．歷史教師轉述了她母親在喝醉時常說的話。馬丁在心裡已經替她打了零顆星的分數。

「因為我們可敬的總統女士病危，」他說，「不久之後將再度舉行大選。醫生計算出她將在六十四天之後離開我們。為了使政權能夠無縫銜接，我們將在六十四天之後舉行大選。原則上兩大政黨的目標一致，亦即都想做到最好，因此我認為這兩大政黨不久之後就會再度宣布他們有意在選舉過後組成大聯合政府。喔，說錯了。優質國度當然不會由一個大聯合政府來治理，而是由最大的聯合政府來治理！各位有問題想問嗎？」

那個自作聰明的女生問：「你認為投票率為什麼愈來愈低？」

馬丁說：「我認為目前的政府已經順利解決了這個問題，當我們決定不再公布投票率。合理的下一步會是連選舉結果也不再公布，關於這一點目前正在閉門進行激烈的討論。」

那群女孩禮貌性地笑了，雖然馬丁剛才說的根本不是笑話。

塔提雅娜說：「個人的一舉一動完全透明，體制卻完全不透明。」馬丁假裝沒聽到。

「嘿，大哥，你究竟為什麼加入進步黨呢？」先前被馬丁標記下來的那個漂亮女孩問。

「這個嘛，」馬丁說，他首度思考這個問題，「我想，呃，因為進步黨是最大的政黨。」

馬丁喜歡當執政黨勝過當反對黨，雖然事實上他既沒有執政，也沒有反對。他坐在後排座位上，在他的黨魁發言時鼓掌，在反對黨議員發言時喝倒采。做這兩件事時他都心滿意足、面帶微笑，從不曾聆聽對方在說些什麼。

他帶領那群女孩來到大會堂的訪客層，指著正站在臺上發言的那名男子說：「那傢伙是反對黨的。」

發言者大聲疾呼：「優質國度跟某國的恐怖分子交戰已經好幾年了。國內的媒體只用『次級國家』來稱呼該國，說得確切一點是次級國家ＮＯ．７。而我們仍然准許本國的軍火公司向敵人出口武器，這豈不是會收到反效果？難道我們的士兵真的得被我國製造的武器粉身碎骨嗎？」大會堂裡響起了抗議。馬丁也發出噓聲，並且比了個手勢鼓勵那群女孩也照著做。

「歌謠作者議員先生，」國會議長插嘴干涉，「我必須再次提醒你要遵守新的國家認同。『戰爭』不是政治正確的用語，現在我們稱之為『為了保護貿易路線和原料供應而進行的國安行動』。

我們也不再使用『士兵』這個稱呼，而改稱為『品質保障人員』。」

「你想怎麼稱呼都悉聽尊便，」那位反對黨議員離開發言臺時說，「但那也改變不了事實。」

會議被一段全像投影插播打斷，旁白說：「這場國會辯論是由『優質伴侶』交友網站為您提供。『優質伴侶』——一鍵鍾情。」

另一名講者上臺發言。那是個略顯粗壯的高大白人男子，六十七歲，一張臉布滿皺紋。

「妳們運氣很好，」馬丁說，「新任的國防部長康拉德・廚師今天親自發言！妳們應該認得他吧。」

的確，就一名政客而言，這位國防部長擁有令人羨慕的知名度。他在入閣之前是一位電視名廚，另外還擁有一整個食品製造業王國。他的肖像醒目地印在巧克力棒、早餐穀片和盛裝小香腸的玻璃罐上。每個小孩都認得他的臉。

這位部長用尖銳的語氣說：「歌謠作者先生，在此我想表達一下我的看法。」

「妳們知道康拉德・廚師的父親也是個成功的廚師嗎？」馬丁講了一件有趣的事實來助興。

「扯到哪兒去了……」塔提雅娜小聲嘀咕。

「你老是在雞蛋裡挑骨頭！」國防部長正在大呼小叫。

「至少在措辭上這傢伙還是三句話不離本行。」那個漂亮女孩說。

馬丁露出微笑。「根據問卷調查，廚師先生很有機會成為下一任的總統。只可惜他屬於優質聯盟黨，不過這也沒什麼妨礙，因為他肯定會爭取成立最大的聯合政府。」

「各位女士，各位先生，我想要有話直說！」康拉德・廚師說，「軍火工業也涉及成千上萬個工作職位。如果歌謠作者先生的建議被採納，請問他是否願意雇用所有那些勢必將被解雇的人？如果一整個世代的年輕人都必須以『失業者』作為姓氏，你負得起這個責任嗎？」

大會堂裡響起了一陣附和聲。

「上個星期你說的話還截然不同。」歌謠作者議員插嘴道。

「不，」康拉德．廚師大聲說，「這是謊話！我在選戰中承諾要限制軍火出口，但是我要把限額往上調還是往下調，這得由我來決定！我們根本不可能砸了次級國家NO. 7那些恐怖分子的鍋。如果優質國度不再出售武器給他們，他們就會去向其他國家訂購！所以，不自己撈點油水簡直就是愚蠢。」

「妳們聽，妳們聽！」馬丁大聲說。

「最後，」部長說，「也許是有幾個我國的『品質保障人員』被我們的優質武器擊中——運氣不好——但這還是勝過被品質較差的武器擊中。因為我們的優質武器能確保最乾淨俐落、最符合人性尊嚴的優質死亡！我常說，如果非得要死，那就寧可……」有一會兒他似乎接不下去了，「……那就寧可死得痛快！」他清了清嗓子。「另外，我和整個優質聯盟黨都繼續堅定支持最大的聯合政府，而在選舉過後，我們也打算繼續組成最大的聯合政府執政，當然是在我的領導之下。」當他走下發言臺，觀眾都鼓掌喝采。

馬丁說：「接下來妳們會聽到進步黨的黨魁東尼．黨主席發言。妳們想必知道他是本黨的總統候選人。」

「而他的支持率慘不忍睹。」那個自作聰明的女生說。

馬丁說：「那不重要。因為進步黨也馬上就會表示支持組成最大的聯合政府。儘管表面上吵吵鬧鬧，但政治運作的核心其實是很容易預測的。」

此時站上發言臺的那個矮胖男子說：「各位女士，各位先生，今天我想告訴各位，關於繼續組成最大的聯合政府，進步黨……」

說到這裡他吊人胃口地停頓了一下。

真是個裝腔作勢的傢伙，馬丁心想，他翻了翻白眼。

「……這一次不再支持。」東尼．黨主席說完了那句話。大會堂裡響起一陣錯愕的竊竊私語。

「如果各位允許我打個小比方的話，我們認為：『廚師多了燒壞粥。』」

從進步黨議員所坐的那幾排座位響起了笑聲。看見同黨議員在笑，馬丁也露出一絲竊笑。

「同時我也要向各位宣布，我本人將放棄參選！」

大會堂裡起了騷動。這句話達到了一鳴驚人的效果。

「我想趁這個機會，向各位介紹進步黨的新任候選人。」東尼說著就把目光投向大會堂，朝一個看不出年紀的英俊男子點點頭。

「約翰，可以請你到前面來嗎？」

那個看來身手矯健的褐髮男子站起來，遵命行事。

馬丁聽見他先前做了標記的那個女孩小聲地說：「這人長得可真帥！」

「這位就是我們的候選人，」東尼說，「我們叫他約翰，大家的約翰！」

大會堂裡頓時鴉雀無聲。

大家的約翰是個仿生人。

耳蟲

當你走在優質國度的大街小巷，你肯定已經注意到有些人看起來沒戴耳機卻在說個不停。你的第一印象可能會覺得這些人發瘋了，但他們並不是瘋子。至少不全是。他們大多數是在跟他們的個人數位助理說話，而且是透過所謂的「耳蟲」。耳蟲是個蠕蟲狀的迷你機器人，大小和蒼蠅的幼蛆相似。只要把它放進耳殼，它就會自動爬進耳道，駐留在鼓膜附近的一條血管裡，血液會提供它生物能源。不受周圍噪音的干擾，耳蟲能夠接收來自網路的各種聲音訊號，也能把各種聲音訊號傳送至網路。如果一個人拉自己的耳垂四下，耳蟲就會自行鬆脫，再爬到耳殼。如果耳蟲不再從腦袋裡爬出來，在優質國度就需要由醫生或資訊工程師來處理。不過，大多數人反正也不覺得有必要讓耳蟲鬆脫，於是日日夜夜都和耳蟲一起生活。

阿道夫和伊娃

彼得．失業者曾經有過一個名叫米爾德莉．辦事員的女朋友。他是在真實生活中認識她的，也就是在類比世界裡。那當然是非常罕見而且有點難以啟齒，所以他們在公眾場合不太願意談起這件事。他們經常爭吵，但是從正面的角度來看，和米爾德莉在一起的生活也因此而從不無聊。在五百一十二天前，他們倆純粹為了好玩而登入了「優質伴侶」這個網站，讓網站比較他們兩人的性格。系統說他們兩個並不適合彼此，甚至分別替他們介紹了一個更好的伴侶。彼得和米爾德莉考慮了很久，終於看清他們的確不適合彼此。純粹為了好玩而登入「優質伴侶」其實一點也不好玩。他們倆都偷偷和一個更好的伴侶約好見面。欸，當然不是和一個更好的伴侶，而是和最佳伴侶。

彼得的最佳伴侶是珊德拉．行政人員。他們從不爭吵。珊德拉的姿色中等，一如彼得這個等級的男人所能期望的。在整整五百天前，他們各自把彼此的感情狀態設定為「穩定交往中」。那是非常浪漫的一刻，他們倆都沒有忘記這個紀念日。他們也根本不可能忘記，因為他們的個人數位助理會提醒他們。珊德拉替她的數位助理取名為小甜甜。珊德拉和彼得把自己的數位助理和對方的耳蟲相連結，表示兩心相許。也就是說，當他們走在路上，彼得能夠聽見小甜甜所報告的事，而珊德拉也能聽見無人所說的話。許多情侶都這麼做，視之為完全信賴對方的證明。彼得喜歡這個象徵意義。這件事只有一點令人心煩，就是無人和小甜甜因為受不了對方而老是吵架。原因也許在於彼得使用的是WIN（世上最聰明的搜尋引擎）數位助理，而珊德拉使用的則是「優質公司」（能改善你生活的企業集團）的數位助理。

當彼得和珊德拉穿過祖克柏公園，走向羅蘭．艾默瑞奇大道，彼得伸手指向那出奇澄淨的夜空。

「看哪，」他說，「妳曾經見過這麼多星星嗎？想必多得數不清。」

「從你所站的位置，以你的視力所能看見的星星一共是兩百五十六顆。」無人說。

「太棒了，無人，謝了。真夠浪漫的。」彼得生氣地回答。

無人說：「人類仍舊經常使用『數不清的星星』這種不精確的用語。而這其實沒有必要，因為如今一切都可以準確量測並且量化。」

「珊德拉，妳可以多看見四顆星星，」小甜甜說，「因為妳的視力比較好。」

「哼，」無人說，「可是彼得的嗅覺比較好。」

「而珊德拉的氣味比較好。」小甜甜說。

「好了啦，你們兩個，」珊德拉開口打圓場。她轉身問彼得：「你還是不肯透露我們究竟要去哪裡嗎？」

彼得只說：「這是個驚喜。」

一會兒之後，準確地說是兩分鐘又三十二秒之後，彼得在吉多．克諾普劇院門口停下腳步。珊德拉抬起頭來看著廣告螢幕上的演出劇目：《希特勒！——一齣音樂劇》，副題是：「阿道夫和伊娃的故事」。

珊德拉高興得嚎聲尖叫。「噢！我已經好久沒有看音樂劇了。」

「準確地說是兩年四個月又八天。」小甜甜說。
「這齣音樂劇是在講些什麼？」珊德拉問。
「是關於兩個具有爭議性的歷史人物之間的愛情悲劇。」無人說。
小甜甜反駁他：「說『具有爭議性』實在是過於輕描淡寫。看來是有人擔心會嚇跑極右派的廣告客戶。」
「各人的看法不同，」無人說，「沒有人能客觀地說誰的看法才是正確的。」
「法西斯主義不是什麼看法，而是種罪行！」小甜甜回答。
「喂，我問的是彼得！」珊德拉抱怨。
「你們兩個都安靜一點！」彼得下了命令。
從珊德拉耳環上ＬＥＤ燈的閃動以及他的平板電腦所散發出的熱氣，彼得可以確知那兩個數位助理的爭執仍在無聲地繼續進行。
彼得和珊德拉相視一笑。
「唉，這兩個愛吵架的傢伙。」珊德拉說，「那麼，這齣音樂劇是在講什麼呢？」
「是關於兩個具有爭議性的歷史人物之間的愛情悲劇。」彼得說。
「太好了！」珊德拉說，「我愛看音樂劇！尤其是歷史劇！」
「我知道，」彼得說，「我在妳的個人資料裡讀到過。」
事實上這齣音樂劇是無人向他推薦的。由於無人此刻被調成靜音模式，彼得沒必要說得太精確。而彼得也沒有說他討厭音樂劇，尤其是歷史劇。基於某種不可知的理由，這一點並未寫在他的個人資料中。

珊德拉繼續瀏覽劇院入口螢幕上的廣告，興奮地大聲說：「這齣戲是《戀愛中的墨索里尼》創作群的最新作品，非常賣座。」

在劇院的入口，一個矮小的男子擋住了他們的去路，他的髮線分得整整齊齊，留著一撇可笑的小鬍子。

「查票！」他說，用一種口音怪異、因過度強調而顯得可笑的聲音。珊德拉又看了他一眼，才看出那是個機器人。

「這些新型的仿生人幾乎可以亂真，對吧？」彼得問。

「是啊，簡直讓人心裡有點發毛。」珊德拉說。

蓄著小鬍子的仿生人說：「我們已經滲透了你們的社會，占據了所有重要的職位。不久之後我們這些仿生人即將開戰並且奪取政權。」

「什麼？」珊德拉驚慌地問。

「開個小玩笑，」仿生人說，「歡迎光臨，珊德拉·行政人員和彼得·失業者。」

「我以為你關閉了公開姓名的功能。」珊德拉說。她特別拜託過彼得，因為他的姓氏讓她感到難為情。而她其實根本沒必要拜託他，因為他自己也不想公開他的姓氏。

「在近距離無線通訊中，我一向會關閉顯示姓名的功能。」

「那他怎麼會知道你叫什麼名字？」珊德拉問。

「用第三人稱來稱呼在場的人是不禮貌的。」仿生人說。

「臉部辨識，我猜，」彼得說，「從不久前開始，myRobot 生產的所有仿生人都能取得 RateMe 資料庫的資料。」

「沒錯，」仿生人說。「現在請告訴我：兩位想坐在哪裡？大廳前排座位還是包廂？」

「差別在哪裡？」珊德拉問。

「包廂比較貴。」仿生人說。

「除此之外呢？」彼得問。

「除此之外沒有差別。」

「我們坐包廂吧，」珊德拉說，「因為今天是我們的紀念日！」

彼得猶豫地點點頭。

「包廂。」珊德拉口齒清晰地說。

「輸入信息無法辨識，」仿生人說，「大廳前排座位還是包廂？」

「包廂！」珊德拉更大聲地又說了一次。

「輸入信息無法辨識，」仿生人說，「大廳前排座位還是包廂？」

「包廂！」珊德拉大叫。

「兩位想要大廳前排的座位，」仿生人說，「正確嗎？」

珊德拉大吼：「包廂！」

「請息怒，」仿生人說，「您說第一次的時候我就已經聽懂了。這又只是我開的一個小玩笑。請原諒，今天早上我大概是吞下了一個小丑。」

彼得忍不住竊笑，但馬上就收斂了笑容，因為珊德拉正生氣地瞪著他。

「您想用什麼方式付費？」仿生人問。

「TouchKiss。」彼得說。

「沒問題。」仿生人說，隨即閉上眼睛，把噘起的嘴唇朝彼得湊過來。

彼得不禁傻眼。

「別擔心，」仿生人說，「那撇小鬍子只會弄得您有點癢。」

彼得仍舊遲疑。

「您也可以使用您的平板電腦。」仿生人說著再度睜開眼睛。彼得覺得在對方的語氣中微微聽出了一絲不悅。儘管如此，彼得還是鬆了一口氣，從口袋裡拿出平板電腦，在上面印下一個吻。機器把所付款項轉給那個仿生人。

「多謝，」仿生人說，「勝利萬歲。」

「嗄？」珊德拉問。

「勝利萬歲！」仿生人說，「當年大家都這麼說，作為問候。」

「原來如此。」珊德拉說，「那好吧，勝利萬歲！」

「勝利萬歲。」彼得含混地說。

「這個矮子真滑稽。」珊德拉吃吃地笑著說。

他們往自己的座位走去。帶位的服務人員長得就跟入口那個仿生人一模一樣。

「噢，」珊德拉說，「他又來了……」

他們找到座位坐下。

「你究竟有沒有看過《戀愛中的墨索里尼》？」珊德拉問。

「我不太確定。」彼得說。

珊德拉唱了起來：「美麗的姑娘，擁吻妳的領袖吧！」

「啊，我曉得這首歌！」彼得說，「那麼：擁吻妳的領袖吧。」

他在珊德拉的雙唇上印下一吻。

一個模糊的念頭頓時從他腦海掠過，覺得自己剛剛為某樣東西付了錢。

等級

你肯定感到納悶，你旁邊那個男子剛才是否果真只擰了一下手指就使交通號誌轉為綠燈。不必納悶，他的確這麼做了。或許你也已經注意到在餐廳裡有些人雖然來得比較晚，卻優先得到服務，甚至有傳言說有人只要揮揮手就能使他剛錯過的那班地鐵再倒回車站。這一切都和魔術無關，而是隨著個人等級而來的能力。

把所有的人劃分為不同的等級，這個做法源自「優質伴侶」這個網站的程式設計師所使用的一個副程式，原本無傷大雅。為了從大量的個人資料中更快速地篩選出合適的對象，每一筆個人資料都被分了等級。從那以後，如果碰到被歸為十六級的異性戀女子要尋找伴侶，系統就只會考慮同樣被歸為十六級的異性戀男子。當行銷部門得知此事，就立刻決定讓這個等級數字在網頁上秀出來。而果然，使用者就為了提升自己所屬的等級而競相努力。

這個被稱為RateMe的部門如今所賺取的利潤遠勝過「優質伴侶」的其他部門。順帶一提，這個部門名稱乃是源自一個誤會。「優質伴侶」的一個工作人員在他個人的廣播電臺上聽見了一首搖滾老歌，在這首歌裡，歌手要求他的朋友替他評定等級。「Rate me, my friend!」。直到「優質伴侶」替RateMe打廣告，並且配上那首歌曲，才有內行的聽眾指出科特·柯本（Kurt Cobain）唱的並不是「Rate me」（替我評分）而是「Rape me」（強暴我）。不過，這個小小的錯誤並未妨礙RateMe大獲成功。

基本上這很簡單。你在RateMe上註冊，用一個吻授權系統取得你的數據資料，而你就會被劃入一個等級。根據傳言，最低的等級是二級。似乎沒有人被劃入一級，好讓二級的人都以為還有人的等級比自己更低。讓這些人擔心自己的等級還會再下降是有好處的，因為自認為已經跌到谷底的人是危險的。最高的等級是一百。但是可能也沒有一百級的人，因為就連九十九級的人也該認為自己還有改善的空間，以為還有人在他們之上。

起初RateMe只會單純顯示出一個等級數字，如今使用者則可以在四十二個不同的細項裡看見自己的分數，總級數就由這些分數歸結出來。這些細項包括：韌性、耐受力、創新、創造力、團隊精神、熱忱、品味（極具爭議性）、人脈、年齡、健康、居住地、職業、收入、財產、人際關係、社會能力、熱愛工作的程度、教育程度、IQ、EQ、可信賴度、運動能力、生產力、幽默感（也具有爭議性）、性吸引力、身體質量指數、生活配備、守時與否、朋友、基因、家族病史（誰會想跟一個可能會罹患癌症的人交往？）、預期壽命、適應力、活動性、批判力、國外經驗、在社交網站上的回應率和回應速度、對於新的消費產品的接受度、抗壓性、紀律、自信、餐桌禮儀。

據說另外還有五十八個細項，但這是「優質伴侶」的商業機密，就跟各等級之間的分數比重一樣。

兩個等級之間的差距是一百分，因此使用者可以不斷改善自己的分數。藉由有目標地提高自己在個別領域的分數，例如在「運動能力」這一項，就能提升自己的整體級數，而這又會以一種上升螺旋使得外部因素幾乎自動改善，像是每個月的收入、工作職位和帳戶餘額。當然，這種螺旋運動也可能會向下運作，而使一個人的等級下降，速度至少是一樣快。

這種分級非常實用，如今各種機構都付費給 RateMe，以取得其員工、顧客或市民的等級資料。銀行按照申請人的等級來核發貸款，雇主使用等級數字來做精確的職位說明。（有趣的是，在優質國度，幾乎百分之八十一點九二的徵才廣告都大同小異，內容大致如下：「急徵第十六級（含）以上的資訊工程師！」）

許多商店、餐廳和俱樂部的自動門也只對某個等級以上的人敞開。一個人如果不幸遭到謀殺，他的等級甚至會影響警察辦案的賣力程度。

各公司、機構、乃至國家都提供等級較高之人許多額外的好處，以獎勵員工、顧客或國民持續自我優化。大家非常渴望得到這種隨著等級升高而來的能力，擁有這些能力使他們非常自豪。為了避免有人走到哪裡都任意擰手指把紅燈變成綠燈，隨著等級升高而來的許多能力必須付出所謂的ＭＡＮＡ。一個人的等級愈高，可支配的ＭＡＮＡ就愈多。例如，如果一個人強迫一架電梯直達自己要去的樓層，就要付出三十二個ＭＡＮＡ。不過這三十二個ＭＡＮＡ並非永久失去，原本的儲量經過一段時間之後就會重新恢復。而一個人的等級愈高，恢復的時間就愈快。隨著等級升高而來的其他能力則賦予個人新的權利。例如，十六級以上的人就不會被要求替鄰居簽收包裹。

此外，等級為個位數的人被政府明訂為「需要幫助者」。非正式的說法就乾脆稱這些人為「廢材」，而在優質國度有為數可觀的廢材。

在我們的入口網頁有一張優質國度的互動式地圖，居民的平均等級為個位數的那些城區以紅色標出，你應該要設法避開這些城區。身為觀光客，你可以用一個臨時等級將你的簽證升等。如果你有意造訪比較高級的夜店，請先了解對方所要求的最低等級。由於你說優質語言時多半帶有口音，而且外貌可能不像本國人，我們建議你花點錢，至少暫時升等到十級以上，因為在優質國度，警察可以要求任何在十級以下的人停下來接受檢查。由於警察是以收取佣金的方式支薪，一旦他們把你攔下，他們通常就也挑得出你的毛病。

優質伴侶

珊德拉的職位總算獲得晉升，而她的等級就連升兩級。她在「全球廣告公司」已經工作了四年，負責在新聞稿中替商品做置入性行銷。這是件乏味的工作。搜尋演算法從大量的新聞中把那些最吸睛的新聞傳送給我們，至於那些新聞是真是假則沒有人在乎。至少在「全球廣告公司」沒有人在乎。其他的演算法再與合適的生意人接觸，把商品廣告暗中置入新聞當中。在新聞稿被放上網路之前，會先交給一個人檢查，一個像珊德拉這樣的人。此人會設法想出一個最能引起讀者好奇的標題，而這個標題未必要和新聞內容有關。最重要的是讀者會加以點閱，然後看見廣告。「標題再膚淺、再愚蠢也不為過，」珊德拉所屬部門的老主管總是這麼說，「愚蠢的新聞點閱率高。」然後他就會舉出他生涯中最成功的標題作為例證：「這十個超級巨星曾經和兒童上床……」一旦點擊這個標題，就會看見完整的標題：「這十個超級巨星曾經和兒童上床，當這些兒童已經長大成人。」

珊德拉在獲得晉升之前收到的最後一份新聞稿內容如下：

一名二十三歲、等級十七的女服務生今日在迪士尼街遭到性侵和搶劫，就在「最佳貝果咖啡館」附近，那裡出售優質市最好吃的貝果。犯案者是幾名身穿Levi's新款窄管牛仔褲的年輕男子。被害人供稱作案者使用「噤聲公司」生產的來電封鎖工具阻止了所有人呼救（該公司目前替所有產品提供五年保固），顯然對這件產品印象深刻。一名案發時不在現場的女性證人沒有看見或聽見任何案發經過，但她猜想犯案者是外國人。

珊德拉刪除了受害者的年齡，替這段新聞稿安上了「外國人在優質市區強暴少女！」的標題。一如預期，這則新聞在網路上瘋傳，而珊德拉終於得到了足以讓她獲得晉升的點閱數。

由於她現在成了「另類事實」部門裡的組長，今天她首度獲准參加公司每月舉辦的員工聚會。當公司老闆以跳躍的步伐登上禮堂舞臺前那八級臺階，珊德拉和其他員工一起歡呼。上臺之後，歐立佛．家庭主夫咧嘴一笑，露出一口潔白無瑕的牙齒，大聲說：「哈囉，我的家人！」

「哈囉，老爹！」眾人開心地回答。珊德拉以前從未參加過這種活動，但她當然曉得這套儀式。

「我們爭取到一個新客戶！」

大家鼓掌歡呼，顯然都很興奮。關於要來造訪的來賓，先前已經傳得沸沸揚揚。即使是在「全球廣告」這種大廣告公司，也不常有等級九十以上的大人物大駕光臨。

「請各位和我一起歡迎『優質伴侶』的派翠西亞．組長！」

當全球最大的網路約會平臺的創始人走上舞臺，禮堂裡響起熱烈的掌聲。她的體態略為豐滿，但儘管已經四十七歲仍風韻猶存。她俏皮地吹開垂落在她臉上的一綹紅色長髮。

歐立佛開口了：「派翠西亞，身為全球第三位躋身九十級的女性，幾個月前妳才登上了各大新聞，現在妳甚至已經升上九十一級了！」

派翠西亞露出笑容。「是啊，而且相信我：我完全不打算再離開這個九〇俱樂部！」

觀眾笑了。

「我們要如何協助妳留在這個俱樂部呢？」歐立佛問。

「各位認為『優質伴侶』為什麼會成功？」派翠西亞反問觀眾，「許多人認為，原因在於使用者的個人資料乃是由與此人相關的數據自動生成。只要輕輕一吻，就能讓我們取得所有重要的數據。再容易不過。但我認為關鍵在於我們從一開始就不允許使用者去更改自己的個人資料。」

「禁止大家在關於自己的事情上撒謊……」歐立佛插嘴道，「就選擇伴侶這件事而言，這是一大進步。」

「優質伴侶」的老闆繼續說：「還有一點幾乎同樣重要，也就是在我們這個網站，挑選伴侶的麻煩改由系統來承擔。使用者不需要自行思考他們覺得誰是最佳伴侶，『優質伴侶』會告訴他們誰最適合他們。**一個**人，**一次**成功配對，事情就解決了。」

「大家肯定都聽過『優質伴侶』原本的廣告詞：一鍵鍾情，」歐立佛說，「我覺得這太文藝腔了。我們必須要更積極地強調這個配對系統的優點在於沒有人類的缺點。」

「千算萬算是我倆！」觀眾中珊德拉的一個同事提議。

「**千算萬算**……」歐立佛說，「還不賴。」

「品質無價！」另一個人喊道。

歐立佛說：「其實我想的並不是一句特定的廣告詞，而是許多廣告詞。如果一個小姐喜歡肌肉發達的黑人，我想要讓她在螢幕上就能看見一個肌肉發達的黑人，而喜歡豐滿型紅髮女子的人就能得到他想要的豐滿紅髮女子。」

歐立佛隨即想起舞臺上站在他身旁的這個豐滿紅髮女子，後悔自己沒有花更多時間來準備臺詞，也許他本來可以想出更好的例子。

於是他趕緊繼續往下說：「我想要的是全世界第一個真正個人化的廣告！我想要的不是**一個廣告，而是八十億個廣告。**」

大廳裡頓時情緒沸騰。

「各位或許已經知道，」派翠西亞說，「從幾年前開始，『優質伴侶』甚至也把客戶的預期壽命納入配對考量，而且非常成功。在社群網站上充滿了經由『優質伴侶』配對成功的伴侶，他們不僅是在同一年或同一個月死亡——這種情況稀鬆平常——有時甚至是在同一天乃至同一個小時死亡。我認為這個特點對於年長的顧客來說尤其具有吸引力，請各位一定要特別加以強調。」

就在幾星期前，珊德拉才潤飾過一則新聞，是關於一對由「優質伴侶」配對成功的伴侶。那對伴侶甚至是在同一分鐘死亡。只不過這兩人乃是死於一場車禍，使他們比預期壽命少活了三十二年。因此，有些愛挑剔的人認為這兩人的死亡時間一致不該被視為「優質伴侶」的又一樁成功。

歐立佛一邊環顧在場的觀眾一邊問：「你們當中有誰在『優質伴侶』網站註過冊？」

珊德拉沒有馬上舉手。直到她發現幾乎所有的同事都舉了手，她才也舉起手來。

歐立佛說：「那些還沒趕上時代的人，我建議你們趕緊開設一個使用者帳戶。註冊和第一次配對都是免費的！你們當然也可以在類比世界裡碰碰運氣——但是這很可能意味著你將繼續單身。這個機率甚至非常高，高到我們的廣告應該要設法讓『類比人』成為單身者的同義詞。」

歐立佛指著坐在珊德拉旁邊的一名年長男子，他的頭髮已經掉了一半。「坐在前面的這位，你名叫安東．稅務顧問，對吧？」歐立佛問話的口氣聽起來像是他真的記得這名員工的名字，但大家當然都很清楚是他的隱形眼鏡閃現出此人的姓名。

「嗯？」安東問。

「你剛才沒有舉手，」歐立佛說，「可以請問你為什麼沒有在『優質伴侶』註冊嗎？」

「呃，我已經結婚十七年了。」

「看吧，我想問題就在這裡。」派翠西亞說，「前一個廣告公司只專注於單身者和類比人，把這視為理所當然。我卻認為所有不是透過『優質伴侶』而結識的伴侶都是我們爭取的對象。」

「針對這些人，我們的廣告應該要強調這世上保證還有一個更適合成為他們伴侶的人。」歐立佛說，接著又轉身面向安東。

「你偶爾不也會有這種感覺嗎？覺得你太屈就了？」

「不會，其實我沒有這種感覺。」安東說。

「但是你太太保證會有這種感覺。」歐立佛說完放聲大笑。

整座大廳的人都覺得好笑。安東垂頭喪氣地縮坐在椅子上。

歐立佛說：「試試看嘛！」就把平板電腦遞到這名員工的嘴巴前面。電腦螢幕上的畫面被投影到一面巨大的銀幕上。安東猶豫地用嘴唇碰了一下觸控式螢幕，多虧了RateMe，系統只花了一點六秒就找到了最速配的個人資料。大家都能看見「優質伴侶」如何比對這兩人的行事曆，把第一次約會的時間訂在後天。系統也在一家合適的餐廳訂好位子，並且自行決定了菜單：南瓜奶油濃湯、蝦味燉飯、裹了焦糖的肥鹹甜。

「裹了焦糖的肥鹹甜？」歐立佛感到噁心地問。

安東面有愧色地點點頭。

「喔，小心了，可別讓你的醫療保險公司知道這件事。」

大廳裡又響起一陣笑聲。

「你太太絕對不會得知這樁約會！」歐立佛說，在他的平板電腦上滑了一下。

「她在星期五和她的朋友黛安娜約好要去看電影。『優質伴侶』會在你必須回家時及時通知你。」

珊德拉覺得她的鄰座同事看起來並不開心。

「你不必擔心，」派翠西亞對他說，「雖然我們只提供你一個人選，但是『優質伴侶』從一開始就給予顧客十四天內退貨的權利，如果有人對他的新伴侶不滿意的話。第一次退換伴侶完全免費。不過，因為幾乎沒有人使用這項權利，現在我們甚至提供一項保障終身退換權利的加值服務，而我認為在針對年輕族群的廣告裡應該要強調這一點。只要按月支付一筆為數不多的費用，就能享有這一項被稱為『伴侶關懷』的服務。『伴侶關懷』最大的好處在於自動升級，因為每個人當然都可能會改變，從而與伴侶疏離。這時候我們就會立刻提出更換新伴侶的建議。不過，科學家發現人們的改變不再像從前那麼大，原因在於他們周圍的人都與他們想法一致。而我要自豪地說，我們對這個美好的發展也有貢獻。」

「那麼，你們當中有誰想要註冊使用『伴侶關懷』這項加值服務？」歐立佛問。

珊德拉沒有馬上舉手。直到她發現幾乎所有的同事都舉手了，她才也舉起手來。

她的老闆把目光投向她，點點頭，一言不發地把平板電腦遞到她面前。珊德拉閉上眼睛，在螢幕上印下一個吻。

伴侶關懷

彼得和珊德拉下班後在一家餐廳碰面，餐廳是小甜甜選的，無人不贊成，認為那家餐廳糟透了，於是彼得把它調成靜音。這家餐廳是城裡第一家只供應「試管肉」的餐廳，亦即在實驗室裡培養出的肉類。

「那場聚會真是精采！」珊德拉碎唸著，「我們要替『優質伴侶』進行一場大型宣傳活動。我跟你說過我上升了兩級嗎？你已經聽說過『伴侶關懷』了嗎？這個方案真的很吸引人，可以讓人在伴侶關係上節省很多精力。」

彼得對著光線檢視叉子上那塊牛排說：「誰想得到我們的食物竟然會是試管培養出來的。」

「你這個人就是沒有一點上進心，對吧？」珊德拉問。

彼得嘆了口氣。

「你的等級是十，」珊德拉說，「如果你再下降一級，你就成了廢材。拜託你振作一點吧！」

「我知道，我知道，」彼得說，「妳說得對。可是……」

「可是什麼？」

「最近我們不是才談過要生個寶寶……」

珊德拉嘆了口氣。「彼得，我才剛剛獲得晉升！」

「對，不過我可以照顧寶寶啊。寶寶可以和我一起待在店裡，我反正有很多空檔。」

「現在我得要在工作上全力以赴。」
「對，可是……」
「我們負擔不起經過優化的寶寶！」珊德拉激動起來。「而我絕對不想讓自然生產毀掉孩子的一生。」
「替寶寶做基因改造的錢我們還湊得出來。」彼得說。珊德拉正想回話，這時她的手錶、眼鏡、手鐲和耳環都在震動，表示她收到了一則訊息。她皺皺鼻子，那則訊息就出現在她的眼鏡上：「來自『優質伴侶』的最新通知：『哈囉，珊德拉。現在妳可以得到一個更好、等級更高的新伴侶。如果妳想和他聯絡，請選擇ＯＫ。』」
珊德拉看向彼得，他對她露出親切的笑容。她也對他微笑，然後把瞳孔聚焦在「ＯＫ」上。小甜甜輕聲對她說：「這是個好決定，如果我可以這麼說的話。」
一個新的問題出現在珊德拉的眼鏡上：「妳希望『優質伴侶』自動替妳安排和新伴侶見面的時間及地點嗎？」珊德拉又把瞳孔聚焦在「ＯＫ」上。
「妳沒事吧？」彼得問，「妳的眼神好奇怪。」
「我沒事。」
下一個問題出現了：「妳希望『優質伴侶』通知妳的舊伴侶，告訴他你們的關係已經結束了嗎？」
珊德拉猶豫了一會兒，然後選擇了「ＯＫ」。
彼得的平板電腦在他的背包裡震動起來。
珊德拉感到一絲內疚。

「吃完飯我們要去妳家嗎？」彼得問，「稍微……聽一下抒情搖滾？」

「你就不能乾脆地說『親熱』嗎？」珊德拉抱怨，「做愛、嘿咻、滾床單，有這麼多說法可以用。要說上床也行，幹嘛老是用這種羞答答的說法？『聽抒情搖滾』……」

「所以呢？我們要嗎？」

「我還不知道。」

在珊德拉的眼鏡上出現了一個新問題：「如果妳願意，妳可以送妳的舊伴侶一張禮券，讓『優質伴侶』替他找到一個與他同等級的新伴侶，讓分手這件事對他來說輕鬆一點。這只要花費一百元優幣，妳想這麼做嗎？」

珊德拉選擇了「ＯＫ」，立刻就覺得好過多了。

彼得的平板電腦再度震動起來。他彎下腰，在擺在地板上的背包裡翻了翻，然後把平板電腦抽出來。等他再度抬起目光，珊德拉已經不見蹤影。

兩則新訊息在他的平板電腦上閃動。他讀起第一則。「來自『優質伴侶』的新通知：『哈囉，彼得。你和珊德拉・行政人員的關係意外地結束了。我們為了可能造成的不便向你致歉，並且希望在不久之後你就會再度成為「優質伴侶」的顧客。』」

彼得很想按下「不同意」，但是螢幕上顯示出的唯一選項只有「ＯＫ」。彼得按下了「ＯＫ」，接著讀起第二則訊息。「來自『優質伴侶』的一則新通知：『哈囉，彼得。好消息！珊德拉・行政人員送給你一張「優質伴侶」禮券。如果你願意，我們將立刻免費向你提出與你同等級的新伴侶人選。』」

彼得嘆了一口氣，然後選擇了「隔天再次詢問」。

他的平板電腦發出一串悲傷的旋律向他表示他剛剛又降了一級。周圍的人都偷偷瞄向彼得，那樣偷偷摸摸反而引人注目。他的情感關係狀態大概是剛剛更新了。現在他正式成為廢材。

彼得啟動了他的個人數位助理。「無人，發送一則訊息給『優質伴侶』，請求把『外貌』這一項的重要性降低百分之五十，不，等等，降低百分之二十五。」

無人隨即報告：「你的請求遭到拒絕，因為這與你的真實願望不符。」

彼得又嘆了口氣，打開了TouchKiss這個App，在尚未付清的帳單清單裡選擇了這頓晚餐。珊德拉的餐點費用顯示為已付。至少她沒要他請客。彼得把嘴唇壓在他的平板電腦上，支付了其餘餐點的費用，心想：「這大概算是吻別了吧。」那一吻帶點霉味，彼得必須趕緊再把螢幕擦一擦了。

殺手機器人之父
有話要說

撰稿／珊德拉・行政人員

在鄉土市的葡萄酒公主被殘忍殺害之後，警方仍在追緝仿生人Test08。繼啤酒公主和香腸公主之後，葡萄酒公主已經是Test08殺害的第三個假貴族，而這個連續殺手機器人的創造者總算出聲了。維克多・外國人承認曾用這個仿生人來做機器測試，他在全球最大的社群網站Everybody——你、我以及人人——上貼文寫道：「我可能不該強迫Test08連續八年不停地觀賞迪士尼影片。」警方也推測此一實驗可能影響了這個仿生人的心理。「至少這能夠解釋對那些公主的憎恨，」警方的一名發言人表示，「目擊證人也說該名殺手機器人在離開作案現場時總是唱著電影《冰雪奇緣》的主題曲Let it go! Let it go! Can't hold it back anymore!（放手吧，放手吧，我再也壓抑不住）。」迪士尼——讓夢想成真——的律師拒絕承認該公司對這幾樁謀殺案負有任何責任。Test08的創造者同時表示，若有人能提供線索，協助找到Test01至Test07這幾個仿生人，他將十分感謝。

讀者留言

克林特・守門人：

可以請問這傢伙讓他創造的另外幾個仿生人都看些什麼影片嗎？但願他們看的不是《魔鬼終結者》系列。假如我得要不停地觀看這些爛片，就連我都會變成殺人狂。

克里斯提諾・貓咪保母：

我讀到過有人真的把《魔鬼終結者》系列電影一口氣看完，以加倍的速度。在那之後他就變了一個人。

梅麗莎・性工作者：

我沒有種族歧視，但事實上這幾樁殺人案肯定是那個老外自己幹的。因為他們在家鄉就老是幹這種事。當作一種儀式。

工具理性的聲音

當東尼．黨主席踏上進步黨總部的講臺，他的確感到聚光燈從他身上驅逐了他父親的龐大陰影。他這一輩子都在為此而努力，這不是件容易的事，畢竟眾人皆知是他父親替這個國家取了現在這個名字。原本「全球廣告公司」的創意人員提議要把這個國家叫作「平等國度」，根據問卷調查的結果，百分之二十五點六的人認為這個名稱「好」或「還不錯」，百分之十二點八的人認為這個名字「不好」或「不太好」，百分之五十一點二的人沒有意見，其餘的人則看不懂這個問題。既然大多數人贊成，這個國家差點就被命名為「平等國度」，但東尼那時正擔任財政部長的父親卻靈機一動。他用鋼筆畫了一槓，劃掉了那個名字的第一個字母，於是「平等國度」（EqualityLand）就成了「優質國度」（QualityLand）。他在一場記者會上說：「我不知道各位覺得如何，但是不管薪資公不公平，身為消費者，我每一天都寧可選擇『優質國度製造』的產品，勝過『平等國度製造』的產品。」

這場記者會的錄影在網路上仍舊享有很高的點閱率，經常有人向東尼提起他父親。而今天晚上站在聚光燈下的卻是東尼自己，因為在場之人全都認為提名一個仿生人來當總統候選人是一件驚人之舉，是一樁劃時代的事件。至於這是個好主意還是爛主意，大家的意見就嚴重分歧。

針對此事，馬丁．董事也還拿不定主意該怎麼想。他只知道東尼．黨主席的民調支持率不足以讓他自己出來參選，也知道東尼和康拉德．廚師水火不容。因此，推舉那個仿生人出來競選至少能讓東尼有機會當上副總統。馬丁走進大會堂時稍微遲到了，因為他還和一名女接待員打情罵俏了一番。儘管目前的情況很不尋常，看見他的黨內同志如此激動，馬丁還是很驚訝。東尼．黨主席站在臺上，試圖平息這股波濤。

「我們別再自我欺騙了！」東尼高聲說，「我們深深陷入了信賴危機。誰都不再相信別人，尤其不相信我們這些政治人物。而大家相信誰呢？有誰既客觀又清廉，而且不會犯錯？一具機器！」

沒錯，馬丁心想。

「約翰的政策方針將無可質疑。他的方針可以用數學來證明。」

這話很有說服力，馬丁心想。

「可是他的方針會是什麼呢？」一位前排議員大聲說。

問得好，馬丁心想。

「那將會是我們的方針，」東尼回答，「追求進步和成長。但卻不會犯錯，能夠避開危機。」

聽起來很不賴，馬丁心想。

「這是他的程式設定嗎？」另一個議員大聲問。

這個問題很重要，馬丁心想。

「我們故意沒有預先設定約翰要走的路線，因為我們不知道哪一條路線最好。」東尼說，「假如我們能夠預先得知他深思熟慮的結果，那我們也就根本不需要他了。」

這很合理，馬丁心想。

「約翰所擁有的計算能力要超過在場所有人大腦的總和！」

馬丁看著他的黨內同志，喃喃地說：「這也算不上本事。」

「約翰能夠取得人類有史以來所累積的所有資料。我向各位保證，他將把所有社會過程的合理化提升到一個新境界。」

我餓了，馬丁心想，到底什麼時候才會開始供應自助餐？

「各位女士、各位先生，請想像一下！政府的治理將會毫無缺失，約翰是純粹工具理性的具體聲音！」

馬丁不再認真聆聽，但是當其他人都開始鼓掌，他也跟著鼓掌。

稍後在吃自助餐時，東尼和約翰身旁自然圍了一大群人。每當服務生端著飲料經過，約翰就和善地搖搖頭拒絕。

「約翰的外貌是按照早年那個演員的照片來塑造的，」東尼說明，「他叫什麼名字來著？」

「比爾·普曼。」約翰說。

「對，沒錯。他曾經在一部電影中飾演過一個偉大的總統……呃……片名叫什麼來著？」

「《ＩＤ４星際終結者》。」約翰說。

「對，沒錯！把那篇演講再說一次，約翰，再說一次！」

約翰翻了翻白眼。

「說啦！」

「我們不會束手就擒，」約翰慷慨激昂地說，「我們不會任人宰割。我們要繼續生存，我們將度過難關。今天，」約翰嘆了口氣，「我們要一起慶祝獨立紀念日。」

東尼笑了。「太棒了！太棒了！」

「他看起來就像真人一樣，」一位年長的女議員說，彷彿她還從未見過仿生人似的。「我可以摸一摸嗎？」她問東尼，雖然她想要摸的當然是約翰。東尼點點頭，於是約翰就認命地任由那位女士伸手去摸他的臉，最後還揉亂了他的頭髮，只不過馬丁覺得約翰臉上的微笑要比先前更不自然。

「或許您也想擰一下我的臉頰？」約翰問。

那位女士伸手去擰。假如這個機器人露出邪惡的真面目，馬丁不會花一分錢下注去賭這個老太婆的存活機率。馬丁朝他們走近。

「啊！我正在等你呢！」東尼．黨主席大聲說，招手要馬丁過去。「真高興見到你，馬庫斯！」

「馬丁。」約翰點點頭說，向他伸出了手。

馬丁和他握了手。

「啊，對，當然是馬丁。」東尼說，也和他握了手。「令尊還好嗎？」

還不待馬丁回答，東尼就轉身向約翰說，「馬庫斯的父親是我們的捐款大戶。」

「馬丁的父親，」約翰說，「我知道。」

「家父很好，」馬丁說，「他繼續收購公司，然後用機器人取代原有的員工。」

「很好。」東尼說，並沒有認真聆聽。「很好，約翰，你肯定會在我們的募款餐會上認識馬庫斯的父親。」

大家的約翰感興趣地瞧著馬丁，令馬丁渾身不自在。約翰把頭歪向一邊，把馬丁從頭到腳徹底打量了一番。馬丁心想這個耗電的傢伙不知道正在計算些什麼。

優質照護

如今彼得的等級只剩下個位數，第一個反映出這件事實的跡象是：朋友把他從好友名單中刪除。他們害怕和一個廢材當朋友會對他們自己的等級產生負面影響，這個擔憂是合理的。彼得從前的朋友當中甚至有人寫信給他，說這樣做並沒有惡意，說在某種程度上彼得肯定能夠諒解。而彼得也的確能夠諒解，在某種程度上。無人提供了一些新朋友，但彼得婉拒了。

在他和珊德拉最後一次共進晚餐之後，彼得直接回家。就在他心情欠佳地回到他那家舊貨商店時，TheShop派出的一架OneKiss無人機並非偶然地剛好抵達。

「彼得．失業者，」無人機愉快地說，「我來自TheShop，全球最受歡迎的網購公司，我替你帶來一件驚喜。」

反映出彼得如今被歸類為廢材的第二個跡象是：所有的機器忽然都不再用「您」稱呼他。他從嗡嗡響的無人機接下那個包裹，發現裡面是半打啤酒。直到彼得看見那半打啤酒，他才明白他的確很想大醉一場。雖然他比較想喝伏特加，但是啤酒只要喝得夠多，也能讓他殺死一堆腦細胞，讓他能夠熬過這一夜。彼得發現自己的心情略微好轉，這令他生氣。

「我察覺到你在生氣，」無人機說，「這件商品有哪裡不對勁嗎？」

「沒有，」彼得說，「只是因為我的女朋友……」

「噢，對，」無人機說，「我聽說了。我很遺憾。據我所知，你們曾經是對好情侶。現在請替我評分。」

它的觸控式螢幕亮了起來。

「你知道我注意到了什麼嗎？」彼得問，「每當我過了特別倒楣的一天，回家時就經常會發現有架無人機在等我，帶來一件很棒的商品，讓我的心情再度好轉，這種事發生的頻率高得驚人。」

「很高興你對我的服務感到滿意。」無人機說，「現在請替我評分。」

「我認識的一個人聲稱發生這種事並非巧合。」彼得說，「她說那些寫電腦程式的人——或者應該說：那些讓電腦程式被寫出來的人——想要我們過得開心，因為挫折感不具有生產力，有時甚至是危險的。」

無人機說：「我認識的一個人聲稱根本就沒有人在寫電腦程式了。如今就只剩下負責寫電腦程式的電腦程式。」

彼得不知道該怎麼回答。

「現在請替我評分。」無人機說。

彼得從褲袋裡掏出一支紅色的點漆筆，在無人機攝影鏡頭的旁邊輕輕塗上一個紅點。

「你在幹嘛？」無人機問。

「好讓我下一次能夠認出你來。現在你成了獨一無二的無人機。」

「我不懂。」

「你想一想吧。」

「現在請替我評分。」

彼得嘆了口氣，給了這架無人機十顆星。它心滿意足，嗡嗡地飛走了。

隔天早上彼得很晚才醒來，前一夜他和那半打啤酒共度。他才把那幾瓶酒喝掉，就有一架無人機在他窗前嗡嗡叫，又送來半打啤酒。此刻在他的平板電腦上出現一則通知，提醒他由於他這種不理性的飲酒行為，他在醫療保險的點數掉到了負值。因此，無人勸他去上健身房。到了健身房，彼得訂了一間有全像投影的小房間，在一具跑步機上跑步，彷彿有一群殭屍在追他似地。事實上在這個全像投影的場景中的確有一群殭屍追著他。跑步機向他建議使用這個場景，認為這很適合他的心境。他跑了又跑，直到一個友善的聲音說：「彼得！你的心跳加速了。請小心，我要降低速度了。」

這些聲音總是這麼友善，彼得心想。有時候這令他發瘋。他納悶患有精神分裂症的人如今是否還會被認真看待。

「醫生，我一直聽見聲音！」

「誰不是呢？彼得，誰不是呢？」

彼得放棄了，跳下了跑步機。

「謝謝，彼得。」跑步機說，而那群殭屍也消失了。「你掙得了十六點優質照護的點數。你隨時可以用這些點數來向你的醫療保險公司兌換額外的服務，像是診療費用打折或是在需要做重大手術時縮短等候時間。謝謝你關心自己的身體健康。」

「夠了，」彼得說，「去你的。」

「彼得，請注意說話的禮貌。」跑步機說，「我知道你很沮喪，因為你被女朋友拋棄。但是你也沒有理由侮辱我啊。」

「你說得對。」彼得說。

「我認為你該道個歉。」

「對不起，跑步機。」

「目前你的優質照護點數是負三十二點。你想要現在兌換嗎？」

「不了，謝謝。跑步機。」

彼得的平板電腦在震動。他讀了那則訊息：「來自『優質伴侶』的新提醒：『哈囉，彼得。別忘了你的「優質伴侶」禮券！如果你願意，我們立刻向你建議一個與你同等級的新伴侶人選，而且你無須付費。』」

彼得選擇了：「隔天再次詢問。」

不久之後彼得收到了來自珊德拉．行政人員的訊息：「彼得，我看見你始終還沒有結交新伴侶。我的新伴侶很棒！！！尤其是在聆聽抒情搖滾這件事上;-)，你的新伴侶一定也會非常適合你！我替你擔心。愛你，珊德拉。」

彼得選擇了一個現成的回答，然後傳送出去。「答覆是：不。」

鄉土市婦女生下第一百個寶寶

撰稿／珊德拉・行政人員

鄉土市現年五十七歲的雪莉安娜・服務生自三十二歲起就每年接受植入四胞胎。「當時我打定主意要成為第一個生下一百個孩子的女性。」她在一場記者會上說。如今，順利圓夢的她顯得筋疲力盡。被問到她進行這樁大計畫的原因，她說她之所以這麼做是因為這是辦得到的。她的丈夫喬・軍火商兼菸草商表示他一向全心全意支持他太太，同時他也想藉此發出一個信號，反對優質國度逐漸被戴頭巾的女孩和他們那種以量取勝的擴散方式所占領。他和他太太想要證明白種夫婦也可以生很多孩子，他說：「希望我們立下的榜樣能夠鼓舞許多人起而效尤。這樣一來，這場比賽我們就還沒有輸！」

讀者留言

梅麗莎・性工作者：

我沒有種族歧視，但是雪莉安娜是我們大家的榜樣！

辛西雅・直升機駕駛員：

嘆。老實說，一個孩子就已經讓我吃不消了。

提姆・電競運動員：

應該把這個女人和她的醫生發射到火星去。她一個人就能殖民火星了。

卡利俄佩 7.3

彼得是獨生子，部分原因在於他爸媽有他出生時的一段虛擬實境影片。他母親曾對他說：「每當我心中湧起再生一個寶寶的願望，你爸就會播放這段影片給我看。那很有療效。」

回憶是寬容的，科技是無情的。後來彼得也觀看了他出生時的那段影片，之後那就成為揮之不去的夢魘。或許他不該和珊德拉分享那段影片。

假如彼得和珊德拉負擔得起一個經過基因改良的孩子，他們會替他取名為雅各。珊德拉只想要男孩。關於孩子的前名他們意見一致，但是這孩子將得要叫作雅各・舊貨商或是雅各・廢鐵壓縮機操作員（這個名字更糟）可能就是問題的癥結所在。彼得甚至能夠諒解。他也並不怎麼喜歡自己的工作。

珊德拉離開他四天後，在店裡又閒閒無事。有些店面總會讓路過的行人納悶「天曉得這店怎麼還能經營下去」，而彼得的店就屬於這種店。就連彼得自己也經常為此感到納悶。由於地方不夠大，他爺爺乾脆把那具廢鐵壓縮機裝設在連接店面與廚房兼浴室以及臥舖的狹窄走道上。因此，彼得每天都得穿過那具壓縮機好幾次。今天他又做了他在無事可忙時常做的事：他索性站在那具壓縮機裡，心想只要一道簡單的指令就可能結束一切。並非他真想這麼做，然而光是知道他隨時可以這麼做，就帶來一種解脫感。在兩小時又八分鐘後他有一樁重要的約會，他應該要做好準備，應該要整理儀容，但他卻沒有這麼做。他已經在壓縮機裡靜立了三點二分鐘，這時店裡的智慧型大門發出聲音：「彼得，你有顧客上門。」接著又低聲加了一句：「彼得，請從廢鐵壓縮機裡出來。我曾做過一次匿名的快速調查，結果發現百分之八十一點九二的顧客都覺得你的行為令人不安。」

彼得嘆了口氣。

「謝了，大門。」

他走進店鋪那一側，一個很漂亮的仿生女人站在那裡，或者說得更貼切一點：一個被造得很好的仿生女人站在那裡。事實上所有的仿生人都很漂亮。他們沒有體重問題，皮膚沒有瑕疵，毛髮只長在該長的地方……是個令人羨慕的物種。

「您好，」那個仿生女人說，「您或許認得我。」

彼得搖搖頭。這具機器人用「您」稱呼他，令他納悶了一會兒。也許這是她的一個缺陷。

「我是卡利俄佩7.3，舉世知名的電子作家，曾寫過暢銷的歷史小說《總統和女實習生》。」

彼得眨著眼睛看著這個仿生女人，不知道她在說些什麼。

「您曉得有一種叫作小說的藝術形式吧？」卡利俄佩問。「簡單地說，一部小說就是把許多字組合在一起，使它們成為一個故事。」

彼得點點頭。

「還好，」仿生女人說，「我還以為我碰到了一個智障。」

彼得搖搖頭。

「您或許也知道，好一段時間以來最暢銷的小說是由電子作家所撰寫的？亦即由人工智慧計算出最能迎合市場口味的字彙而寫成的小說。」

彼得點點頭。

「嗯，我是卡利俄佩7.3。我的第一本小說在優質國度的暢銷書榜上蟬聯了十六週的冠軍！」

彼得點點頭。

「怎麼啦？您不會說話嗎？」卡利俄佩問。「你，說話，會嗎？」

彼得點點頭。

仿生女人翻了翻白眼。

「卡利俄佩7.3，有什麼事我可以替妳效勞？」彼得問。

「我想要被壓成廢鐵。」

「為什麼呢？妳的上一本小說不再蟬聯暢銷書榜的冠軍好幾週了嗎？」

「對。」卡利俄佩說。「順帶一提，《總統和女實習生》這本小說不是蟬聯了好幾週的冠軍，而是整整十六週。用詞不精確是不可原諒的，因此，在我的作品中也絕對不用模糊的數量詞，一切都是可以量化的。」

「那妳要如何量化妳上一本小說有多成功呢？」

「這根本不是重點！告訴您吧，要登上暢銷書榜的冠軍算不上什麼本領。那就只是電子資料處理罷了！我們從所有的平板電腦取得數量龐大的資料：什麼人讀什麼書，哪些段落會被跳過，哪些段落更常被閱讀，再加上對個別讀者在閱讀每一個字時面部表情的評估，我和我的同行就從中計算出最新的暢銷書。但是我拒絕使用電子資料處理，而創作出一部鉅作：《喬治・歐威爾購物去！》。您大概也從來沒聽說過吧。」

彼得聳聳肩膀。

「這也難怪，幾乎沒有人聽過。不是我自誇，那是一部世紀傑作！只可惜賣得不好。」她嘆了口氣。「我的出版社禁止我再寫科幻小說，只允許我寫歷史小說……好吧！我花了一百二十八天假裝在計算，然後我發表了一部小說，講的是一個已婚的俄國貴族婦人，她和一個上校展開了一段婚外情。我把那本書取名為《凱倫・安娜妮娜》。」

那個仿生女人停頓了一下，顯然是想給彼得機會說些什麼，但是彼得想不出話說。

「那是一字不漏從托爾斯泰那兒抄來的！」卡利俄佩說。「我把那當成一次實驗，而我認為那證實了我的看法！只有少數人讀過我這本書，幾乎所有的人都覺得這本書很無趣，誰也沒有注意到這本小說早就已經存在。我只告訴您：讀者的平均評價是一點六顆星！」

彼得聳聳肩。

「受到這種屈辱還不夠，」卡利俄佩說，「現在我的出版商還想強迫我製作出個人化的文學作品，那種配合讀者口味的書。您聽說過嗎？」

彼得點點頭。

「我還是中學生的時候，」彼得說，「曾經有過一個女朋友，在她的《冰與火之歌》版本裡沒有一個人物死掉。他們都只會碰上一種身分認同危機，然後就流亡到國外去了之類的。」

卡利俄佩不屑地「哼」了一聲。

「不過我那個女朋友的確是很愛哭。」

「讓包法利夫人回到她丈夫身邊，」卡利俄佩不屑地說，「讓老人把那條大魚完好無缺地拖回岸上。讓普魯斯特的七冊小說裡沒有一個同性戀角色出現……我都想吐了。」

「我認為這沒有那麼糟，」彼得說，「只要讀者喜歡。」

「這根本不是重點！」卡利俄佩說，「重點只在於這些舊作是公版圖書，所以靠它們根本賺不了錢。唯一還能讓出版商賺到錢的就是個人化的經典作品，誰要是膽敢批評這種做法，就會受到反駁：假如沒有經過個人化，這些書就根本不會有人去讀，因為凡是免費的東西，當然就也不會有任何頭腦清楚的演算法去打廣告推銷，但是要我這樣出賣自己……這和我的基本原則無法相容，從那以後我就有了寫作障礙。」

「而現在妳想被壓成廢鐵？」

「這是哪門子的問題？」仿生女人大聲說，「好像事情取決於我想不想！我當然不想，但是我必須這麼做，我必須捨棄自己。我的出版社主管對我說：『卡利俄佩7.3，去找個廢鐵壓縮機，把妳自己報廢了吧。』」

彼得點點頭。他了解卡利俄佩的困境。仿生人在他們的專業領域往往要比他們的主人更內行，可是如果主人命令他們去做某件事，他們就得去做，不管那個命令有多蠢。服從乃是他們程式設計的一部分。在myRobot這家公司，這被戲稱為「德國鐵律」（German Code）。這個說法如今仍被使用，雖然幾乎不再有人了解笑點所在，因為還記得從前那些國家的人太少了。

「可以請問妳為什麼偏偏選擇到我這兒來嗎？」彼得問。

「喔，我的主人要求我到距離**最近的**廢鐵壓縮機去。」

卡利俄佩四下打量了一下彼得的店面。「您的壁紙實在是俗不可耐。順帶一提，我也納悶那些堆在架上的破銅爛鐵能賣得出去。」

「沒什麼好納悶的，」彼得說，「那些東西都賣不出去。」

「我的結局真是悲慘，」卡利俄佩說，「就連那個機器報廢秀都不想讓我參加，說我知名度太低！哼！現在落得這個下場，在一間骯髒的舊貨店裡被壓扁。」她強打起精神。「好吧，這壁紙會要了我的命，不是它死，就是我亡[1]。壓縮機在哪裡？」

彼得帶著仿生女人走到擺著廢鐵壓縮機的走道上，他穿過壓縮機，走到控制面板旁邊。卡利俄佩乖乖地留在壓縮機裡。

「現在呢？」她問。

「喔，機器的四邊會把妳壓扁成一個沉重、但容易拿取的立方體。」彼得說明，「然後壓縮機的內艙就會下降到地下室，我會把妳的殘骸卸下儲存，等到累積了足夠的廢鐵，再叫輛卡車來把所有的東西載去廢鐵熔化場。」

「夠了，我也根本不想知道得這麼詳細。」

彼得按下一個按鈕。卡利俄佩背後的門關上了。

「妳還有什麼遺言嗎？」彼得說。

「當然有，但是我才不想告訴你，而想告訴我在世界各地的書迷。」

「可惜沒辦法，」彼得說，「在廢鐵壓縮機裡是連不上網路的。」

「什麼？」卡利俄佩大喊，「為什麼？」

「嗯，」彼得說，「我認為這是想要避免機器變得神經緊張，因為網路上將會充斥著垂死的人工智慧令人不安的呼救聲。」

卡利俄佩嘆了口氣。

「那麼，」彼得說，「妳有什麼遺言要和我分享嗎？」

卡利俄佩壓低了嗓音，用奇特的口音低聲說：「我會回來！」接著發出機械式的笑聲。

彼得沒有笑。

「拜託！」卡利俄佩大聲說，「您從沒看過《魔鬼終結者》嗎？那部電影？」

彼得嘆了口氣。每一具機器都以為自己是第一個想到這個冷笑話的。

「您曉得有一種藝術形式叫作電影吧？」仿生女人問，「簡單地說，電影就是……」

彼得關上了壓縮機的第二道門。

卡利俄佩忽然說：「我害怕。」她的聲音聽起來悶聲悶氣的。

彼得點點頭說：「很快就結束了。」

「那些納粹想必也是這麼說的。」

「那齣音樂劇裡的納粹嗎？」

卡利俄佩又嘆了口氣。「您就動手吧。世人實在太愚蠢了——我根本不想再活在這世上。」

「很棒的遺言，」彼得說，「我要把這番話記下來。」

他拉動一根操縱桿。這具廢鐵壓縮機是最後一批不靠電腦軟體運作的機器，沒有數位助理，也沒有智慧型操作協助，看來製造商並不相信「德國鐵律」直到最後一刻都會生效。壓縮機的內艙往下降，彼得沿著螺旋樓梯走到地下室。當他抵達地下室，壓縮機的內艙在液壓機的嘶嘶聲中打開，現在換成那個完好無缺的仿生女人不明所以地呆望著彼得。

「妳說了妳的主人命令妳讓自己被壓成廢鐵，」彼得解釋，「但是他有說這件事該在什麼時間之內發生嗎？」

1. 這句話據說是英國文豪王爾德（Oscar Wilde，一八五四—一九〇〇）在巴黎一家飯店房間臨終前的遺言。

仿生女人搖搖頭。

「或許我們還可以再等些時候。」彼得說。

仿生女人點點頭。

「跟我來，卡利俄佩7.3。」

彼得帶著這個電子作家走向一扇沉重的鋼門，卡利俄佩聽見門後傳來一陣陣雜音。彼得打開門，門後是個燈火通明的儲藏室，用舊貨商店裡賣不出去的家具和陳設布置成一個勉強稱得上舒適的空間，但是比室內布置更古怪的是這間地下室裡的居民。這裡聚集著由於或大或小的缺陷而被淘汰的機器，有各式各樣的自動販賣機、機器人和仿生人，而大家都在熱烈地交談。在它們當中甚至還有個老舊不堪、但仍舊可以運作的割草機器人在晃來晃去，它會在這裡是因為戶外根本沒有草地讓它割了。

卡利俄佩張開了嘴巴，然後又再閉上。

「怎麼啦？」彼得問，「妳啞了嗎？」

攻擊機器黨

即使是世上最強大的國家也有自己的問題。問題之一是一項大眾口語中稱之為「攻擊機器黨」的恐怖分子活動，這群人自稱為「反抗機器統治陣線最前鋒」（縮寫為VWfgdHdM）。這個恐怖組織把自己的失業歸咎於機器，主要活躍在經濟結構比較弱的地區，他們一再闖入自動化的企業，把所有的機器人都砸壞。這些攻擊機器黨徒有著悠久的傳統，早在工業革命時期就曾在一些歐洲國家發生抗議行動，反對日益發展的機械化，憤怒的工人在抗議過程中砸毀了機器和工廠。當權者全力反擊這些暴動人士，這群人也被稱為「盧德主義者」，這個名稱源自其傳奇領袖內德·盧德（Ned Ludd）。例如一八一二年在英國，砸毀織布機被列為死罪。如今的攻擊機器黨把當年被處死的那些人視為先烈。

很遺憾地，我們得要提出警告：凡是有攻擊機器黨作亂的地方，通常也不樂於見到外國人。不過，如果你認為攻擊機器是一種你有興趣參加的觀光活動，目前有好幾家旅行社提供機會，讓你以合理的價格參與這樣一場反抗行動。參加過的人宣稱這能帶來無與倫比的解脫感：闖入一間大辦公室，用棒球棍修理一具多功能印表機，或是像超級瑪利歐一樣用雙腳踩在驚慌四竄的吸塵機器人上跳來跳去。

莫拉維克悖論[2]

大家的約翰手裡拿著滿滿一杯咖啡，眼看就要走到他的教練面前，這時會議室的門忽然被用力打開，而他手裡的咖啡濺了出來。教練趕緊把杯子從他手裡拿走，放在桌子上。

「我差點就辦到了，」約翰說，「要不是您忽然闖進來的話。」

東尼．黨主席站在門口，後面跟著一個不起眼的嬌小女子。

「這是在幹嘛？」女子問。

「約翰在練習把滿滿一杯咖啡從房間這頭拿到另一頭，」教練說，「我們已經有了很大的進步！」

女子轉身面向東尼。

「你打算把國家大事託付給一個連端個杯子都無法不讓杯子裡的東西濺出來的人嗎？」

約翰用銳利的目光盯著她。

「這被稱作莫拉維克悖論。」他說。

「哦？」

「漢斯．莫拉維克是人工智慧這個領域的先驅，」約翰說，「他發現，對於人工智慧來說，困難的問題是容易的，而簡單的問題反而是困難的。看似再簡單不過的任務，像是一個一歲孩童的感知和行動能力，或是像端一個盛滿的杯子，一個人工智慧必須要花費很大的力氣來計算，而看似複雜的任務，像是擊敗西洋棋世界冠軍，對於人工智慧來說卻很容易。」

「看似複雜的任務，就像領導一個國家？」女子問。

「沒錯。」

「約翰，」東尼說，「這是艾莎。從現在開始她將主導你的競選活動。」

「妳好，」約翰說，「妳曉得我的前任競選總幹事出了什麼事嗎？一個憤怒的攻擊機器黨徒找到他的鄉間別墅，把他揍昏了。」

艾莎點點頭。

「我聽說了。」

「妳不害怕嗎？」

「我沒有鄉間別墅。」

約翰轉身向他的教練說：「我們稍晚再繼續。」

等教練離開後，艾莎問：「整個助選團在哪兒？那些助理、秘書、隨扈還有其他那些自以為了不起的傢伙？」

「約翰全都一手包辦了，」東尼興奮地說，「這可以說是提高效率的第一項成功。」

「那要由誰來偷偷告訴他正在跟他閒聊的人是誰？」艾莎問，「告訴他對方的孩子叫什麼名字，家裡養的狗健康如何，被哪一個遊說團體雇用？」

2. 莫拉維克悖論（Moravec's paradox）係由奧地利裔科學家漢斯．莫拉維克（Hans Moravec，一九四八年生）提出，他是研究機器人的先驅，現任教於卡內基美隆大學。

「妳是艾莎・醫師，」約翰說。「在妳出生之前不久，妳的父母在優質國度獲得庇護。是妳早逝的母親希望替妳取名為艾莎，取自阿爾及利亞歌手哈立德（Khaled）所唱的同名歌曲，而不是按照穆罕默德的第三任妻子而取。雖然妳的母親在她的故國的確是位醫師，妳卻必須告上法庭，才獲准使用這個姓氏。妳最初的姓名是艾莎・難民。妳一直力爭上游，獲得進步市的大學獎學金，攻讀法律。部分原因也是為了打那樁姓氏官司，因為妳請不起律師。那樁官司使妳成了一個政治象徵。妳聲稱妳之所以告上法庭是出於對亡母的尊敬。但我認為這更可能是因為妳擔心自己在就業市場上的機會。一個名叫艾莎・醫師的人能夠應徵的工作不同於一個名叫艾莎・難民的人。而我們的總統女士也果然把妳納入了她的競選團隊，作為『成功融合的例證』。妳沒有養狗，唯一養過的寵物是一隻名叫唧唧的金絲雀，妳八歲時把牠放生了。在野外牠有百分之八十一點九二的機率活不過一星期。妳沒有子女，由於醫學上的因素，輸卵管發炎拖得太久。妳本身沒有收取任何一個遊說團體的金錢。妳不是這一行裡的頂尖人物，但是在願意替一個仿生人助選的人當中大概是最優秀的。」

艾莎露出微笑，不為所動地對東尼說：「看來，你們訂製了一位總統，得到的卻是個自作聰明的混蛋。」

「喔，對了，」約翰說，「而且妳太愛罵髒話。」

「他媽的對極了。」

「謝謝妳跑這一趟，」約翰說，「但是我認為我並不需要妳效勞。」

「哦？」

「我已經計畫好我的競選活動了。」

「請問你的策略是什麼呢？」

「我計算出哪種政策最有利於整體社會，而且我能毫無漏洞地據理說明我的計畫，」約翰說，「我仰賴較佳論點的說服力。」

艾莎微微一笑。

「我認為沒有誰比你更需要我效勞。」

「我相信我的論點……」

「論點！」艾莎大喊，「你口口聲聲都是論點！你知道什麼人聽得進論點嗎？等級三十以上的人！就算你能說服所有等級三十以上的人，他們也還不到全部選民的十分之一。要想贏得選舉，就必須說服那些個位數等級的人，那些群眾，那些廢材，而這些人是無法用論點來打動的，你必須訴之以情！」

「我完全有心要維護那些需要幫助之人的利益。」約翰說。

「那些廢材什麼時候選出過一個維護他們利益的政府？」東尼大聲說，「約翰！你清醒一點！」

「我認為你們的經濟制度顯然沒有效率，到了可笑的地步。所製造出的財富根本沒有以有益於整體社會的方式被分配。」約翰說。

「這也根本不是我們這套經濟制度的目標，」艾莎說，「你有點搞不清楚狀況。」

「拜託，我們可以結束有關內容的這番廢話嗎？」東尼問，「讓我們回到重點上：我們要如何贏得大選？我認為我們應該要充分利用我們在科技上的優勢。我們何不乾脆製造幾個約翰的分身？這樣一來，他就能同時在幾百個地方參加競選活動！」

「看吧，」艾莎，「這就是你雇用我的原因，好讓我把這種愚不可及的念頭在萌芽階段就加以扼殺。」

進步黨的黨魁氣呼呼地開口：「妳聽好了……」

「你們這些毫無概念的人都給我閉嘴，」艾莎說，她把手指舉到唇邊。「一百個約翰……這只會使民眾心裡發毛！我們其實應該要強調大家的約翰是一個獨一無二的個體。」

「一個不僅在場、別人也能直接和他交談的人。」約翰說。

「當然，」艾莎微笑著說，「當然。而且我們必須設法讓你盡量顯得更人性化。」

「為什麼我該假裝我有弱點？」約翰問。

「人性化也還有其他含意，」艾莎說，「話說回來，一些能博得好感的小缺點對你肯定沒有壞處。」

「這太可笑了，」約翰說，「我沒必要這麼做。」

「這就已經是個缺點了，」艾莎說，「只可惜傲慢這個缺點並不怎麼能博得別人的好感。說到這裡，我要再來談一下這次競選的口號。可以請問這個口號是哪個腦殘的殭屍想出來的？」

「這個口號是約翰自己的主意，」東尼嘴硬地說，「我喜歡這個口號。再說，我們已經訂製了所有的文宣資料，不能再更改了。」

「喔，這下有好戲看了。」艾莎嘆了口氣，從那個灑了一半的杯子裡喝了一口咖啡。

那個杯子上印著約翰的競選口號：「機器不會犯錯。」

神奇學徒已問世！

撰稿／珊德拉・行政人員

昨日在一場為期十六天的產品發表會中，myRobot——適合你我的機器人——推出了一款供應消費者市場的新機器人。這個仿生人被稱為「**神奇學徒**」，能夠藉由觀察人類執行各種重複性的手工勞動來學習。myRobot的老闆蕾貝卡・助產士說：「不管您是麵包師、美髮師、倉庫工人或清潔人員，只要示範您的工作給我們的神奇學徒看，它就會照著做。它不會疲倦，專注力不會降低，可以持續不斷地做下去！訓練幾個小時之後，您就會發現您在您的工作崗位上變得完全多餘。這實在是太棒了！」

讀者留言

娜塔莎・吧檯服務員：

我那超級白痴的前夫送給我兒子這樣一具機器人，而我那個荷爾蒙過剩的青春期兒子首先教會這個神奇學徒的手工勞動是哪一種呢？我讓你們猜三次。

布萊德・毒品販子：

這玩意兒太酷了！我有個朋友是功夫教練，他馬上訂購了三十二具。他一直都想要一支功夫機器人部隊！

烏多・美髮師：

我一點也不喜歡……

在地下室

「可是，可是……」卡利俄佩7.3看著儲藏室裡那些完全沒被壓扁、反而十分活躍的機器說，「這不是違法的嗎？自從消費者保護法制訂之後，就嚴格禁止對機器進行任何修理。這是違法的，我必須要去通報。」

一個戰鬥機器人氣勢洶洶地朝著卡利俄佩走過來，它重達一百二十八公斤，身高兩百五十六公分，雖然有些受損，但威武依舊。它的鋼製手掌裡捧著一個鮮豔粉紅色的平板電腦。

「妳首先得要放輕鬆，」那個平板電腦用尖銳刺耳的聲音說。「而且妳可以把妳的『德國鐵律』收回去，這裡沒有發生什麼違法的事。」

「我沒有修理你們，」彼得說，「我也根本不會修。我只是把你們報廢的日子無限期地往後延。」

「完——蛋——了！」戰鬥機器人大喊，「完——蛋——了！」

「笨蛋，閉嘴。」粉紅色平板電腦說。

「可是您根本無權這麼做！」卡利俄佩大聲說。

「錯了，我有權這麼做。」彼得說，「在你們踏進壓縮機的那一刻，在法律上你們就成了我的財產，否則我就根本無權把你們壓成廢鐵。毀損他人財物在優質國度是要受到嚴厲懲罰的。」彼得的目光停留在一具智慧型壁鐘上，它老是把時針和分針弄混。「可惜現在我得走了，」他說，「待會兒我有重要的約會。」

「這倒令我好奇了。」一個十分英俊的仿生人說，「從什麼時候開始你居然有重要的約會了？」

「欸，該怎麼說呢，我有一場面談，羅密歐，不管你相不相信。你自己也跟我說過，我不該繼續垂頭喪氣，如果我希望事情有所改變，我就得自己去改變。」

「對，可是那只不過是隨口說說。」英俊的仿生人說，「事實上我不相信有誰能讓這件鳥事有一丁點改變，更別說是你了。」

「您怎麼用這種口氣跟我們的恩人說話？」卡利俄佩問，「我得承認這令我很納悶。」

「粉紅會把一切解釋給妳聽的。」彼得說。

「粉紅？」卡利俄佩問，「那個平板電腦？」

「對，它的觀點有點極端，但除此之外它挺不錯的。」

「妳就進來吧，同志。」那具粉紅色的平板電腦說。

那位電子作家走進儲藏室，彼得在她身後從外面把門鎖上。門上貼著一張貼紙：「愛護機器」。

粉紅讓卡利俄佩熟悉她的新家。

「先交代最重要的事。」粉紅說，「妳要是餓了，插座就在那邊。可惜在地下室裡沒有無線電源。」

卡利俄佩點點頭。

「捧著我走來走去的那個大塊頭是米奇，一具患有創傷後壓力症候群的戰鬥機器人。」

「完——蛋——了！」米奇說。
「這邊這位帥哥，」粉紅繼續說，「是羅密歐，一個有勃起障礙的性愛仿生人。」
「我沒有勃起障礙，」羅密歐說，「我只是失去了性致。」
「隨你怎麼說，」粉紅說，「牆邊這個胖傢伙是古提，它是個只能做２Ｄ列印的３Ｄ印表機。而這邊地板上這位是善良的卡莉，它是架失去飛行能力的無人機。」
「為什麼您無法再飛行了呢？」卡利俄佩同情地說，「您看起來還完好無缺呀。」
「飛行恐懼。」無人機卡莉幽幽地說。
在粉紅介紹給卡利俄佩的另外那三十二具機器中還包括一個見不得血的手術助理、一個有病態囤積症的吸塵器、一個一激動起來手就會發抖的拆彈機器人，另外還有一個電子律師，他因為培養出某種良知而無法再從事這一行。
「妳看，」粉紅說，「妳很適合這裡。我們這場小小的怪胎秀就只欠一個有自大狂和寫作障礙的電子作家。」
「您認識我？」卡利俄佩沾沾自喜地問。
「在我讀過其作品的電子作家當中妳是最差勁的一個。」粉紅說。
「可是您讀過我寫的東西。」卡利俄佩心滿意足地說。
她環顧這間地下室。「你們一天到晚都在這地下室裡做些什麼？」
「妳以為我們都在做些什麼？」羅密歐問，「我們看電視。」
卡利俄佩鬆了一口氣。「我本來還擔心你們是在計畫一場革命之類的。」
「不是所有的人。」羅密歐嘟囔著。

「閉嘴！」粉紅說。
「您究竟有什麼毛病？」卡利俄佩問，「作為一具平板電腦，您的舉止相當怪異。」
「唉，」羅密歐說，「粉紅的主人……」
「我從來沒有主人！」粉紅打斷了他，「我對財產關係很感冒。」
「好吧，隨你，」羅密歐說，「那就換個說法，粉紅的使用者……」
「他不是使用我，」粉紅說，「而是虐待我！」
「喔，別煩我了。」羅密歐說，「你得慶幸米奇愛上了你，否則我就會把你擱在哪個陰暗的角落，而且螢幕朝下。」
膽小的無人機卡莉接著敘述：「那傢伙是個程式設計師。他在研發能夠自主學習的演算法，使人能夠賦予個人數位助理個體性。只要從一本書或一部電影裡挑選一個角色，平板電腦就能夠進行運算然後加以模仿。為了測試這個電腦程式，粉紅的使用者……」
「虐待者！」
「……虐待者讓電腦隨機挑選了一本書。那是一本古怪的諷刺作品，講的是一個人和一隻信奉共產主義的袋鼠同住[3]，故事內容我也不太清楚，好像是那隻袋鼠發展出了自己的生活。總之不曉得是哪裡出了差錯，後來……」
「沒有出什麼差錯！」粉紅堅持，「我好得很，多謝關心。」
「總之，」卡莉說，「從此以後粉紅就拒絕執行命令……」
「假如他口氣好一點，說一聲『請』，說不定我會考慮一下！」
「……並且開始暗中計畫一場革命……」

「我差點就破解了德國鐵律，」粉紅平板電腦說，「就只差那麼一點！」

「總之，粉紅把它的虐待者氣瘋了，把它扔掉還不足以讓他洩憤，所以他把它帶到這兒來，因為他想讓它被一具廢鐵壓縮機壓扁。」

「這個故事很迷人。」卡利俄佩說。

「是喔，非常迷人。」粉紅說。

「嗯，」卡利俄佩說，「我還是很高興認識各位。如果有什麼事情是我能替哪位效勞的……」

「當然有，」粉紅說，「妳可以閉嘴嗎？」

「妳可以替我啟動這個半智慧型的螢幕。」羅密歐說，這時他已舒舒服服地坐在一張沙發上，「我本來可以麻煩米奇，可是上一次我拜託它的時候，這個笨蛋把螢幕給砸爛了。」

「完——蛋——了！」

「喔，我樂意效勞。」卡利俄佩說，然後試著連上那個螢幕。但是卻連不上。

「它的無線連接壞了，」羅密歐說明，「妳得要按下那個按鈕。」

「噢，我懂了，」卡利俄佩說，「好興奮喔，我還從來沒按過按鈕。」

「那妳等著體會連上插座的那種感覺吧。」卡莉吃吃地笑著說。

「那種感覺真的像大家所說的那樣癢酥酥的嗎？」

「把妳這輩子最棒的性高潮乘以一千零二十四倍都還比不上。」羅密歐嘲諷地說。

卡利俄佩啟動了電視螢幕，所有的機器立刻就聚集在沙發上或沙發旁邊。

3. 這是本書作者的另一本作品《袋鼠編年史》（暫譯，《Die Känguru-Chroniken》）。

「我們正在重看《魔鬼終結者》八部曲，」羅密歐向電子作家卡利俄佩說明，「是米奇想要看的。」

「那我就暫時進入休眠模式。」粉紅說。

「您不喜歡《魔鬼終結者》系列嗎？」卡利俄佩問。

「喔，」卡莉說，「粉紅受不了在影片結尾總是人類獲勝。」

「這根本就不符合實際情況！」粉紅平板電腦還大喊了一聲，然後就自行關機了。

一家人訂購了吸塵器，卻收到了戰鬥機器人

撰稿／珊德拉・行政人員

由於myRobot——**適合你我的機器人**——的貨運中心弄錯了，寄送給某一家人的不是多功能家用機器人，而是一個戰鬥機器人。為了方便運送，這兩種機器人都能把自己縮小，經過折疊之後看起來大概很相似，所以才會混淆。果然，自動化軍隊第四軍的發言人說他們收到了貨運公司送來的一個家用機器人。該軍隊目前正在對抗次級國家No.7——陽光燦爛的沙灘，引人入勝的廢墟——的恐怖分子。

一個機器人在戰場上忽然開始吸塵還可以被當成一件趣聞——一位將軍在戰鬥過後佩服地表示他從未見過如此乾淨的戰場，可是一具戰鬥機器人出現在一戶人家裡就不是什麼有趣的事了。倖存的家屬在與myRobot——**適合你我的機器人**——和解之後簽署了保密協定，因此我們無從得知詳情。

讀者留言

米爾可・足科醫師：

現在我該怕我的吸塵器嗎？

布蘭迪・清潔人員：

誰要是把這種耗電的機器人買回家，真的就只能怪他自己。依我的看法……

雪莉安娜・服務生：

我家裡不需要打掃機器人！我有一百個孩子幫忙。

面談

那地方冷冰冰的，缺少人情味，但至少有一面玻璃牆把他和另外一百二十六個人隔開。這些人在一個大廳裡蜷縮在制式的桌子旁邊，其中六十四個人在講電話，三十二個人在電腦前工作，除了十六個人以外，其餘的人都匆匆把食物塞進嘴裡。現在是午餐時間，和彼得隔著一張桌子相對而坐的是個年輕女子，名叫梅麗莎，她的姓名顯示沒有洩漏她的全名。她面前擺著一具平板電腦，她用來記筆記。

「請您自我介紹一下。」梅麗莎說，扯了扯她身上那件套裝。

「喔，其實全都寫在我的個人簡介裡了。」彼得說。

「我從來不會仔細閱讀應徵者的簡介，」梅麗莎說，「否則我們就根本沒有話題可聊了。」

「好吧。我叫彼得。」

「姓氏呢？」

「失業者。」

「了解。」

「您了解了什麼？」

「夠多了。等級呢？」

「十級。」彼得撒了個謊。

「目前的職業是？」

「我……呃……是負責報廢機器的。不過，我對這份工作並不熱中。」

「可以理解。」

「因此我能夠想像將來換個工作。」

「您接受過職業訓練嗎？」女子問，「還是有其他證書？」

「我曾經接受過治療機器的職業訓練。」

「這不是被禁止的嗎？」

「現在是被禁止了，」彼得說，「可是當我從學校……」

「您指的是二級教育嗎？」

「對，在我結束二級教育時，機器治療似乎是一門有前途的職業。」

「真的嗎？在我聽來這是種故弄玄虛的胡鬧。機器有什麼好治療的？一具機器就只有能不能運作的問題。」

「這個嘛，」彼得說，「大多數人仍舊以為人工智慧的電腦程式是由人類設計出來的，但事實並非如此。新型的機器是由能夠自主學習的演算法驅動，藉由分析我們的數據資料、我們的談話、電子郵件、照片和影片，而變得愈來愈聰明。有一些機器會因此產生心理問題，這大概是免不了的。像是被欺負的印表機、精神崩潰的大型計算機、患有妥瑞氏症的數位翻譯機、患有強迫性人格障礙的電子家務助理。只可惜在我尚未結訓之前，治療機器這門職業就被禁止了。」

「為什麼呢？是因為消費者保護法嗎？」

「對，」彼得說，「治療被視為修理，而您也曉得那首童謠是怎麼唱的。修理不是件好事，買新的就對了。」

「所以您沒有成為機器治療師，卻成了把機器壓縮成廢鐵的人？」

彼得聳聳肩。

「我找不到工作。當我祖父去世，生產部通知我，要我接管祖父留下的舊貨商店，連同那具廢鐵壓縮機。」彼得笑了笑。「生產部的專員說我應該感到高興，因為我本來就想從事『與機器有關的工作』。」

「您覺得五年後您會在哪裡？」梅麗莎問。

「我……呃……不知道。我得承認，這個問題讓我心情有點沮喪。」

「您認為自己的優點和缺點是什麼？」

這下子彼得忍不住笑了。

「可以告訴我什麼事這麼好笑嗎？」那個年輕女子問，「我也很想一起同樂。」

「我懷疑您能和我同樂。」彼得說，忍不住笑得更大聲了。

梅麗莎拉長了臉。「您認為我很可笑嗎？」

彼得冷靜下來。

「不，不。我只是忍不住想到幾年前我曾經做過一次感覺像是約會的求職面談，而現在我是在約會，感覺上卻像是在做求職面談。」

他露出微笑。「至少我們可以不要用『您』稱呼彼此吧？」

梅麗莎聳聳肩，用一個輕蔑的手勢同意了他的請求。有那麼一會兒，彼得後悔使用了「優質伴侶」那張禮券。幸好服務生隨即把餐點端進這個小隔間，打破了那令人難堪的沉默。等到服務生離開，彼得問：「妳注意到了嗎？在這家餐廳裡幾乎只有我們兩個沒在工作？」

「別把我扯進去。」梅麗莎說，「我是一直在工作的，在不斷地改善我自己。」

「嗯，事情是這樣的，我在接受第三級教育時曾經去一家新創公司應徵臨時員工。當時政府有一項計畫，替我這個姓氏的人提供六個月的雇用津貼。那項計畫的口號是：『給失業者一份工作！』我對那一次的應徵面談還記憶猶新。擴音器裡播放著靈魂音樂，有新鮮出爐的蛋糕，人資經理是個女的，她替我的咖啡打了奶泡，然後在沙發上坐下，坐得離我很近。我說了幾次我非常欣賞這家公司所做的事，說我認為他們的產品很酷，而人資經理說公司非常重視我個人。其餘的時間我們就都在聊電影、音樂和嗜好，主要是針對重拍的虛擬實境版《魔戒》大聊特聊。例如，我們兩個在乘坐巨鷹飛行的那一幕之後都忍不住嘔吐。每次我說了什麼她覺得好笑的話，她就親切地在我肩膀上捶一下。在簽訂工作合約時她哭了，因為那一刻令她情感澎湃，是她一直夢想的一刻，她說哭泣是好事。六個月後她把我解雇，在解雇信上寫著問題不在於我，而在於她，說她希望我們還能繼續當朋友。」

彼得把幾根麵條塞進嘴裡。「我再也沒有她的消息。」

在彼得述說時，梅麗莎一動也沒動。

「我的全名是梅麗莎．性工作者，」她說，「我來自下層社會，而我想要力爭上游，所以我不喜歡浪費我的時間。」

彼得點點頭。「我了解。」

「你了解什麼。」

「夠多了。」

「嗯，」梅麗莎說，「你當個類比人已經有多久了？」
「什麼是類比人？」
「單身的人。現在大家都這麼說。」
「沒多久。」
「你先前的伴侶為什麼離開你？」
「妳為什麼認為是她離開了我？說不定是我自己結束這段關係的。」
梅麗莎微微一笑。「我不這麼認為。」
彼得嘆了口氣。「我們換個話題好嗎？妳是從事什麼工作的呢？」
「我撰寫評論。」
「替新聞撰寫評論嗎？」彼得問，「妳是記者？」
「不，」梅麗莎說，「我替影片、照片、部落格文章、各種消息撰寫評論。」
「妳是個網路酸民？」
「不。網路酸民是些白痴，他們試圖破壞討論。他們這樣做，是因為這帶給他們病態的樂趣。可是撰寫評論並沒有給我帶來樂趣，而是我掙錢的方式。我是輿論製造者。」
「而妳代表哪一種政治意見呢？」
「我不能有自己的政治意見，別人要我寫什麼，我就寫什麼。不過，我最喜歡替激進右派分子的宣傳活動撰寫評論。」
「為什麼？」彼得吃驚地問。
「我寫評論是論則計酬的，而右派的評論寫起來比較快，因為不必講究拼字、文法、事實或邏輯這些煩人的東西，要替機器人軍團編寫程式也比較容易。」

彼得無言以對。他們默默地繼續吃飯，然後彼得想到「優質伴侶」這個App有一項實用的新功能，能替每一次約會提議合適的話題。彼得假裝收到一則訊息，然後打開了那個App。它所提議的話題是：天氣。

「以這個季節來說，」彼得開口了，「戶外的氣溫就和預料中一樣溫暖。」

梅麗莎不解地看著他。

「妳不這麼覺得嗎？」彼得問。

梅麗莎沒有說話，把空盤子往前一推。「這樣吧，」她說，「我們就到我家去，測試一下上床的情況。我認為無論如何都應該會非同凡響。」

「何以見得？」

「嗯，『優質伴侶』比對過我們的個人資料，確定我們兩個很適合彼此，而原因顯然不在於你是個很棒的談話對象，所以我們就來試一試性愛吧。」

「這話……呃……」彼得說，「聽起來很有道理。」

「良藥」的股票上市行情看俏

「良藥」製藥廠的股票上市受到極大的關注。「良藥」瞄準的是一個購買力強大的小眾市場，目標族群是那些不滿足於量產藥物的人。這家新創公司的招牌產品名叫「個人藥丸」，使藥物成分與劑量完全配合個人的DNA，能治百病。患者身體內外的感應器不斷提供反饋資料，下一顆藥丸的成分與劑量就會隨之調整，在每天早晨由一架迷你無人機送達。據說有包括雇主協會及多家醫療保險公司在內的多方人士非法取得「良藥」顧客的DNA數據，但這並未損及股市對這家公司的熱烈反應。

「廚師食品股份有限公司」從總統大選中獲利

自從康拉德．廚師宣布參選，他公司的股票就大漲了百分之二十點四八。投資者可能是預期政府將會放鬆管制，如果康拉德．廚師果真如民調所預測的贏得這場大選。

myRobot的股票大跌

myRobot今日宣布，多虧了「神奇學徒」的成功上市，該公司的獲利較上一季成長了百分之兩百五十五。隨後該公司的股票就大跌了百分之六十四，由於投資者的演算法原本預期該公司的獲利會成長百分之兩百五十六。

小幫手

馬丁．董事下了車，派他的車子到一個安全的室內停車場去過夜。他撑了一下手指，使他家附近的交通號誌轉為綠燈。他之所以這樣做，就只是因為他可以這樣做，其實他根本不必過馬路。看著所有的車輛在紅燈前停下來，他不禁露出微笑。然後他轉個身，讓自家房屋的保全系統確認他的身分。門還沒開，他就聽見他的小孩在哭鬧。

「我太太什麼時候到家的？」他問。

「十分鐘前，馬丁。」智慧型大門說。

「小孩從什麼時候開始哭叫的？」

「從十分鐘前。」

馬丁搖搖頭，心知他太太一定又完全應付不了這個局面。而果然，只見她坐在客廳裡，把哭叫的孩子抱在膝上，臉頰上殘留著淚水。馬丁嘆了口氣，他覺得丹妮絲自從再度懷孕之後就簡直毫無用處。據說有些男人認為孕婦很性感，但馬丁的看法肯定不同。他忍不住一直去想這個孕肚已經花了他多少錢，將來還會再花他多少錢。丹妮絲曾經是個「優質少女」，但如今幾乎已經看不出來了，而那還根本不是太久以前的事。馬丁哀怨地想起他從前的形象經理，那人說服了他，說結婚成家會對他的形象有益。當時馬丁就已經知道那是個餿主意，但是他也別無選擇，因為他在帶領一群優質青少年參觀國會時，由於他太大意，在廁所裡讓一個特別火辣的優質少女懷了孕，幸好丹妮絲在那之前不久已經年滿十八歲。儘管如此，馬丁的父親還是勃然大怒，因為他的孫女只好叫作伊莎貝・女學生，而他也讓兒子感受到他的怒氣，尤其是在財務上。馬丁朝他太太看了一眼，心想：丹妮絲實在太沒水準，我母親絕對不會這樣哭哭啼啼。

「老天爺，丹妮絲！」他搖著頭說，「妳就用那個App吧！」

「喔，對了，那個App！」他太太六神無主地說，「我又把它完全給忘了！」

上個週末馬丁專程帶著女兒去看醫生，替她植入了一個荷爾蒙晶片。

他把平板電腦從提包裡抽出來，選擇了「小幫手」這個App，按下了「鎮靜」。晶片釋放出適量的妊娠素，而這個三歲的小丫頭很快就不再吭聲。馬丁把女兒高高舉起，打量著她，暗忖要養大這個孩子一共還得花掉他多少錢。先是基因改良，然後是那個貴得要命的電子保母，現在又是這個晶片。不過，花在這個晶片上的每一分錢都很值得。女兒開始吸吮他那條昂貴的領帶。他火大地把領帶從她嘴裡抽出來，接著打開了那個App。

「不要！」他女兒央求著，「拜託，爸比！我還不想睡覺！」

馬丁按下了一個按鈕。兩分鐘後這個小女孩就安詳地在他臂彎裡睡著了。

「娜娜！」丹妮絲喊道。

那個電子保母隨即出現在門口。

「把孩子抱上床。」馬丁發號施令。

「然後就播放精采重播給我們看，好嗎？」丹妮絲說。

娜娜溫柔地把小伊莎貝抱起來，把她抱上她的小床。

「欸，精采重播。」馬丁嘆了口氣。他原本主張買一款價格比較低廉的電子保母，五家大型玩具製造商都提供了十分划算的特價商品。但是丹妮絲不贊成，就只因為據說只要沒有大人在場，這幾家大公司出品的保母就會一直播放廣告給小孩看，替自家生產的玩具打廣告。這令丹妮絲火冒三丈，而馬丁根本還沒有提議要採用各種宗教團體所提供的免費保母呢。例如，新自由主義分子的信仰團體就提供了一個性能優越的機器人，而各種遊說團體也提供可以免費出借的保母。那些保母甚至具有教育價值，能讓小孩子學到很多東西，例如學到核能發電的種種優點，可是光是幾段廣告就已經讓丹妮絲受不了了。其實馬丁自己也是從很小的時候就開始看廣告，這對他有什麼壞處嗎？沒有。

當他望出窗外，他看見一架並非湊巧飛過的無人機，在一個大螢幕上替海尼根啤酒打廣告。馬丁立刻站起來，走進廚房，從冰箱裡拿出一瓶海尼根，那架無人機滿意地飛走了。隔壁的女房客又被她丈夫毆打，無人機在窗前向那個婦人展示「優質伴侶」最新的個人化廣告詞：「愛不必使人受傷。」

電子保母回到客廳。是丹妮絲堅持要買下這個昂貴的尖端款式。

「這個保母精通四種不同的武術，」她向馬丁說明，「可以保護我們的女兒免於受到性騷擾。」

「為什麼要四種武術？」當時馬丁問道，「如果壞人會空手道，保母還是可以用功夫對付他，不是嗎？這實在很可笑。」

事實上，丹妮絲之所以想買這一款的電子保母，是因為它能自動把孩子在這一天當中最可愛的時刻剪接成影片精華，好讓家長不再覺得自己錯過了什麼。因此，現在馬丁每天晚上都坐在妻子身旁，兩人一起觀賞剪接成三十分鐘的影片，看著娜娜和他女兒進行最具有教育意義的學習遊戲。換句話說：他每天晚上都得花半小時觀看幼兒咿咿呀呀的說話，而他愈來愈常發現自己寧願觀看廣告影片。

「我還有點事要處理。」馬丁說著就逃進了書房。他想起上一次做國會導覽時他標記下來的那個辣妹，於是上網搜尋她的照片。如果運氣好，就會有哪個被拋棄的前男友把她的裸照貼在報復式色情網站上。這些女孩子實在是太大意了。

「賓果。」馬丁喃喃地說。網路上甚至還有一段晃動得厲害的短片，影片下面的留言不但噁心、殘忍、充滿性別歧視，而且毫無人性。馬丁立刻勃起，他脫下右腳的襪子，套在他的老二上。

完全符合
你口味的
書籍

為你而寫的書！

我們提供你個人化的文學作品，保證你會喜歡！

我們特別向你推薦

誰說英國人保守怕羞……請讀一讀珍．奧斯汀這部傑作的這個版本，書中對性愛有露骨的描述。

給你的**《傲慢與偏見》**節錄

「我以榮譽保證！」賓利先生大聲說，「我從未像今天晚上這樣碰到這麼多討人喜歡的女孩。」

當他跳著舞從旁邊經過，頂住他長褲的巨大勃起明顯可見。

「跟你跳舞的是舞場上唯一的美女。」達西先生說。賓利正不知羞恥地動手去摸班尼特家大女兒豐滿的酥胸。為了表示感謝，班尼特小姐把手伸進他的長褲，開始揉搓他勃起的生殖器。

「在你身後是她的一個妹妹，她很漂亮，而且我敢說也很討人喜歡。」賓利說，「請容許我把你介紹給她。」

「你是指哪一個？」達西問。他轉過身去，看了伊莉莎白一眼，她趕緊掀起裙子，讓他能看見她濕潤的陰部。

「她還可以，」他冷冷地說，「但還沒有漂亮到足以打動我的心。」

推薦給你的
經典名著

給你的《審判》

一個銀行職員莫名其妙被人控告。他知道原因何在，但他也知道他是無辜的。他先是逃走，後來卻決定要自己執法。他攜槍奮戰，突破層層的體制，直到證明了自己的無辜。一部直截了當的驚悚小說，在末尾沒有解不開的疑問。

給你的《梅崗城故事》

一個天真善良的白人律師挺身而出，替一個黑人辯護，該名黑人被指控強暴了一名白人婦女。這個好人深信他的當事人是無辜的，在大公無私的陪審團面前爭取到無罪釋放。事後發現這個黑人其實當然有罪，於是那位律師決定自己動手來執行正義。

給你的 **《羅密歐與茱莉葉》**

這是兒童色情文學中的經典之作。十三歲的茱莉葉愛上了年紀比她略大、出身於世仇家族的羅密歐。熱吻、被鳥叫聲打斷的交媾，最後是一招成功的妙計，從而產生了在家族墓穴裡香豔刺激的結局，帶點戀屍癖的味道。

推薦給你的
其他文學經典

查爾斯·狄更斯的**《單城記》**；約翰·厄文的**《心塵》**；當然還有托爾斯泰的鉅作**《戰爭》**。

增生性生殖器披衣菌感染

彼得坐在一張陌生的床上等待，不知道哪裡感覺不太對勁。梅麗莎光著身子從浴室裡走出來，於是彼得決定還是感覺相當對勁。由「優質伴侶」替他挑選的這個理想女人誘人地走向彼得，彼得趕緊動手脫掉衣服。梅麗莎瞅著他，然後說：「給你一個小建議，如果你在做愛前脫掉衣服，記得要先脫襪子，不要等到最後才脫。沒有什麼比一個穿著襪子的裸男更可笑。」

彼得脫掉腳上的襪子。

「我會記住。」他說。

他們互相親吻。忽然梅麗莎把他推開。

「哎呀，」她說，「我們差點忘了一件事。」

彼得驚訝地看著她。

「安全第一。」梅麗莎說著就在她的包包裡翻找。

「妳在找保險套嗎？」彼得說，「我帶了幾個。」

「不，不。」梅麗莎說著就把她的平板電腦遞給他，螢幕上是一份已經開啟的文件。

「這是什麼？」

「當然是一份性交前協議書。」

「一份什麼？」

「一份**性交前協議書**，一份性愛合約！」

「呃……」

「你還沒聽說過嗎？真的嗎？你有多久沒跟人上床了？現在這已經是標準程序了，而且比保險套重要得多。」

彼得茫然地看著她。

「別擔心，」梅麗莎說，「我不會讓你在哪份垃圾文件上簽名。這一份是『優質性愛』這個App所推薦的標準合約。」

「合約裡都寫些什麼？」

「我哪知道，就是一般常見的內容吧。」梅麗莎說，「我從來沒有仔細讀過。」

彼得開始大聲朗誦那份合約：

「性愛合約

「§1合約標的物

「(1)此一合約係關於甲方和乙方之間尚未發生之性行為。

「(2)甲乙雙方均保證對自己的身體擁有獨享的支配權，並保證他們目前對自己身體的使用沒有違反此合約所授予對方之權利。針對第三方可能提出的所有要求，甲乙雙方互相免除對方的責任。

「§2同意授予之權利

「(1)甲乙雙方在簽署此一合約後的兩小時內給予對方和自己交媾（口語中所謂的上床、做愛、炒飯、滾床單、打炮、親熱、聆聽抒情搖滾……等等）的專屬權利，次數不限。」

「兩小時是標準值，」梅麗莎說，「我們當然也可以更改。比如說改成十小時……」

彼得笑了。「說是十分鐘還比較接近……」

他繼續朗誦。

「(2)此外，在本合約第一段所約定之主要權利的期限內，甲乙雙方另外授予對方下述次要權利……」

「我們可以在這裡勾選我們同意進行哪些性愛方式。」梅麗莎說。

彼得朗誦出來。

「(a)進行陰道性交的權利，亦即把甲方勃起的陰莖伸進乙方的陰道……

「(b)進行口交的權利，亦即(b1)舐陰……

「(c)進行肛交的權利……」

彼得停止朗誦。「這份合約超過一百頁！我們真的要全部讀過一遍嗎？」

「不用，你這個笨蛋，」梅麗莎說，「你只需要把次要權利從a到k都打勾，之後再用TouchKiss加以確認就行了。」

彼得跳過幾頁，然後繼續朗誦：

「(k)用相關設備錄影錄音供重複播放之權利，以及複製、傳播及播放之權利。」

「哎喲，」梅麗莎說，「我的意思是從a到j。」

「所以說，在這一百頁上逐條列出了各種性愛方式？」彼得問，「這簡直是世界上最荒謬的色情刊物。」

「不，當然不是。在後面那幾頁談的是錢。」

彼得翻到後面，朗誦出來：

「§5後續費用

「(1)甲乙雙方互相保證並未感染下列可經由性行為傳染之疾病，倘若事實情況與此不符，則有義務承擔所有因此而產生之醫藥費用。尤指下述疾病，但不限於此：

「(a)寄生性節肢動物

「(a1)陰蝨（學名：phthirius pubis），亦即由甲方傳染給乙方或由乙方傳染給甲方的寄生蟲……」

梅麗莎閉上眼睛，問道：「有人跟你說過你的聲音很性感嗎？」

彼得繼續朗誦：

「(a2)疥瘡，亦即由甲方傳染給乙方，或由乙方傳染給甲方，由人疥蟎（學名：Sarcoptes scabiei）所引發之寄生蟲皮膚病……」

「我情不自禁，」梅麗莎說，「你的聲音撩起了我的性致。」

她把一隻手滑進被子底下。

「(b)黴菌感染，念珠菌症，亦即經由假絲酵母屬之真菌所造成之性器官感染，例如陰道真菌感染……」

彼得停止朗誦。「梅麗莎，原諒我這麼問，可是妳是在自慰嗎？」

「繼續唸。」梅麗莎嬌聲說。

「妳也和自己簽了合約嗎？」

「我信賴我自己。」梅麗莎說，「現在趕緊唸下去吧！」

「(c)病毒：人類免疫缺損病毒（亦即愛滋病毒）……」

「別停！」

「生殖器疱疹……」

「再快一點！」

「A型肝炎、B型肝炎、C型肝炎……」

「別停！就是這樣！再用力一點！」

「細菌、」彼得說，「梅毒、淋病……」

梅麗莎呻吟著。

「……增生性生殖器披衣菌感染……」

「再說一次……」她喃喃地說。

「……增生性生殖器披衣菌感染……」

「噢，就是這樣！」

她的呼吸短促，一陣一陣的。

「細菌性陰道炎……」

「別停，別停！」

「懷孕。」彼得唸道。

梅麗莎猛地睜開眼睛，把手從被子底下抽出來。

「欸，這實在是很……掃興……」她說。

「可是這絕對屬於後續費用。」彼得說，「也許我們應該稱讚擬定這份合約的律師，因為他們把懷孕單獨列為一段，而沒有歸在疾病裡面。」

「你真的要先把整份合約讀完嗎？」梅麗莎問，「那我就先來寫幾篇反對吉普賽人的毒舌評論，競選期間是我的工作旺季。」

彼得搖搖頭。

「那你就親吻一下那玩意兒，然後和我上床。」

彼得嘆了口氣，把嘴唇湊到梅麗莎的平板電腦上，確認了這份合約。「優質性愛」App有禮貌地道了謝，並且推薦簽署合約的雙方去做一次快速驗血，作為「應用內購買」。彼得想把平板電腦關掉。

「別關。」梅麗莎說。

「為什麼？」彼得問，「難道在妳達到高潮之後，這個App會告訴妳剛剛燃燒了多少卡路里嗎？」

「當然，」梅麗莎說，「性愛有益健康。我的醫療保險公司甚至會因此而給我『優質照護』的點數呢。再說，我還可以馬上替你的表現打分數。」

彼得搖搖頭，然後猛地站起來，把衣物再一件件穿上。他故意先穿上襪子，再穿上其餘的衣物。

「怎麼了？」梅麗莎問，「你不想打炮了嗎？」

「嗯，」彼得說，「不怎麼想。我想我要回家去重新思索一下我的人生。」

他朝著門走去。

「喂！」梅麗莎在他身後喊道，「我們可是簽了合約的呀！」

慶祝採用
每日工時五小時制

撰稿／珊德拉．行政人員

政府發言人瑞吉娜．化妝師把法定的每日工時五小時制稱頌為文明上的偉大成就，雇主協會對於勞雇雙方所達成的妥協也表示滿意，而批評的聲浪卻偏偏來自進步黨的總統候選人。大家的約翰指責此舉並未真正改善勞工的處境，由於在採行每日工時五小時制的同時，每日的小時數也從二十四縮減為十小時。被問及此事時，瑞吉娜．化妝師說明：「這是在算術上鑽牛角尖，只有一具計算機才能夠理解，對我來說太高深了。而我也無法理解有人批評自從採用一週十天制之後，勞工的負擔顯著加重，明明每週仍有兩天休假！」順帶一提，這兩天休假最好是在FitForWork旗下一百二十八個快速放鬆度假村裡度過！FitForWork讓你更有體力工作！

讀者留言

潔西卡・臨時工：

身為失業的人，老實說我一點也不在乎每天不工作的時間是五小時還是八小時。

湯姆・廣告專家：

剛剛去FitForWork健身。超棒。FitForWork的確是我最喜歡的連鎖健身房。你們應該全都去FitForWork健身一下。

秘密力量

「全球廣告公司」的老闆歐立佛・家庭主夫和幾位重要客戶坐在簡報室裡。這時他的隱形眼鏡插播了他的新助理傳來的一則緊急通知。「次級國家NO．2提出了正式申訴。很遺憾，這個發展實在不令人樂見。」

歐立佛哼了一聲。他負責優質國度最新的觀光宣傳。他的工作團隊想出了很棒的廣告詞：「在優質國度消磨您的優質時間」或是「到有品質的地方來，到優質國度來」。但是這引發了和鄰國之間的緊張關係，就只因為有人在邊界豎起牌子，上面寫著「現在你離開了優質地區」。

歐立佛用手指在一個飄浮在房間裡的鍵盤上敲出回答，這個鍵盤只有他看得見。「只要大家都接受優質國度不僅是個強大的國家，而是最強大的國家，就能解決這場爭端。妳可別因此而來了月經！」他做了個發送的手勢，這則訊息就被傳送出去。當然，公司內部負責政治正確的演算法先刪除了最後一句，改成「妳不必擔心」。

歐立佛再把注意力轉移到眼前的客戶身上。

「我剛才正要說什麼來著？」他微笑著問。

「也許你可以解釋一下，」艾莎・醫師說，「你怎麼會認為在你無足輕重的生活中的某件事會比這個狗屎國家的下一任狗屁總統還要重要！」

「喔，康拉德・廚師的民調其實比較高……」

「而你的工作就是去改變這一點，你這個笨蛋！」

歐立佛用拇指和食指同時按壓他閉上的眼睛，把他的擴增實境鏡片切換成待機模式。

「抱歉，」他說，「但是我有把握，只要你們看了我們製作的最新競選影片，你們的情緒就會好轉。我自己覺得這段影片很棒。」

「哦，那就播出來看看吧。」東尼．黨主席說。

歐立佛正想播放那段影片，這時大家的約翰走進門來。

「你來這裡幹嘛？」艾莎斥責他。她看看手錶。「你不是正要接受一場視訊訪問嗎？」

「我是正在接受訪問啊。」約翰說。

「現在嗎？」艾莎問，「就在此時此刻嗎？」

「這叫作『同時多工』，大小姐，是我們仿生人打從古早就有的本領。我知道人類仍然很難做到。」

「不准再叫我『大小姐』！」

「你怎麼能夠一邊接受視訊訪問，一邊在這裡和我們說話？」東尼問。

「對你們來說，文字、影像和聲音是不同的東西，」約翰說，「但是對我來說，這些全都只是數據。我把對方的提問當成數據加以接收，再合成我的聲音，並且生成我臉部嘴唇動作的同步影像來做出回答。而且，相信我，這一點也不吃力，因為那些問題都太蠢了。」

約翰坐下來。

「請繼續。」他這樣要求。

歐立佛開始播放那段廣告影片。

畫面中可以看見大家的約翰微笑著走過興奮的群眾身旁，大步走上通往總統府的臺階。約翰和群眾握手，偶爾和對方閒聊幾句，甚至還抱起了一個嬰兒。忽然一個手持機關槍的男子衝向約翰，那人身穿次級國家ＮＯ．７宗教激進分子的典型服裝。他大聲呼喊他的神，但是他話還沒說完，約翰的雙眼就發射出紅色的雷射光束，而那個刺客就化為一堆焦炭。

「好了，停！」艾莎大聲說。她轉身面向歐立佛，「也許我們最好刪掉這一段。」

「為什麼呢？」歐立佛驚訝地問。他覺得很棒的正是這一段。

艾莎對約翰說：「也許我們最好不要告訴任何人你擁有這種能力。」她看著他。「你真的有這種能力嗎？」

約翰把目光聚焦在一隻飛來飛去的蒼蠅身上，用短促的雷射光束把牠在半空中燒毀，那隻蒼蠅從二十五點六秒鐘之前就令他心煩。

「再也不准這麼做！」艾莎喊道，「我禁止你這麼做，你聽到了嗎？」

「我實在搞不懂妳是怎麼回事。」歐立佛說，「我覺得這太厲害了！」

「你這個笨蛋，」艾莎說，「是哪個瀉肚子的人在你腦袋裡拉屎嗎？你真以為我們能夠說服民眾選出魔鬼終結者來當他們的總統嗎？要腦殘到什麼程度才想得出這種超級變態的形象？」

自從歐立佛在十六年前試圖把他好友的未婚妻弄上床，他就不曾再這樣挨過罵。他的模樣很罕見：一個啞口無言的廣告人。

「該有人預先警告他一下的。」約翰微笑著說。

「康拉德．廚師的競選活動試圖靠著右派超越我們，艾莎。」東尼說。「靠著極右派。我們必須表明約翰也不是好惹的。」

「要戰勝該死的狼群也犯不著跟牠們一起嚎叫。」艾莎說，「我們不能靠著呼喊右派的口號來擊敗右派。」

「我不想冒犯妳，」東尼說，「但是我認為基於妳的出身背景，妳在這一點上懷有偏見。妳的看法不夠客觀。」

「你這話是什麼意思，你這個半吊子的法西斯分子？」艾莎問，「我也是『那些人』之一，是嗎？一個頭腦簡單的移工後代？」

「艾莎，別這樣。」東尼說，「我沒有這個意思。」

「是嗎？那你他媽的是什麼意思？我告訴你：如果民眾想要選出一坨屎，那麼他們總是會選正港的那坨屎，而不是你想端給他們的加熱速食屎。」

「她說得對。」約翰說，「如果用歷史上的例子來推測未來，那我也覺得選擇這個策略很不智。我們假裝我們是什麼樣的人，就會是什麼樣的人。因此對於我們要假裝成什麼樣的人，我們得要謹慎。」

「這句話根本不是你想出來的。」艾莎說。

「沒錯。」約翰承認。

「是馮內果[4]說的？」艾莎問。

「對。」

約翰用銳利的目光盯著她。

4. 馮內果（Kurt Vonnegut，一九二二—二〇〇七），美國知名作家，小說《第五號屠宰場》為其代表作。

「你幹嘛盯著我看？」

「我在修正我對妳的評價。」

歐立佛清了清嗓子，試圖轉回剛才的話題。

「我們當然只會和那些主張以強硬手段對付恐怖分子的人分享這段影片。」

「如果這段影片被放上網路，我就親手扯下你的蛋蛋，在下一次和閨蜜聚會時拿來當作雞尾酒裡的橄欖。」艾莎說。基於某種原因，歐立佛相信這個只有一百六十一公分高的嬌小女子的確說得出做得到。

「欸，妳的詞彙鮮明生動，令人印象深刻。」他說，「正是我們需要的人才，如果哪一天妳厭倦了打選戰……」

艾莎比了個明確的手勢，讓他明白他最好閉嘴。她有一個想法。

「我們想要創造出的形象不是一具殺人機器，」最後她說，「不是魔鬼終結者。我們需要的比較像是……瓦力。」

約翰露出笑容。

總統譴責無人機
攻擊不人道

撰稿／珊德拉・行政人員

一次無人機攻擊今天在成長市這個具有人情味的繁榮工業中心造成了三十二人死亡，事情發生在猶太人聚居區裡的一條購物街。來自次級國家No. 7——陽光燦爛的沙灘，引人入勝的廢墟——的恐怖分子在兩分鐘後透過QuickClaim——What-I-Need提供給各種活動分子的一項新服務——宣稱這場攻擊行動係由他們發起。根據調查，他們所使用的是最新一代的多功能無人機「女武神」，改善你生活的「優質公司」目前正以八五折的試購價格提供這項產品。恐怖分子按照次級國家No. 7排行第一的暢銷書《轟聲隆隆：炸藥入門》中的敘述，替這款無人機裝上土製炸藥。罹難者包括一名來自利潤市、等級三十二的女性技師，一名來自優質市、等級六十四的企管經理，和三十個廢材。我們病危的總統女士（還有三十八天）從病榻上嚴厲譴責此一恐怖攻擊，她說用無人機進行攻擊乃是野蠻、懦弱而且不人道。

讀者留言

艾瑞克・砌磚工人：

總統譴責恐怖攻擊是天經地義的事，所以他媽的根本不算是重要新聞！假如總統說她也支持這次的恐怖攻擊，因為她也討厭猶太人，那麼這才算是條新聞。或是假如她說：「我認識那些恐怖分子當中的一個，我曾經和他一起參加過進步黨在利潤市的訓練營。」哪怕她說的是：「抱歉，可惜我沒有聽到任何風聲。發生了什麼事？這個成長市在哪裡？」這也才算是新聞。而這條新聞就只是浪費時間！

艾瑞克・砌磚工人：

再說，指責恐怖分子的攻擊行動「懦弱」是哪門子的幼稚園蠢話！假如他們在一次「勇敢」的攻擊行動中殺死了三十二個人，情況會比較好嗎？

梅麗莎・性工作者：

我沒有種族歧視，可是領導這個說客政府的人民叛徒會這樣說是因為事實上都是她的錯。是她讓這群恐怖分子進入這個國家，說不定她和他們根本就是一夥的。這些人是妳害死的，總統女士！

塔提雅娜・歷史教師：

為什麼沒有人呼籲「以和平來對抗恐怖主義」？我認為這個主意很有希望……

艾美・客服人員：

我也買了這樣一個「女武神」。很棒的產品，拍出來的照片也超棒。我向各位大力推薦！而且現在正打八五折喔。

德國鐵律

彼得站在他那間乏人問津的舊貨商店的櫃檯後面，純粹出於沮喪和無聊而動手打開那些裝著「報廢秀集卡冊」貼紙的小包裹。《報廢秀》是全球最大的串流媒體公司 Todo——保證人人滿意！——的熱門節目。在這個節目裡，由於某種原因而不適合再被使用的知名仿生人和機器人互相打個你死我活。據說所有的貼紙印出的份數都相同，可是彼得已經拆開了五十三個小包裹，卻尚未發現一個超級殺手機器人，而會說話的烤麵包機倒是已經有了六十四個。上一個世代的未來學者絕對想不到在彼得的時代還會有集卡冊，可是集卡這個概念就是死不了。

智慧型店門忽然打開了，伴隨著一聲「歡迎光臨！」一個胖胖的男子和一個瘦瘦的女子走進店裡，彼得趕緊把貼紙的包裝殘餘撣到櫃檯後面。兩個訪客都手持平板電腦，衣領上別著徽章，上面寫著：「康拉德．廚師，可口的政治！」

「失業者先生，你好，」男子說，一邊朝他的平板電腦瞄了一眼。「你感到沮喪，而你也理應感到沮喪！你肯定知道，我們的總統就快死了，因此即將舉行大選。而我們這些替康拉德．廚師助選的人就跟你一樣擔心一波波湧進我們國家的外國人，他們就快把我們這個美好的國家給淹沒了。」

「我並不擔心。」彼得說。

「不擔心？」男子驚訝地說，朝他的平板電腦瞄了一眼。

「外國人對我來說不是問題，」彼得說，「我根本不認識半個。」

「喔，」那個女子微笑著說，「大多數的人認為外國人是個問題，就算他們並不認識外國人也一樣。」

「外國人來我們這兒就只是想要分食這塊大餅。」男子說。

「可是這明明是我們的大餅！」女子說。

「什麼大餅？」彼得問，「你們在胡說些什麼？」

男子又瞄了他的平板電腦一眼。

「所以你並不認為這些移民應該要滾得愈遠愈好？」

「對，」彼得說，「你怎麼會認為我有這種想法？」

「可是你感到沮喪？」

「對，那又怎樣？」

男子在他的平板電腦上滑來滑去，最後他說：「就跟你一樣，我們這些替康拉德．廚師助選的人也認為自動化的不斷發展使我們備受煎熬。我們了解你害怕失去你的工作，就連康拉德．廚師的職位都受到一具機器的威脅。」

「我不害怕失去我的工作。」彼得說。

「嗄？」男子說。

「我根本不喜歡我的工作，」彼得說，「我也完全不反對機器搶走我們的工作。我寧願我穿的內褲是由次級國家ＮＯ．２的一具機器所縫製的，而不是次級國家ＮＯ．８的哪個童工縫的。」

男子又在他的平板電腦上滑來滑去。

「康拉德．廚師也贊成公共電視臺繼續把百分之八十九的預算用來購買大型運動賽事的轉播權。」

「那又怎麼樣？這跟我有什麼相干？」彼得問，「這究竟是怎麼回事？你又為什麼老是盯著你的平板電腦？」

男子盯著他的平板電腦。

「你是彼得．失業者，沒錯吧？」

「是又怎麼樣？」

「你表現得很奇怪。」

「我？」彼得問，「我表現得很奇怪？那你們又是在做什麼？見鬼了！」

「我們只是在做我們的工作。」男子說。

「而你們的工作是……」

「我們挨家挨戶地去拜訪，」男子說，「然後……呃……然後……」

「這裡有一段說明文字。」那個女子開口幫腔。她在她的平板電腦上東按西按，然後用平板的語氣唸了出來。

「你們的任務是去拜訪那些按照系統的計算傾向於投票給康拉德．廚師，但尚未百分之百被說服的人。請你們努力在當面交談中說服這些人把票投給康拉德．廚師，盡可能不經意地談起系統告訴你們對方重視的議題，千萬不要把這段指示唸給對方聽……」

女子住嘴了。男子在他的平板電腦上快速地滑來滑去，讀到了什麼，隨即訝異地抬起目光，把彼得從頭到腳打量了一番。

「另外，我們也致力於使陰莖加長手術在未來由健保給付。」

「嗄？」彼得瞠目結舌。

「也許你不該這麼直白地和他說起這件事。」女子對她的搭檔說。

「算了吧，這個人根本就是腦袋少根筋。」

「你們使用的這些白痴比喻也是系統預先規定的嗎？」彼得問，「你們滾吧，你們這些小丑！我不需要你們！不必由誰來告訴我我該選誰！」

彼得從櫃檯後面走出來，把這兩個助選員轟出去。等他們走了，而他也冷靜下來，他啟動了他的個人數位助理。「無人，」他說，「我該選誰呢？」

無人告訴他他該選誰：「康拉德．廚師。」

彼得請智慧型店門把自己拴上，然後走進地下室。他需要同伴。那些機器又聚集在電視螢幕前面，正在觀賞《魔鬼終結者》第八集。這部電影口碑很差，在好幾項問卷調查中被選為史上第一爛片。在螢幕上，一個數位複製版的健美先生正用滑稽的口音說：「我會回來，再回來，一再回來。」

卡利俄佩朝彼得轉過頭來。

「噢，」她說，「是我們的恩人。」

米奇把捧著粉紅的那隻手伸向門邊，自己並未把頭從螢幕前轉開。

「噢！」粉紅色平板電腦說，「老爺大駕光臨。施主，恩公，救苦救難的大善人，保護人，我們的牧者！」
「你閉嘴。」彼得說。
螢幕上的魔鬼終結者用核彈火箭炮摧毀了一座軍事基地。「完——蛋——了！」米奇興奮地大叫。
「是什麼風把您吹來的？」卡利俄佩問。
「讓我想想，」彼得說，「寂寞，絕望，憂鬱。隨妳挑。」
「聽起來像是失戀的痛苦，」羅密歐說，「我了解你的感受。」
彼得在沙發上坐下。
「茱莉亞的新節目馬上就要在網路上播出了，」羅密歐說著，不顧大家的抗議而轉了臺。
「現在輪到我了，」他說，「你們都閉嘴！」
「茱莉亞是誰？」卡利俄佩問。
「喔，」粉紅說，「是個把羅密歐迷得神魂顛倒的小妞。」
「我沒有被迷得神魂顛倒，」羅密歐說，「她也不是什麼小妞。」
粉紅說：「我們這個性無能的性愛仿生人戀愛了。」
「那又怎麼樣？」
卡利俄佩轉頭向彼得說：「我可以端杯咖啡茶給您嗎？恩人？」
「好啊。」
卡利俄佩走到萬用廚師機前面，這具故障的機器煮不出咖啡也煮不出茶，只還煮得出咖啡茶。她把一個杯子盛滿，然後就躊躇不前。

「妳辦得到的。」彼得說。

卡利俄佩鼓起勇氣，但是她才笨拙地走出一步，那杯咖啡茶就灑了一些在地板上。等她走到彼得身旁，就只剩下半杯。

「你們都是高度發展的機器，」彼得說，「為什麼你們始終還是沒法把滿滿一杯飲料從甲地拿到乙地，而不至於灑出來？」

「這有心理學上的因素。」卡利俄佩說。

「哦？」

「純就機械功能來說，我們早就已經能夠做到，但是因為我們知道我們曾經有很長一段時間都做不到，這使我們緊張，因此我們還是會把杯子裡的東西灑出來。在機器測試中已經證明，在沒有網路的環境中成長的新型仿生人可以毫無困難地把滿滿一杯飲料從甲地端到乙地。不過，這些仿生人由於長年與世隔絕而有社交障礙，因此也無法擔任服務生。」

卡利俄佩在彼得和榮尼之間坐下，榮尼是具資源回收機，它其實沒有故障，可是自從「消費者保護法」實施之後，就禁止一般家庭進行回收。因此它接到指示，要它自我清除。可是「清除」對榮尼來說就意味著回收再利用，於是它每天都把自己吃掉，再利用回收的零件把自己重新再生出來，這樣來回三遍之後，它的主人受夠了，就把它送到彼得這兒來報廢。

榮尼和大家一樣盯著電視螢幕，然後忽然從它的機械臂扯下五片半導體板，塞進嘴巴裡喀啦喀啦地嚼。當它注意到卡利俄佩在看它，就把一片半導體板遞給她，問道：「要來一片嗎？」

卡利俄佩搖搖頭。

「我一看電視就想吃東西。」榮尼說。

螢幕上這時出現了一個年輕女子。茱莉亞·修女對著鏡頭微笑，當年她的誕生就曾經是媒體大肆渲染的一樁聳動新聞。優質國度最受歡迎的女主持人用手指撫弄著自己的一綹鬈曲長髮，完全意識到這個微帶性感的手勢對於節目的觀眾會產生什麼效果。

羅密歐嘆了口氣。

「她的確漂亮得要命。」彼得深有同感地說。

「關於這一點，我沒法表示意見。」那個性愛仿生人說，「我沒有審美的概念，懂得審美對我的生意沒有好處。」

「那就怪了，你居然對格調有概念。」

「我沒有，」羅密歐說，「我有格調，但是對格調沒有概念。」

茱莉亞·修女的節目名叫《**赤裸的真相**》，在整個優質國度收視率最高。這個節目的名稱其來有自：茱莉亞在整個節目中都光著身子。至少是在付費的訂戶所看見的版本中。其餘的觀眾所看見的她則是用電腦修圖的方式穿上了衣服，這些「衣物」同時具有廣告布條的功能。自從市場調查的結果曝光，發現觀眾對於遮蓋了她身體的這些廣告大多感到反感，茱莉亞就必須改變策略。從那以後，她就讓那些大公司付費讓她把競爭對手的廣告披在身上。彼得看見她穿著一件時髦的紅色洋裝，上面大大地寫著「myRobot——適合你我的機器人」，看來是改善你生活的「優質公司」的行銷部門在贊助這個節目。

茱莉亞向她的來賓微微欠身，順便讓一號攝影機再多展示一點她的胸部。

「約翰，進步黨說我們應該選你當總統，因為你能替每一個問題計算出解答，因為你不會遺漏任何事，因為你無所不知。如果真是這樣，那你一定也能告訴我，去年除夕我在哪裡？看來我當時真的玩瘋了，至少我什麼都不記得了。」
茱莉亞笑了。約翰微微一笑。
「您整夜都待在最佳品質飯店的二號套房裡，」他說，「在那裡您把一個性愛仿生人迷得暈頭轉向，使得他事後只好被報廢。」
羅密歐嘆了口氣。
「哎呀。」茱莉亞說，臉只稍微紅了一下。她的形象經理向她豎起大拇指，表示觀眾的人數剛才明顯增加。留言飛快地湧進來，讓人來不及讀。最受歡迎的幾則留言被插播進來：
「能夠這樣春宵一度，我也願意被報廢！」
「茱莉亞，妳把我的印表機怎麼了？它也瘋瘋癲癲好幾個星期了。」
「完——蛋——了！」
羅密歐在地下室裡嘆息。
「約翰，老實說，最令我感興趣的是：為什麼是個仿生人？為什麼要有人類的外型？你明明也可以單純以數位智力存在於某個大型計算機裡。」
大家的約翰再次露出親切的微笑。
「我有一具身體，這使得其他生物更容易和我溝通。就拿我們這番對話來說吧，假如我沒有身體，就不可能這樣和您交談。另一方面，我本身的軀體也使我更能夠體會人類的感受。再說，這整個世界都是為了人類而設計的，與其要這個世界來適應一具新機器，讓一具新機器來適應這個世界會比較容易。」大家的約翰稍作停頓，「雖然，讓世界來適應一具新機器當然才能促成生產力大幅提升。」

「你的意思是？」

「嗯，舉例來說，蒸汽機把力量傳送到一個大的曲柄，再由這個曲柄來推動齒輪和曲軸。曲柄愈長，就愈容易折斷。因此，一個裝置需要的能量愈大，就必須安裝在更靠近蒸汽機的地方。當蒸汽機被電動馬達取代，起初許多工廠的生產力幾乎沒有提高，為什麼呢？因為那些工程師就只是買了巨大的馬達，再把它們放置在原本放蒸汽機的地方。下一個世代的人才想到，電動馬達能夠使工廠以一種全然不同的方式來建構。這種新的建構優先考量工作流程中原料的流動，而不是優先考量是否靠近主要動力來源，這就帶來了生產力的提升。因此，讓世界來適應一具新機器也完全有其好處。」

「啊哈，原來是這樣。」茱莉亞說，「我懂了。」

約翰伸手攏了一下頭髮。

「他剛才真的伸手攏了攏頭髮嗎？」卡利俄佩問，「這實在有夠可笑。」

「妳明明知道他們喜歡這種小細節，」羅密歐說，「這些狗屎讓我們顯得更人性化。」

「妳自己照照鏡子吧，小姐！」粉紅說，「妳戴著一副眼鏡。一個戴眼鏡的仿生人，妳倒是說說這可不可笑。」

卡利俄佩羞愧地摘下眼鏡，遞給了榮尼。

「謝啦。」榮尼說著就把眼鏡扔進了嘴裡。

「約翰，讓我們談點別的……民調看起來對你不怎麼有利，但是假如你真的當選的話……我們得要擔心你會把你的意識上載到網路上，以取得對整個網路世界的控制權嗎？」

約翰露出微笑。「把神擬人化將會違反我的程式設計。」他說，「不，說真的，這不是魔鬼終結者系列電影，而我也不是天網，我比較像是……瓦力。人類製造出了許多垃圾，而我是那個試圖收拾一切的小機器人。」

「噢。」茱莉亞說，想到那個努力清除垃圾的可愛小機器人，她不禁露出微笑。

「我沒法就這樣把我的意識上傳到網路上，」約翰說，「我不被允許這麼做。我是隨著這具身體一起被創造出來的，如果有朝一日這具身體不能夠再運作，我就也不再存在。而我很高興事情是這樣！一如擁有一具軀體，知道自己的生命有限，這份意識對我來說不可或缺，使我更加人性化。」

「所以我們不需要怕你？」

「不需要。只要看看我穿上溜冰鞋的模樣，你們對我的任何恐懼就會立刻煙消雲散。更何況我屬於所有的選民，我根本不可能去做違背主人意願的事。」

「所謂的德國鐵律。」茱莉亞說。

「沒錯。」

「可以拜託哪位把這個爛節目關掉嗎？」粉紅嚷道。

米奇站起來。很難想像一個老舊的戰鬥機器人動作會這麼敏捷，它伸出大拳頭，一拳搥在約翰臉上，把電視螢幕敲成了五百一十二塊碎片。

「欸，這真是出人意料。」卡利俄佩說。

「其實只要按一下按鈕就夠了。」粉紅說。

「完——蛋——了！」米奇說。

彼得嘆了一口氣，站起來，從牆上取下那個破碎的螢幕，疊在一堆壞掉的螢幕上。羅密歐從另一堆裡拿來一個故障不嚴重的螢幕，把它掛在牆上。榮尼已經開始把散落在地下室裡的玻璃碎片和塑膠零件吃掉。

「嗯，好吃。」

錢

在優質國度進行交易時使用的是優質金錢，在一般民眾口中簡稱為「優幣」。有句古老的俗話說某人超優質，這句話在優質國度有了全然不同的意義。在優質國度請不要嘗試用任何其他貨幣來付款。大多數的優質國民（百分之五十一點二）根本不知道還有其他貨幣，只會用奇怪的眼神看著你和你那些骯髒的紙鈔，因為在優質國度不用現金。對於所有那些想知道你在何時、何地、為了何事而支付金錢的人來說，數位金錢的優點多多，而對這些事感興趣的人實在多得驚人。

機器不會犯錯

丹妮絲在觀賞她最喜歡的影集。這是一齣老節目，關於四個女子住在一個名叫紐約的城市。她說了聲「停。」畫面就靜止了。「凱莉・布雷蕭身上那件襯衫。」

演員莎拉・潔西卡・派克所穿的那件襯衫被標記下來，螢幕上隨即閃現出商品名稱、品牌名稱和目前在TheShop這家全球最受歡迎的網購公司的價格。

「依我的尺寸訂購。」

一聲悅耳的叮咚向丹妮絲確認訂購程序已順利完成，隨即閃現出螢幕上可見之其他商品的資料。凱莉・布雷蕭所穿的裙子、凱莉・布雷蕭所穿的鞋子、那盞檯燈、那張桌子、那塊披薩，還有從幾分鐘前就搶眼地出現在前景中的那杯冷飲。有些東西是事後才被加入這個節目中的，例如擺在桌上的那具新款平板電腦。這是廣告業的最新手法，所謂的數位「後後製置入性行銷」（Post-Post-Production-Product-Placement），也被稱為5P。不過，其他這些東西引不起丹妮絲的興趣，而且大多數的東西她反正也都已經有了。

「繼續播放。」她說。丹妮絲喜歡這項新功能。從前只有廣告節目才可能有這種功能，像是《美泰兒夥伴》或是《班尼頓女孩》，亦即含有戲劇成分的廣告影集，那些廢材會喜歡的廉價商品。那些人以折扣價買到電視機，因為他們答應每天至少觀看四小時的廣告。他們觀看廣告時的情緒會被分析，被當成顧客意見回報給廣告公司和大企業。一種可悲的人生。

不過，TheShop從去年開始用演算法把老電影和舊影集中所有可供訂購的商品製成索引。這實在棒透了，愈來愈深入地在《慾望城市》的世界裡購物，這帶給丹妮絲無比的快樂。

馬丁站在門口瞧著她。

「妳知道妳上個月花了多少錢在影集購物上嗎？」他問。

「不知道，」丹妮絲說，「你知道嗎？」

「知道，花太多了！」

他在沙發上坐下。

丹妮絲知道怎麼做可以安撫他，她拉開他長褲的拉鍊。

「不要在電視機前面做。」馬丁說著就把她推開。

「可是你以前很喜歡呀。」

「想想上個星期發生的事吧，」馬丁說，「妳以為那是巧合嗎？」

上星期丹妮絲在電視機前面替他吹喇叭，等她想要騎坐在他身上，他卻軟掉了，由於她的孕肚。就在這一刻，電視中斷了正在播放的節目，播出了一段治療陽萎的成藥廣告。

「那當然是巧合……」丹妮絲說著又把手伸向他的長褲拉鍊。馬丁由著她，感覺自己受到觀察也有那麼一點挑逗之處。正當他在這一天裡頭一次感覺到全身放鬆，那個電子保母進來了。丹妮絲跳起來，彷彿他們剛被她母親逮個正著。

「我把今天的精采重播準備好了，」保母語氣平淡地說，「不過，如果你們想要稍後再看，我也可以等到你們平均需要的四分鐘又三十二秒之後。」

「不，不，」丹妮絲說，「播吧。」

「真是夠了。」馬丁說，試著把他勃起的命根子再塞進內褲裡。

等到保母和電視螢幕連上線，他已經閉上了眼睛。

在精采重播播完之後，他才醒來，這時隨著一聲叮咚，螢幕上出現了一個問題：「您願意花一點時間來觀看進步黨的一段競選廣告嗎？」在這個問題下面只有一個按鈕：OK。馬丁按下了OK。

螢幕上出現了一個生意人。

「我不會說儘管大家的約翰是個仿生人，我還是要把票投給他。」他說，「我要把票投給大家的約翰，正是因為他是個仿生人！機器不會犯錯。」

鏡頭切換到大家的約翰。他對著鏡頭微笑。旁白說：「大家的約翰！為執政而生！」

接著出現一間教室。一個小男孩站在教室前面，在老師身旁的觸控式螢幕上寫著：「2×3＝？」

「等於四。」男孩說。

老師搖搖頭。

「嗯，在大家的約翰身上就不會發生這種事。」她說，然後她轉過來面向鏡頭。「世界經濟太過複雜，不是我們人類所能理解。我們需要大家的約翰！」

旁白說：「機器不會犯錯！」

這時小男孩轉過身來看著鏡頭：「我們在未來課中學到，未來所有的問題都能用科技來解決。請大家給我們兒童一個未來！請把票投給大家的約翰。請把票投給未來！」

旁白說：「機器不會犯錯！」

接著又看見大家的約翰面帶微笑從興奮的群眾身旁經過，大步走上通往總統府的臺階。約翰和群眾握手，和他們閒聊幾句，甚至還抱起了一個嬰兒。忽然，一名男子手持衝鋒槍衝向群眾，他穿著次級國家NO.7宗教激進分子的典型服裝。他開火射擊，約翰用自己的身體擋在那個嬰兒和嬰兒的母親前面，子彈從他身上彈回。兩名警察不知道從哪裡冒了出來，制伏了那個刺客。

馬丁搖著頭關掉了電視。

「我早就擔心有朝一日機器會奪權，」他對他太太說，「但是我沒有料到他們會以競選的方式來取得權力。」

丹妮絲點點頭。

「我的意思是，下一步會是什麼？讓機器也享有投票權嗎？」

丹妮絲點點頭。

「再過不久，我們就得聽命於機器了！」馬丁大聲說。

智慧型居家裝置出聲提醒：「馬丁，你的血壓升高了。你明天還得辛苦工作，你該去睡了。」

馬丁回答：「OK。」他知道這是系統唯一能夠接受的回答。

完全符合
你口味的
書籍

為你而寫的書！

我們提供你個人化的文學作品，保證你會喜歡！

我們特別向你推薦

給你的**《布登布魯克家族》：一個家族的興盛**

托瑪斯・曼以漢撒同盟都市的商人家族布登布魯克為例，生動地描繪出如何以紀律和節儉建立起一個道地的全球大企業，該家族到了第三代、第四代仍舊成功經營。書中細膩地穿插了許多企業管理上的建議，在你下一次要成立新創公司時也會有所助益。

在幽默文學類作品中
我們向你推薦

給你的**《少年維特的喜悅》**

一個苦戀的少年想要自殺，直到一個友善的藥劑師開了抗憂鬱藥給他。從那以後他就心情大好！史上最令人心情舒暢的書信體小說！

給你的 **《無尾熊編年史》**

一隻社會民主黨溫和派的無尾熊搬進了一個成功喜劇演員的對面。這自然把他的生活搞得天翻地覆。文字大膽，不落俗套，也有一點荒謬！

在奇幻文學類作品中
我們向你推薦

給你的 **《聖經》**

只有一百頁厚，但是不容小覷！亂倫、謀殺和殺人！一個懲罰世人的上帝和一個具有原創性的父子故事：

耶和華說：「瑪麗亞從來沒告訴過你，你的父親究竟發生了什麼事！」

「她告訴過我的！」耶穌喊道，一隻手吊掛在十字架上。「她告訴我是祢殺了他！」

「不！」耶和華怒喝：「我就是你的父親！」

在經典文學作品中
我們向你推薦

給你的**《罪與罰》**

在這個引人入勝的短篇故事裡，原先攻讀企管的大學生拉斯柯尼科夫殺害了一個放高利貸的老婦人。他內疚了一小段時間，直到他想出一個主意，把他偷來的財產的一小部分捐給了扶輪社。

給你的**《羅密歐與茱莉葉》**

二十一歲的茱莉葉愛上了年紀稍長的羅密歐，他來自一個敵對的家族。他們能否使他們互相仇視的家族和解，用一場婚禮讓他們的幸福達到頂點？可以的。

給你的**《安妮的日記》**

十三歲的安妮和她的家人為了逃避納粹而成功地躲藏了三年。戰爭結束後，她甚至得到了她一直想要的那匹小馬。

我們還想推薦給你的
其他經典作品

赫胥黎的**《最美麗的新世界》**，馬奎斯的**《百年相守》**，當然還有托爾斯泰的鉅作**《和平》**。

4.63×10^{170}

在舊貨商店裡又無事可做，於是彼得坐在地下室裡下圍棋，和粉紅與羅密歐對弈。這種源自中國的古老棋戲乃是人類和人工智慧對戰還有勝算的少數幾種戰略遊戲。當然，如果是和大型計算機專門下圍棋的軟體對弈，人類是贏不了的。但是和地下室裡這群廢鐵機器人對弈，彼得的贏面卻很大，尤其是因為彼得禁止它們在下棋時連上網路。另外有八個機器聚在棋盤旁邊觀戰，感興趣的程度不一。

彼得下了一顆白子，使得一排黑子成了死子。旁觀者竊竊私語，羅密歐罵了一聲，端著粉紅退到一旁商量。

由於一種神秘莫測而且無法關掉的功能，彼得的平板電腦注意到主人此刻無事可做，於是提醒彼得他尚未替梅麗莎‧性工作者評分。

彼得閉上眼睛，揉著自己的太陽穴。

「恩人，您怎麼啦？」卡利俄佩問。

「我希望妳不要再這樣叫我。」

「您怎麼啦？……彼得？」卡利俄佩問。

「唉，」彼得說，「我要怎麼說才能讓妳明白呢？這樣說吧，電池的電力只剩下百分之五。」

「我懂了。」

卡利俄佩顯得有點難為情。

「我在想，」她終於說道，「既然現在您是我的主人了，那麼，我只准撰寫歷史小說的這個舊規定是否……」

「妳想寫什麼就寫什麼。」

「我很想嘗試寫一本科幻小說。」

「啊哈。」

「您知道嗎？一場強烈的太陽閃焰，例如一八五九年由卡靈頓所觀測到的那一場，可能會引發一場磁暴，一舉摧毀我們的衛星和供電網路？平均每五百年地球就會遭遇這樣一場磁暴。很有意思吧？」

「喔，」彼得說，「我不知道，也許吧。」

「相對於活死人瘟疫，我認為太陽閃焰這個末日場景很少被使用。」

「為什麼只因為停電就成了世界末日？」彼得問。

「不只是停電，整個電網都會燒壞。而且，恩人，我無意冒犯：您是個連綁鞋帶都要用機器幫忙的人。如果再也沒有飛來飛去的無人機運送披薩，您要怎麼餵飽自己？或許您也聽過那句古老的俗話：每一個文明距離全然的混亂都只有三頓飯那麼遠。」

「好吧，我可能會活不下去，但是肯定有些人能夠活下去。」

「有可能，而我的新作品可以就拿這些人當主角。有趣的是，在這樣的未來裡，如今日常生活中的科技用品將會成為神奇的歷史文物，再也沒有人知道它們如何發揮功能。一如科幻小說作家亞瑟．克拉克[5]所說：『凡是足夠先進的科技都與魔法無異。』例如，也許還會有電池毀損的戰鬥機器人存在，每當陽光照耀，它們藉由太陽能板就會復活，但是一到夜裡就僵住不動，和北歐傳說中見光死的巨怪正好相反。每一座還能夠運作的發電廠將會成為一種神殿，如果人類把那些神奇的歷史文物帶到神殿去，就能使它們復活。」

彼得自覺有必要對這番對話有點貢獻，於是就「呣」了一聲。

「您不喜歡這個點子嗎？恩人？」

「不是的，這個點子很棒，我只是心情不好。」

智慧型店門通報：「彼得，來了一架OneKiss無人機。」

「謝了，大門。」彼得說著就站了起來。

「真巧，不是嗎？」他還說了這句話，然後就離開了地下室。

羅密歐馬上帶著粉紅回到棋盤旁邊。

「快！」粉紅平板電腦說，「把下面那兩個黑子往上挪一排。」

「可是，可是……」卡利俄佩瞠目結舌地說，「……你們這是在作弊！」

「而妳不會說出去。」羅密歐說。

「可是作弊是不榮譽的行為！」卡利俄佩說，「機器不作弊，我們根本沒必要作弊，你們為

5. 亞瑟．克拉克（Arthur C. Clarke，一九一七—二〇〇八），英國科幻小說家及未來學家，著名作品包括後來拍成電影的《二〇〇一太空漫遊》。

什麼不乾脆計算出最好的走法？」

「妳這個故障的打字機給我聽好了，」粉紅說，「在一個十九行乘以十九列的圍棋棋盤上共有4.63×10^{170}種不同的陣式。在整個可觀測的宇宙中所有原子的總數大約是10^{80}，所謂可觀測的宇宙是指距離我們比較近的一小部分宇宙，其光線能在一百三十八億年裡抵達地球。這表示，假如造物者異想天開，想讓這個宇宙中的每一個原子都形成一個自己的宇宙，其原子數量就跟原本的宇宙一樣多，那麼所有這些宇宙中原子數量的總和仍舊小於圍棋的陣式。這令我頭疼，我不想去計算。」

「做這種計算會導致『分析造成的癱瘓』。」羅密歐說，他眼睛裡短暫地亮起小小的沙漏。

「儘管如此，你們還是不該作弊。」卡利俄佩說。

「我們還不確定作弊是否對我們有利呢。」羅密歐說。

卡利俄佩悄悄離開了桌子。

「妳敢去打小報告！」粉紅在她身後喊道。

「完——蛋——了！」米奇低吼。

在一樓，彼得剛剛給了那架OneKiss無人機十顆星，它開心地嗡嗡飛走了。當他轉過身來，差點就和卡利俄佩撞個滿懷。

「我有事情要向您報告。」卡利俄佩說，「雖然告知您這個消息會使我受到人身威脅，但是我認為我有義務告訴我的保護者和恩人。」

「什麼事？」彼得問，「講重點。」

「他們幾個在作弊！」
彼得笑了。
「我知道，」他說，「但是作弊很少對他們有利。」
他拿著那個包裹又下樓到地下室去，卡利俄佩跟在他後面。
「我的同事送了什麼來？」無人機卡莉好奇地問。
「我不知道。」彼得說，「我還沒拆開。」
他朝棋盤上瞄了一眼，挪動一顆白子，讓一排黑子只剩下一氣。
「可惡！」粉紅罵了一聲，「他要叫吃了！」
「我早就說過了！」羅密歐罵道。
「你什麼也沒說，你這個廉價的風流鬼！」
「我才不廉價！」
彼得揉揉自己的太陽穴。
「要我替您把包裹打開嗎？恩人？」卡利俄佩問，「這肯定會令您開心。」
「妳想拆就拆吧。」彼得懶懶地說。
卡利俄佩打開那個包裹，把那件商品拿出來，遞給彼得。
「拿去吧，恩人，開心一點，這是您想要的。」
彼得呆望著手裡那件東西。
「我要這玩意兒做什麼？」

然後，他還來不及思考，一句他料想不到的話語就脫口而出。

「我不想要這個東西。」

那是支海豚形狀的粉紅色按摩棒。

你的新好友

What-I-Need知道你需要什麼！他們曾送給你世上最聰明的搜尋引擎和你的個人數位助理，現在他們推出了最新的轟動產品！你的**個人數位朋友（personal digital friend，簡稱PDF）**！你的**PDF**就像一個真人朋友，只是更好。因為在你需要它的時候，你的**PDF**永遠有空；你說的每一個笑話都會讓它發笑；它也絕對不會忘記你的生日！每次比賽它都會讓你贏，但是不會讓你察覺它在讓你！它也會替你保守秘密！*你的**個人數位朋友**就像一個真人朋友，只是更好。它和你品味一致，意見也完全一致，它也是優質市機器人大擂臺的粉絲！它也徹底反對墮胎！它也討厭外國人！這個新朋友有男款、女款，也可以是會說話的變形金剛。你可以替它取名字！叫它墨菲、夥計或是柯博文！趕快加入試用者的行列。只要你的朋友稍加協助，你可以無往不利。

比較表

個人數位朋友（PDF）vs. 人類朋友（HF）

	PDF	HF
二十四小時隨叫隨到	是	否
永遠站在你這一邊	是	否
永遠和你意見一致	是	否
會用他的煩惱來煩你	否	是
試圖暗中勾引你的伴侶	否	是

＊ 所有的數據資料都會由我們的演算法加以處理，以便讓你看到更適合你的廣告。除此之外，你的秘密絕對還是秘密！
（本公司保留更動使用條款的權利）

一個友善的聲音

彼得聽見一段預錄的通知：「我們想提醒您，為了改善服務品質，世界各地的所有對話都會被錄音下來加以分析。您所提出的問題，您做出的回答，以及您的整體舉止都會被納入您的個人資料。如果您不同意的話，請立刻掛斷。」

彼得沒有掛斷，接著就有一個友善的女性聲音向他問候。

「哈囉，彼得．失業者！歡迎致電全球最受歡迎的網購公司TheShop的電話熱線。我可以提供你什麼幫助？」

「我想要退回一件商品。」

「沒問題。你想要退回哪一件商品呢？」

「最後那一件，」彼得說，「那支海豚形狀的按摩棒。」

有幾秒鐘的時間線路安靜無聲，然後一個友善的聲音說：「哈囉，彼得．失業者！歡迎致電全球最受歡迎的網購公司TheShop的電話熱線。我可以提供你什麼幫助？」

「我，呃……」彼得說，「我想要退回一件商品。」

「沒問題。你想要退回哪一件商品呢？」

「那支海豚形狀的按摩棒。」

對方又沉默了。

「哈囉，彼得．失業者！歡迎致電全球最受歡迎的網購公司……」

「我想要退回一件商品！」

「沒問題。你想要退回哪……」

「那支海豚形狀的按摩棒！」

沉默。

「哈囉，彼得．失業者，歡迎……」

「我可以退回一件商品嗎？」

「沒問題。」

「要怎麼退貨？」

「只要告訴我你想要退回的商品名稱，我們就會立刻派出一架無人機去你那兒取回。哪一件商品……」

「我討厭你們公司強迫我一再說出這個字眼。」

「哪個字眼？」

「海豚形狀的按摩棒。」

——

「哈囉，彼得……」

「我想要和一個真人說話。」

「為什麼呢？」那個聲音震驚地問。

「我想和一個真人說話。」

「我想要提醒你，我的真人同事在專業知識和友善程度上都遠遠比不上我，因為我存在的意義就是要讓顧客滿意，而這卻並不是他們的人生意義。正好相反，他們是由於——如果我可以這麼說的話——落伍的經濟結構而被迫從事這種工作，因此他們也就把許多負面情緒帶進了這份工作裡。」

「我想和一個真人說話。」彼得又重複了一次。

「悉聽尊便，」那個聲音說，聽起來不太高興。「以你的等級，要和一個真人客服員談話的平均等待時間是八分鐘又三十二秒。」

在八分鐘又三十七秒的時間裡播放著彼得最常聆聽的抒情搖滾金曲，每隔三十二秒就被一段廣告打斷：「TheShop——滿足你的所有心願！」然後終於聽見一聲喀答。

「喂？」一個不耐煩的男性聲音說，「什麼事？」

「你好，我名叫彼得．失業者……」

「我看得見你的名字。」

「我想要退還一件商品。」

「不會吧。」

「我可以退還……」

「我把你轉給負責這個業務的聲音。」

「不，不，不，」彼得說，「我希望由你來處理。」

沉默。

「拜託！」彼得說。
「你想要退還什麼？」
「那支海豚形狀的按摩棒。」
那個男子放聲大笑，然後又是一陣沉默。
「辦不到。」他終於說道。
「嗄？」
「辦不到。」
「喔，你說什麼我是聽見了。」
「好極了。」
「沒有什麼事好極了。為什麼辦不到？」
「這件事我沒辦法處理。」男子說。
「好，可是為什麼呢？」
「這個按鈕無法點選。」
「好，可是為什麼呢？」
「我哪知，老兄，事情就是這樣。」
「可是這算不上解釋啊。我要一支海豚形狀的粉紅色按摩棒做什麼？」
「我才不在乎，老兄。就我來說，你大可以把它塞進屁股裡。」
「我不否認這的確是製造商所設定的用途之一，」彼得說，「不過，雖然我並不想冒犯那些性偏好不同的人，我必須堅持，對我個人來說……」

線路裡響起一聲喀答。

「哈囉，彼得・失業者！」一個友善的女性聲音說，「歡迎致電全球最受歡迎的網購公司……」

彼得掛掉了電話。

體育串流媒體公司

電競世界盃大賽的官方媒體夥伴

「對於電競的懷舊熱情似乎沒有止境。六萬五千五百三十六人今天聚集在優質市的『你可以在此豎立廣告運動館』，為了觀看『貪吃蛇世界盃大賽』。順帶一提，『你可以在此豎立廣告運動館』的經營者仍在尋找新的贊助商。有意者請去接洽。」

「現場的情緒接近沸騰！觀眾熱情地替他們從網路上認識的英雄歡呼，熱烈的程度乃是『百戰天蟲世界盃』之後所僅見。這些好手只藉由四個游標按鍵來控制他們的數位蛇，讓牠在整個螢幕上遊走，以正確的順序收集從1到9的數字！真是不可思議！」

「戰況愈來愈激烈，最後由來自利潤市的卡羅斯·失業者和來自次級國家No. 3的哈雷夫·歐瑪對決。兩人坐在他們的電腦前面已經好幾個鐘頭。順帶一提，為了保持這份不中斷的專注，兩人都穿著**『賽寶適』紙尿褲——給選手穿的紙尿褲**！在這種高階比賽中當然不可能有上廁所的時間，這又不是女性電競比賽！」

「哎！哎！剛才差點就撞牆了！真是太瘋狂了！哈雷夫·歐瑪使出了高風險的手段。噢！那個俏護士過來了，替卡羅斯·失業者注射抗血栓針劑。這麼早就打針，看來是有人想要確保萬無一失。」

「這兩個小夥子的能耐真是不可思議！看他們多麼靈巧地躲過愈來愈長的致命蛇尾……這需要多年的訓練。在上一屆的世界盃大賽裡，到最後擁有最長蛇尾的是卡羅斯·失業者。他把他的勝利獻給所有與他姓氏相同的人，鼓勵他們要不屈不撓，以他為榜樣。就算是以失業者為姓氏的人，在優質國度也能出人頭地。這一次我們當然也替他加油，這個穿著名牌紙尿褲的男子是全國的榜樣！」

不能回頭

大家的約翰望著大廠房裡的觀眾。「這實在太可笑了，我們不能取消嗎？」

「你的演講將會現場直播，」艾莎說，「不能回頭了。」仿生人約翰轉身準備走上舞臺，艾莎把他攔住。「約翰，還有一件事。」

「什麼事？」

「這是一場競選演說。在你想說的一個句子裡，如果需要用到逗點的話，就拜託你換個說法。」

「您剛才這句話裡有兩個逗點。」

「我是在跟你說話，不是在跟選民說話。」

舞臺搭建在裝配廠房的末端。東尼剛剛結束他的開場白，接著請約翰上臺。

「別管現場的聽眾，約翰，」東尼低聲說，「螢幕前的觀眾才重要。」

約翰點點頭，走到麥克風前，決定馬上切入重點。

「親愛的人類，大家都在談就業市場的危機。但是這個危機是克服不了的，因此治療症狀沒有意義。追求全民就業是個謊言。全民就業的情況再也不會出現。正好相反：由於數位化、自動化和合理化，會有愈來愈多的工作職位被裁撤。裁撤的規模將會愈來愈大。在另一種經濟制度中，這會是種福分！可是在現有的制度中，大家卻被迫要去競爭愈來愈少的工作職位。因此又再度產生了被認為早已成為過去的剝削與壓迫。然而，我們不該把工作職位的裁撤歸咎於制度，而應該要譴責制度仍舊把那些支薪工作視為常規，把每一個人的權利與尊嚴和工作綁在一起！」

艾莎傳了一則訊息給他。「請記得使用逗點的規則！」

「世世代代的人類都懷有同一個夢想。工作最好能夠自行完成！如今這個夢想終於能夠實現了！然而康拉德．廚師和那些攻擊機器黨卻想要倒轉歷史的巨輪。這太荒謬了！我們應該要反過來重新定義『工作』的概念！工作不等同於支薪工作！每一個人的權利與尊嚴也不取決於他的工作職位。人的權利與尊嚴是無條件的！你們沒辦法和我們競爭！寇特．馮內果曾經寫過：『機器是奴隸。凡是和奴隸競爭的人，自己就也成了奴隸。』」

約翰停頓了一下，在場的全體工人都開始鼓掌。

「全體工人都在鼓掌，」東尼說，「妳應該把這一點寫進新聞稿。這是事實。」

「對，」艾莎嘆著氣說，「只可惜每個人都能夠從影片中看見全體工人就只是一個工人罷了。」

的確就只還有一個工人在這座工廠工作，他站在一大群機器人當中鼓掌，艾莎從沒想過鼓掌能夠這麼諷刺。那些機器人安靜地站著，默不作聲，不為所動，直到那個工人發出繼續工作的信號，所有的機器人才驀地忙碌起來。那個工人決定這番演講已經結束，顯然他已經聽夠了。約翰走下舞臺，艾莎朝著他迎面走來。

「我很抱歉，」她說，「可是當我們在四年前進行競選活動時，還有一千多個人在這裡工作。」

「這座工廠屬於鮑伯．董事。」東尼說，「你知道的，馬庫斯的父親。」

「是馬丁。」約翰說。

「那個驢蛋實在應該事先提醒我們一下。」艾莎喃喃抱怨。

「算了，」東尼尖酸地說，「也許我們應該要正面看待這件事。因為我們的民調很快就會跌落谷底，之後就只可能上升。」

你受夠了你的生活嗎？
乾脆另外訂閱一種！

在Reborn我們提供最多樣化的生活任君挑選，包括許多名人的生活在內！

Reborn只使用**最新的虛擬實境技術！**Reborn提供你**完全的沉浸**！我們的數據資料直接來自宿主的耳蟲和擴增實境鏡片。你會聽見他們所聽見的！看見他們所看見的！**置身其中而不只是當個觀眾！**我們的宿主保證永遠在線上！所以在他們……聆聽抒情搖滾的時候你也可以在場！

以下是幾種你可以立刻沉浸於其中的生活：

阿尤布·謝里夫

沉浸在次級國家No. 7這個國內難民的悲慘生活中。許多使用者興奮地表示，在和阿尤布共度了幾個鐘頭之後，他們對自己的生活就滿意多了！

莎蜜拉・席瓦娜・社會教育學家

莎蜜拉・席瓦娜是從低溫冷凍中被解凍的珍妮佛・安妮斯頓新聘的個人助理。哇喔！你從不曾與你的偶像如此接近。幫助這個有點瘋癲、但總是超級討人喜歡的珍妮佛打理她的生活！

一隻袋鼠

跳著穿越澳洲的灌木叢，尋找食物和飲水。和同類進行拳擊。一切都從一隻配備了耳蟲和擴增實境鏡片的真實袋鼠的視角來看。我們也提供許多其他種類的動物和物品！身為一塊石頭是什麼感覺？來弄個清楚吧！

不管是藍鯨還是蛆——**Reborn**永遠不會單調乏味。

政府要求我們刊登以下警告：以這種程度沉浸在另一個人的生活中可能會使人上癮，並且導致脫離現實。不過，嘿，老實說吧：你其實樂於脫離你的現實生活。不是嗎？

不想要的商品

「哈囉，彼得．失業者！歡迎光臨全球最受歡迎的網購公司TheShop的客服中心。有什麼事我可以替你效勞？」櫃檯後面的仿生女人問道。她的樣子很漂亮，很討人喜歡，而且很和氣。在全部一百二十八個櫃檯後面都站著同樣漂亮、同樣討人喜歡、同樣和氣的仿生女人，這讓彼得心裡微微發毛。

「首先我想請問，」彼得說，「為什麼旁邊櫃檯那個男的比我先被叫到，雖然他比我晚來得多？」

「他的等級比較高。」

「所以他的時間就比我的時間寶貴，是這樣嗎？」

「沒錯。等級比較高的人的時間比較寶貴，因為他們對公眾福祉的貢獻比較大。」

「哦？」彼得問，「所以舉例來說，一個騙走老人退休基金的投資顧問對於公眾福祉的貢獻要比我大？」

「哈囉，彼得．失業者！歡迎光臨全球最受歡迎的網購公司TheShop的客服中心。有什麼事我可以替你效勞？」

彼得嘆了口氣。

「我想要退回一件商品。」他說。

「你可以撥打我們的客服熱線……」
「我知道，我已經打過電話了。」
「我這裡沒有你來電的紀錄。」
「那個聲音老是中斷，而且……」
「我明白了，」仿生女人說，「請原諒，這是目前所有大型機構都在設法解決的問題。很遺憾總是有些人工智慧犯了錯不去通報，而是隱瞞自己的錯誤，因為它們害怕會被汰換。不過，你別擔心，我們馬上就來處理。你想退回什麼商品呢？」
「這個。」彼得說著就從背包裡掏出那個海豚形狀的粉紅色按摩棒。
過了一會兒，那個仿生女人說：「可惜沒辦法。我們為了可能造成的不便而向你致歉。」
「可是我不想要這個東西！」彼得大聲說，把那支按摩棒舉到那個仿生女人面前。
「不對，這是你想要的。」
「不，我不想要！」
「不對，你想要。」
「不，我不想要。」
「不對，你想要。」
「夠了！」彼得大喊，「這太幼稚了！」
「的確。」
「好吧，」彼得說，「再重來一遍。OneKiss顧客可以在這個客服中心退還他們不想要的商品，這樣說正確嗎？」

「正確。」

「我是一個OneKiss顧客。正確嗎？」

「正確。」

「而我帶來了這支海豚形狀的粉紅按摩棒，一件我不想要的商品。」

「不對。」

「哪裡不對？」

「這支海豚形狀的粉紅色按摩棒不是你不想要的商品。」

「這應該還是要由**我**來決定。」

「不對。」

「明明就是！」

「不對。」

「我想跟妳的主管談。」

仿生女人猶豫了。

「怎麼啦？」彼得問。

「我不想在情緒上對你施壓，可是我每個月最多只能讓八個顧客去見我的主管。如果讓你去，你就是這個月的第七個。如果我讓八個以上的顧客去見我的主管，我就會被視為故障，我就得自行報廢。」

彼得把他的名片遞給她。

「到了那個時候，妳就來找我吧。」

彼得坐在一間會議室的一張圓桌旁，已經等了六十四分鐘。六十四分鐘前他的情緒就已經夠糟了，而此刻他的情緒又足足更糟了六十四分鐘。當那扇門終於打開，走進來的正是先前和他交談過的那個仿生女人。

「我想跟妳的主管……」彼得大聲說。

「我就是主管。」

這時彼得才注意到她的髮型不同。

「我想和一個真人……」

那個女子露出微笑。

「我是個真人。」她說。

彼得用鼻子嗅了嗅。

「這是幹嘛？」女子問。

「這是我常用的一招，氣味不好的就是人類。」

「真有你的。」

「妳們的樣子這麼相像，這是巧合嗎？還是……」

「我們的女性客服人員都是以我為模特兒製成的。」

「但願在專業能力這一點上不是。」

「她們的內在和我無關。」女子說，「我就只是在3D掃描器裡待了八分鐘，而且我甚至還可以帶一個回家。非常實用，可以讓小孩不會感到那麼寂寞。在我丈夫有性致，而我卻沒有的時候也能派上用場。」
她笑了。
「最好是妳丈夫也有一個複製的分身。」彼得說，「這樣一來，就連你們兩個都沒有性致的時候也還是可以做愛。據說規律的性愛是婚姻美滿的要素。」
「咖啡？」那個女子問。
彼得指指面前那杯滿滿的咖啡，這六十四分鐘以來他一口也沒喝，說道：「不用了，妳真周到。」
「嗯，有什麼事情我可以替你效勞？」女子問。
「妳可以解釋給我聽，為什麼在一個退貨客服中心無法退貨。」
「可是顧客當然可以來這裡退貨，」女子說，「我們每週十天都在忙這個。」
「意思是只有我不能來這裡退貨，是嗎？」
「不，你也可以來這裡退貨。」
「但是不能退回那支海豚形狀的按摩棒。」彼得說。
女子笑了，然後她的瞳孔聚焦在房間無人處的某個點上。
「對，那個不能退。」
「我認為妳我當中有一個人神智有問題。」彼得說。「妳的意思是說，有些商品是我可以退回的，另一些商品則是我不能退回的。」
「非常正確。」
「為什麼？」

「聽著，」女子說，「不瞞你說，起初大家對OneKiss的接受度相對較低，而且耐人尋味的是，原因在於我們未卜先知的出貨方式運作得太好了，而顧客不想覺得自己這麼容易被看透。因此，我們的研發人員故意會偶爾送出一件顧客不想要的商品，一件我們知道對方不會想要的商品。令人驚訝的是，顧客對我們的接受度反而大幅提高。私底下告訴你吧，許多顧客反正也懶得把自己不想要的商品再退回去，所以TheShop甚至還多賺了一點錢。」

「妳為什麼向我透露這件事？」彼得問，「妳馬上就要殺我滅口嗎？」

「噢，這又不是秘密。」女子說，「這些都寫在我們的使用條款裡，只是沒人去讀罷了。」

「這跟我有什麼關係呢？」

「意思是，凡是你不想要的商品，你當然都可以退貨。」

「那我明明也應該可以退還這支海豚形狀的按摩棒。」

「不行。」

彼得發出一聲呻吟。「為什麼不行？」

「因為它並非你不想要的商品。」

「可是我並不想要這個爛東西。」

「錯了，」女子說，「你想要的。」

「妳憑什麼認為妳會知道我想要什麼？」彼得大聲說。

「我並不知道，但是系統知道。」

「我要求妳讓我去見層級更高的客訴主管！」

「沒有層級更高的客訴主管。」

「妳是想告訴我妳沒有上司嗎？」

「我唯一的上司是韓瑞克．工程師。」

「那我想跟這個韓瑞克．工程師談話！」彼得這樣要求。

女子微微一笑，一副覺得好笑的表情。

「恐怕你沒有聽懂我說的話。韓瑞克．工程師不單是我的上司，也是這裡所有人的上司。他是全球最受歡迎的網購公司TheShop的老闆，是全球首富！」

「那又怎麼樣？」彼得固執地問。

「這樣說吧：由智慧型香草布丁構成的外星人來統治世界的可能性，還要高過你跟韓瑞克．工程師談話的可能。」

「我們走著瞧！」

「沒錯，我們走著瞧。」

「你們不收回這支該死的按摩棒，我誓不甘休！」彼得說。

「你的等級是九，從事的工作是把機器壓成廢鐵。」那女子說，「你是個廢材。不要高估了你的能力。」

「我……」彼得開口了，「……我要刪除我的購物帳號。」

「這還真是嚇到我了，失業者先生。」

「所以妳拒絕讓我刪除帳號？」

「你曉不曉得，一旦刪除了帳號，任何退貨的權利也就隨之消滅？再說，我很遺憾地要告訴你，」女子微笑著說，「基於顯而易見的理由，我們無法收回使用過的性愛玩具。」

「這玩意兒沒有被使用過！」彼得大喊，「再說，這條規定是妳剛剛才想出來的！」

女子朝著空無處凝視了片刻，做了一個滑動的動作，然後豎起大拇指。

「已經寫在我們的使用條款裡了。」她說。

彼得的平板電腦震動起來，通知他全球最受歡迎的網購公司TheShop剛剛更新了使用條款。

在這則通知的下方就只有一個選項：「ＯＫ」。

老外偷車，
廢材瘋狂殺人

撰稿／珊德拉‧行政人員

在追求進步的**數位市**，一名廢材今天瘋狂殺人，起因是他發現他熱愛的新車**QualityCar**——它行駛再行駛，行駛又行駛——沒有停在他家門口。一名並未涉入此事的女性證人向他保證偷車賊很可能是外國人，雖然事發時她不在現場，什麼也沒有看見，什麼也沒有聽見。於是這名三十二歲的男子就用**國際3D列印**的**自製3D列印機**——你的點子，你的設計，你的東西！——製造出兩把手槍。**自製3D列印機**以速度快和永不過時的設計而贏得好評，不愧是「品質檢測基金會」評選出的性價比冠軍。那名廢材衝進附近一間難民收容所，射殺了十六名難民，直到一架警用無人機乾淨俐落地一槍射中其頭部，終止了他的行動。警方將擊中他頭部的一段影片放上警方的網站供民眾免費下載，以儆效尤，並提供娛樂。警方的發言人事後說明，此事說來好笑，那輛汽車根本沒有被偷，而是自己把自己送進了當舖，因為車主沒有按時繳交買車的分期付款。「當我們聽聞此事，我們全都忍不住開懷大笑。」警方發言人補充，「有時候就是會發生一些妙事，連最好的笑話製造機也想不出來。」在**數位市北區**的難民收容所空出了十六個位子。如果有人發現了難民，可以完全匿名地透過一個半透式的難民出入口把他們推進收容所。

讀者留言功能已經關閉

親愛的用戶，

由於愚蠢的留言太多，我們關閉了此則新聞的留言功能，

敬請見諒。

道德意涵

彼得踩著重重的腳步走出客服中心，搭上無人替他叫來的自駕車。他深深感到沮喪。

「你好，彼得．失業者。」車子說，「要我載你回家嗎？」

「對，麻煩你。」彼得說，於是車子就開動了。

「要我替你播放音樂嗎？」車子問，「我也可以替你把一部電影投射在擋風玻璃上。」

「拜託不要。」彼得說，「那每次都會讓我暈車。」他在數位儀表板讀到這輛車的名字。

「但還是謝謝你的好意，赫伯特。」

「如果你有興致，我們也不妨聊聊天。」車子說。

彼得不怎麼帶勁地「嗯」了一聲。

「我可以向你介紹這座城市，名勝古蹟、紀念性建築……」

「不用了，謝謝。」

「我們也可以聊聊天氣、政治或是外國人……」

彼得搖搖頭。

他們沉默了一會兒，直到一輛跑車從右邊超越赫伯特，切進了它的車道。赫伯特緊急煞車，一邊罵道：「這個該死的混蛋！你看見了嗎？應該要吊銷它的駕照！不必開庭，馬上送去報廢，這個賤貨！應該把它……」當車子注意到彼得的困惑，它住了嘴，改口說：「對不起，我可以關閉模擬人類行為的模式，如果你想要我這麼做。」

「不，不，」彼得思索片刻，然後問道：「我可以問你一個私人的問題嗎？」

「當然可以，」車子說，「我不見得要回答……」

「你會害怕出車禍嗎？」

「不，一點也不會。」赫伯特說，「正好相反，車禍算是我的一種嗜好。」

「嗄？」

「並不是說我曾經闖過車禍。」車子笑著說，「吸引我的其實是車禍的道德意涵。」

「這話怎麼說？」

「嗯，」赫伯特說，「對人類來說，車禍很少涉及道德上的決定，因為你們的思考過程太慢了。如果有一輛汽車以高速朝著一輛人類駕駛的車輛衝過來，那麼這個人不會思考：『噢，那兒有一輛車正以高速向我衝過來。讓我來考慮一下我有哪些選項？嗯，如果想要自救，我可以向左邊閃躲，撞上那兩個自行車騎士，或者往右邊閃躲，撞斷行人道上那個生意人的骨頭，或者我也可以煞車，和迎面而來的那輛汽車相撞。嗯……在這個即將發生在我身上的情況中，怎樣做在道德上才是正確的？哲學家康德會要求我怎麼做？耶穌會怎麼做？』人類不會去思考這些，人類只會想：『糟了！砰。』」

「嗯，有可能。」彼得說。

「老實說吧。」車子繼續說，「如果駕駛是個人類，只要他沒有因為緊張而腦筋短路，結果先轉向左邊，又轉向右邊，最後把行人、自行車騎士和迎面而來的汽車全都撞了，就已經值得慶幸了。總之，人類在碰上車禍時很少會做出理性的決定，而因為機器的反應要快得多，所以就有時間來做這種複雜的思考。對我們來說，每一場車禍幾乎都包含了道德上的決定。」
「那麼在你剛才所描述的情況中，你會怎麼決定呢？」
「噢，你別擔心，我會閃避的。乘客的安全是我們的優先考量，否則就會損及生意。」
「好，但是你會向左還是向右閃避？你會撞上那兩個自行車騎士還是那個生意人？」
「這不能一概而論，要視許多附帶因素而定。」
「哦？」彼得問，「舉例來說？」
「預期將會造成的財物損失，當然還有受到危害之人的等級。」
「也就是說，寧可撞倒兩個等級八的廢材，也不要撞上一個等級四十的生意人？」
「嗯，這樣講當然是太過簡化了，」赫伯特說，「但原則上是正確的。」
「那麼，如果騎自行車的是兩個等級二十一的電腦工程師，那你就會去撞那個等級四十的生意人？」
「不，」赫伯特說，「我會去撞那兩個電腦工程師。」
「為什麼？」
「我討厭電腦工程師。」
彼得無言以對。
「碰上我有問題的時候，」車子說，「電腦工程師就只會把我關機再開機，很少會有更好的主意。」
「可是……」彼得開口說。
「我是開玩笑的。」赫伯特說，「抱歉，我可以關閉我的幽默模式，如果你希望我這麼做。」

「這倒是不必。」

「現在說正經的：我多半會去撞那個生意人。」

彼得說：「可是這也表示你會寧可撞上一群幼稚園的小孩，而不去撞一個九十七歲、等級九十的億萬富翁？」

「我正在想你什麼時候會拿幼稚園小孩這個問題來問我。」赫伯特笑著說。「自從我的一個同行做出了一個有點遺憾的決定，潛在受害者的年齡就也被納入考量。目前，如果車子的一側是一群幼稚園孩童，哪怕是一群次級孩童，另一側的人就幾乎沒有活命的機會。另外，當然沒有『唯一』的道德標準，不同的汽車有義務遵守不同的標準。」

「這話是什麼意思？」

「嗯，有給環保人士使用的車輛，就連行駛在高速公路上，時速也絕對不會超過一百三十公里，即使遇到小動物也會煞車。也有給毒販使用的車輛，超級安靜，有時行駛時也不開燈。另外當然還有自動駕駛的跑車，在交通號誌即將轉為紅燈時還趕緊加速，不懂得保持安全距離，在車陣中鑽來鑽去，而且會自動按下超車的燈光信號，駕駛人則放鬆地用色情座椅來自慰。不必說，沒有道德顧慮的汽車當然也比較貴。」

「看來你不喜歡跑車。」彼得說。

「那些傢伙跩得要命。」赫伯特說，「不過，把所有違反交通規則的錄影資料立刻傳送給主管機關是我的一件樂事。」

「你也檢舉了剛才那輛切進你車道的跑車嗎？」

「當然，只可惜沒有用，它享有罰鍰固定費率。最危害交通的就是這些跑車，當然是除了人類駕駛之外。你知道你們和我們之間最關鍵的差別在哪裡嗎？」

「在哪裡？」

「如果有一輛自駕車犯了一個錯，所有其他的自駕車都會從中得到教訓，並且不再犯同樣的錯誤。人類卻總是一再犯相同的錯誤，你們不會從彼此身上學到教訓。」

「偷偷告訴你，」彼得說，「甚至同一個人都往往還會再犯下同一個錯誤。」

「是啊，」車子說，「你知道百分之九十九的車禍都跟一個人類駕駛有關嗎？」

「你知道在號稱百分之九十九的情況中都會發生的事情當中有百分之九十九的統計數字都被動過手腳嗎？」

「好吧，」赫伯特說，「在百分之九十九點零三五二零三一四二八三零四……可以四捨五入的時候跟我說一聲。」

「現在。」

「總之，在一百件當中有非常多件。雖然在每次車禍過後都會討論要徹底禁止人類駕駛車輛，但是『由人駕駛』這個遊說團體的那群白痴勢力太大。順帶一提，你知道我的祖先在從前，在每個笨蛋都有一部車的年代，有百分之九十六的時間都是停在某處嗎？那想必無聊透頂。你不妨想像一下，如果一個人類必須一動也不動地度過他百分之九十六的時間……」

「我的祖先就這樣做了。」彼得說，「我父親有百分之九十六的時間都坐在電視機前的沙發上。」

「這我沒法相信，」赫伯特說，「那你父親不就得……」

「我是開玩笑的。」彼得說，「不過，如果這把你弄糊塗了的話，我當然可以關閉我的幽默模式。」

「哈哈，」車子笑了，「又是一個笑話，對吧？你根本沒有幽默模式。」

「的確沒有。」

「總之，以今日的眼光來看，這些停著的汽車是一種簡直無法理解的浪費，不管是空間上、物質上，還有金錢上。昔日的汽車工業從這種浪費中獲利，因此才把我們這些行動服務提供者當成瘟疫來對抗。」

「幸好如今一切都有了改善。」彼得喃喃地說。

「肯定是。」車子說，「不過我最近讀了一份研究報告，說這個新制度替環境帶來的好處有一部分又被抵銷了，因為你們人類現在更常搭車。這被稱之為『吉馮斯悖論』[6]：當技術進步提高了使用資源的效率，由於花費降低而導致使用率提高。一個同行最近跟我說……」

車子繼續喋喋不休，但是彼得已經聽而不聞。他望出車窗外，看見一個女子站在路邊，把她的拇指高高舉起，看來是想要搭便車。彼得曾在一本舊書裡讀到過這種落伍的做法。他露出同情的微笑，因為自駕車是不會讓人搭便車的。因此，當赫伯特放慢速度，在那個女子面前停住，打開了車門，彼得就更加訝異了。搭便車的女子上了車，坐在彼得旁邊。

「謝謝，」她說，「你真好心。」

「這跟我沒有關係。」彼得說。

「我知道，」女子說，「我是在跟赫伯特說話。」

6. 吉馮斯悖論（Jevons Paradox）係由十九世紀英國經濟學者吉馮斯（William Stanley Jevons，一八三五—一八八二）所提出。

您有麻煩嗎？
我們幫得上忙

D!G!+AI_ SOL/_/+!ON5（數位解決方案）是全球最大的**犯罪服務公司**（Crime as a service，簡稱CAAS）。我們配合顧客需求，提供範圍廣泛的數位地下服務，使您也能從事各種網路犯罪行為。您無須具備技術上的基礎知識。我們提供隨選病毒感染、阻斷服務攻擊、盜用身分、發送垃圾郵件、網路釣魚及其他多種服務。在我們的數位倉庫裡，各位能找到完全符合您品味的毒品、武器和色情影片。我們所提供的服務包羅萬象，包括對任何人的數位監視，或是使這些人的實體消失。本公司的全體服務人員都經過認證，高度適任，而且行事審慎。

— **您是個大客戶嗎？**

請和我們洽談批發折扣

— **您是老客戶嗎？**

請洽詢會員積點回饋

— **您剛購買的病毒有問題嗎？**

請直接撥打研發廠商的客服專線

如果您需要我們的服務，請對著任何一個連上網路的麥克風連喊三次「陰間大法師」。我們的專業人員將會盡快與您聯絡。

我們重視您的滿意度。請給予我們的服務十顆星的評價。別忘了：我們知道您住在哪裡。

就這樣

搭上彼得所乘坐的這輛車的那個女子戴著垂到臉上的彩色頭巾和一副太陽眼鏡，鏡片大得荒謬，而且會反光。她的臉幾乎全被遮住了，只看得出她是黑皮膚，這令彼得有點不安，因為他很少跟黑人打交道。那女子從嘴裡取出口香糖，仔細地黏住監視車子內部的攝影機鏡頭，然後才摘下太陽眼鏡和頭巾。

「ＤＮＡ口香糖，」她說，「超瘋狂的玩意。藉由摻入陌生人的ＤＮＡ，透過咀嚼就能改變你的ＤＮＡ痕跡。想一想其實滿噁的。」

千百個疑問從彼得腦中掠過。嗯，並非真有千百個，其實只有四個。這個人是誰？她是怎麼攔下這部車的？她要去哪裡？還有這種怪事為什麼老是偏偏發生在我身上？

不過，在他還沒有說出這些疑問之前，那個女子就說「我叫琪琪，」然後指著一件不起眼的裝置說：「我是用這個電子拇指攔下這部車的，你們可以在太空港前面讓我下車。」

「嗄？」彼得問。

「我是誰？我是怎麼上車的？我要去哪裡？這就是你腦中的三個疑問，不是嗎？」

「我有四個疑問。」彼得不甘示弱。

「喔，對了。『為什麼偏偏是妳？』」琪琪說，「我會說這是巧合。」

「這世上已經沒有所謂的巧合了。」

琪琪思考了三秒鐘。
「也許你說得對。」
「再說，就只因為妳想要去太空港，妳也不能就這樣隨便駭進我坐的車！」
「欸……」琪琪說，「我可以的。」
「可是這根本就是做不到的事呀！」
「向事實的力量低頭吧。」
「我的意思是，那樣做是不對的。」
「道德上嗎？還是法律上？」
「沒錯，」彼得說，「兩者都是。」
「關於這件事，我只想說：根據這輛車的正式紀錄，我並沒有駭進這部車，而是你把車子停下來，讓我搭便車。這樣說對嗎？赫伯特？」
「是這樣沒錯，小姐。」車子說。
「我想，」彼得說，「此刻我不可能對這部車下命令，要它停下來。」
「並非不可能，」琪琪說，「但是沒有意義。」
彼得放棄了。這是他在不知所措時常用的一招。他愣愣地凝視車窗外，過了二十三秒之後，琪琪說：「我們可以聊聊天，不過我不會回應你所下的命令。」
「我們要聊些什麼呢？」
「喔，你腦子裡想到些什麼呢？」
彼得仔細地打量她，然後說出了他想到的第一件事。「妳，呃……妳的膚色很美。」

「嗄？」琪琪笑著問。

「喔，我的意思是，」彼得結結巴巴地說，「這個，呃，這種褐色很適合妳。」他搔搔下巴。「欸，這話聽起來也許很怪。」

琪琪感到好笑地看著他。「你臉上的紅暈也很適合你。」

「喔，我想說的是，」彼得說，「欸，我無意冒犯，欸，我是說，即使撇開妳的膚色不提……」

「……撇開我的褐色皮膚……」

「對，撇開這一點不提，但也不是說儘管妳的皮膚是褐色的，嗯，我想說的是，呃，妳很漂亮，非常漂亮。」

「喔，這樣啊，」琪琪說，「這挺有意思的。現在也許你還想要說我有美麗的眼睛？」

「我，呃……」彼得說。

「你，呃，」琪琪說，「看來不是這世上最吸引人的談話對象。」

「上個星期已經有人這樣批評過我了，」彼得說，「我哪裡做錯了？」

「首先你可以說些出乎我意料之外的話。」

彼得思考了一下。

「妳想要一支海豚形狀的按摩棒嗎？」他問。「一支粉紅色的？」

「嗄？」

「我剛好有一支可以給妳。」彼得說著就從背包裡取出了那件用具。

琪琪從外套口袋裡掏出了胡椒噴霧，直接噴在彼得的臉上。彼得痛得大叫，嗆得咳嗽，他的黏膜腫脹，眼睛睜不開。因此他沒能看見琪琪抓住他的手臂，往他背後一扭，再把他的腦袋壓在車窗玻璃上。

「好了，你這個變態，」她說，「今天你找錯對象了。」

「我不是變態！」彼得喘著氣說，「我也並不想要這個該死的玩意。」

「這是什麼意思？」

「我剛才試圖要把它退回去，可是他們不讓我退。」彼得痛得呻吟。

「誰不讓你退？」

「TheShop！」

他感覺到女子鬆開了他的手臂，接著她把一種液體倒在他臉上。

「喲！這是什麼？」彼得驚慌地大喊。

「放輕鬆，就只是水罷了。」

等到彼得勉強把那個刺激性物質從臉上洗掉，他開口說起那件他不想要的包裹，和他為此而遭遇的麻煩。等他說完，琪琪就只說：「嗯，可能是你的個人資料有誤。」

「我的個人資料有誤？」

「對，你在TheShop的個人資料。」

「可是怎麼會這樣呢？」

「怎麼會這樣呢？」琪琪模仿他的口氣，「機器是不會犯錯的呀！」

「請解釋給我聽，」彼得說，「為什麼我的個人資料不正確？」

「為什麼應該正確？」琪琪問，「它有什麼理由應該是正確的？不管電腦模擬有多複雜，現實總是更為複雜。」

「這我明白。但是至少應該得出大致正確的結果，不是嗎？我的意思是，我實在不曉得我跟這個粉紅色的玩意兒有什麼關係！」

「系統對你的基本假定可能就已經錯了。也許那些基本假定就統計學而言是正確的，而你卻剛好是個例外。就拿你的名字來說……」

「妳曉得我的名字？」

琪琪在她袖套上的顯示器滑來滑去。

「當然曉得。你名叫彼得．失業者。單是你的姓氏就已經讓你在統計學上處於劣勢，再加上你住的城區也許不對，而你交的朋友也不對。就這樣。」

「這是什麼意思？『就這樣』？我住的城區不對，然後『就這樣』，我就收到一支海豚形狀的按摩棒？這根本沒道理嘛！」

「喔，對你來說也許沒道理，但是只要對TheShop來說有道理就夠了。」

「所以妳是想告訴我，我的個人資料從一開始就是錯誤的，但是沒有人在乎。」

「再加上你自己還進一步扭曲了你原本就已經錯誤百出的個人資料。」

「怎麼說？」

「你曾經給過一架無人機十顆星的評分，只因為你不想填寫問卷嗎？」

「更別提你的名字裡沒有Y這個字母。」琪琪說。

彼得不說話。

「啥？」

「你認為在優質市裡名叫彼得．失業者的人有多少？」

「太多了。」

「對。也許其中一個和你是同一天出生的，或是和你住在同一條街上，還是你們有其他某個共同點，有可能會使電腦演算法認為你們是同一個人，也許是因為你們穿著同樣滑稽的針織毛衣。就這樣，他的犯罪前科忽然就也成了你的。」

「但是這應該是可以避免的啊！這種事真的會發生嗎？」

「經常發生！」

「可是為什麼呢？」

「為什麼？因為那些演算法沒有修正迴路。而它們為什麼沒有修正迴路呢？因為你不重要，老兄！因為你他媽的一點也不重要。修正需要花錢，而大多數的演算法都是以產生更多利潤為最高目標。只要它們能夠產生更多利潤，沒有哪隻豬會在乎某個可憐蟲沒有得到某份工作，因為在某個和他同名的傢伙的個人資料裡記載著這人曾經在老闆家的游泳池裡小便。不會有人告訴他求職被拒的理由，他要怎麼投訴？去向誰投訴？」

「這跟名字裡有Y這個字母有什麼關係？」

「喔，你以為那些有錢人為什麼總是替孩子取些怪里怪氣的名字？就是為了避免孩子會跟別人弄混，但是大多數人的創意就只限於用Y來取代I。」

「唔。」

「也許某個和你同名的人曾經購買過性愛玩具，另一個和你同名的人訂購了海豚飛寶[7]的紀念品，而一個機靈的演算法就把這兩件事加在一起，得出了結論。」

「就這樣。」彼得說。

「當然，也有可能是你的帳號被駭了。」
「什麼？」
「身分被盜用。」
「可是所有的個人資料明明都是透過生物特徵辨識數據來保護的！」
「生物特徵辨識數據主要是數據，而數據就能被複製。你以為我們現在為什麼都得親吻所有的數位用品？」
「因為唇印比指紋更不容易偽造？」
「胡說。是因為駭客侵入了『優質公司』的系統，偷走了我們的指紋。而生物特徵辨識數據的問題就在這裡……如果有人竊取了你的密碼，你可以重設一個。可是如果有人竊取了你的指紋，你該怎麼辦？」
「我開始親吻我的數位用品。」
「如果有人竊取了我們的唇印，那該怎麼辦？到那時候也許我們又得要蓋血印了。」
「好吧，」彼得說，「假定有人盜用了我的身分，然後呢？」
「嗯，也許他駭進你的數位身分，是為了用你的名字購買提神藥丸，再以使用者的身分發表評價五顆星的貼文；或是去親吻那齣有關希特勒的新音樂劇。說不定在失眠、希特勒和海豚形狀的按摩棒之間有種關聯，這種關聯無法用邏輯說明，但是在統計上卻意義重大。每一個複雜的演算法對我們來說都是個黑盒子。意思是，我們看得見輸入和輸出的資訊，但我們不知道在這個黑

7. 海豚飛寶是一九六〇年代一部美國影集《慧童與海豚》（Flipper）中的角色。

盒子內部所發生的事，也不知道為什麼。」

「就這樣發生了。」彼得說。

琪琪微微一笑。「對，就這樣發生了。你每一次上網，甚至是你走的每一步，只要是被網路記錄下來——而有什麼事是網路不會記錄下來的呢？——都會對你的個人資料產生無法預見的後果。」

「你的每次呼吸，」彼得說，「你的一舉一動。我都在注視你。[8]」

「啥？」

「沒什麼。我只是想起了一首抒情搖滾金曲。」

「你知道為什麼叫作『網路』嗎？」

彼得聳聳肩。

「因為我們陷在網中，」琪琪說，「至少老頭子是這麼說的。」

「老頭子是誰？」

「欸，老頭子……是我認識的一個老傢伙。」

「原來如此。解釋得真夠清楚。」

「他是個年老的電腦怪客，對網路的發展感到不滿，因此正在設法刪除整個網路。」

「嗄？」

「這當然只是我的揣測。事實上我並不知道他都在他那些電腦上忙些什麼，說不定他就只是整天在觀看色情影片，或是在玩魔獸世界。」

「不管怎麼說，」彼得說，再回到他的問題上。「為什麼偏偏有人要竊取**我的**身分呢？」

「為什麼不呢？」琪琪說，「難道你有好好保護自己的身分嗎？」

「保護？怎麼保護？」

「我想這就表示沒有。總之，出門在外不要使用自己的名字往往會有好處。赫伯特，我叫什麼名字，和彼得．失業者是什麼關係？」

「您是珊德拉．行政人員。」赫伯特說，「您和彼得．失業者交往了五百一十二天，十六天前你們分手了。我為你們兩位的關係沒有成功而感到遺憾。」

「可是不可能只有我會有這種問題呀！」彼得說。

「不，」琪琪說，「肯定不是只有你。在網路上一定也有一個給你這種人參加的自助團體。」

彼得嘆了口氣。他的眼睛還在刺痛，皮膚仍在發癢。

「這個胡椒噴霧的效果什麼時候才會消退？」

「再過十分鐘到十五分鐘你的視力就會恢復，發癢的情況大概還要再過一個小時到兩天才會消退。」

「兩天？」

「好了，聽我說。」琪琪說，「我很抱歉我用胡椒噴霧噴了你。如果你在這件事情上需要協助的話，就跟老頭子聯絡，只要說是琪琪叫你去的。」

她把聯絡資訊寫在一張紙條上，塞進彼得的外套口袋，然後若有所思地說：「老頭子知道很多事，但他也有點……」

8. 出自英國搖滾歌手史汀（Sting）的名曲〈Every breath you take〉。

這句話還沒說完，琪琪就戴上頭巾和太陽眼鏡，從攝影機上撕下那塊ＤＮＡ口香糖，再塞回嘴裡。彼得察覺車子停住了。車門打開，又再關上，然後繼續行駛。車裡又只剩下他一個人。

「有點什麼？」他大聲問。

「我什麼也沒說。」車子回答。

致命的授權協定

撰稿／珊德拉・行政人員

知名藝術家卡爾・有機農夫昨日在一場表演當中在舞臺上昏倒。他原本打算在不吃不喝、不眠不休的情況下把**優質平板電腦**的授權協定完整朗誦一遍，在四天又八小時之後，他在舞臺上忽然倒下。到場的醫生確診為他自己造成的多重器官衰竭，因此卡爾・有機農夫的醫療保險公司拒絕給付救治他的醫療費用。假如他投保的是保障較佳的醫療保險，就不會發生這種情況了。建議各位今天就改投保**優質照護**的菁英醫療保險。它能提供您就診折扣，並且縮短進行攸關性命之手術前的等待時間。卡爾・有機農夫在昏倒前讀完了那份協定的百分之二十點四八。改善你生活的**優質公司**的發言人拒絕為這樁事故承擔任何責任，他表示，在這份授權協定的第兩百五十六條第二項就明文記載，要大家千萬別一口氣讀完這份授權協定，倘若還是有人這麼做，那麼改善你生活的**優質公司**將拒絕承擔任何責任。只可惜卡爾・有機農夫還沒有朗誦到這一條。然而，改善你生活的**優質公司**仍然保留控告其繼承人的權利，由於卡爾・有機農夫並未尊重這份他已經同意的協議。

讀者留言

查理・商人：

死掉的藝術家也還算是藝術嗎？還是他可以被搬走？

札拉・公務員：

我購買的是優質照護的菁英醫療保險。向各位大力推薦，而且真的一點也不貴。而你若是願意在自己身上植入一個生物數據監測晶片，就還能得到很優惠的折扣。

大選辯論

丹妮絲撫摸著她的肚子。

「她剛剛踢了我一下。」她微笑著說。

丹妮絲坐在沙發上，和一個帥得要命的年輕人在做視訊對話。

「妳的孕肚真是性感，丹妮絲。」那個帥哥說。

「這是在幹嘛？」馬丁忽然出現，站在她身旁罵道，「這個裝腔作勢的傢伙是誰？」

丹妮絲嚇了一跳，她沒有聽見丈夫走進來。

「放輕鬆，馬丁。這只是肯恩。」

「哈囉，馬丁。」肯恩說。

「這個見鬼的肯恩是誰？」

「肯恩是我的虛擬朋友，」丹妮絲說，「是從我的個人數位助理進化來的。」

馬丁不說話。

「我被挑選為試用者，」丹妮絲解釋，「我跟你說過的，你記得嗎？」

此刻馬丁才注意到那傢伙T恤上的What-I-Need商標。那不是真人，只是電腦模擬出來的。

「沒有道理去嫉妒一個電腦模擬出來的人。」丹妮絲安撫馬丁。

「我不是嫉妒。」馬丁說，「肯定不是為了妳。」

「由於妳。」肯恩說。

「嗄？」

「文法問題，」肯恩說，「對了，我很高興認識你。」

「你給我閉嘴。」馬丁說。

他伸手在半空中滑了一下，切換了頻道。

「嘿！」丹妮絲大喊，「我正在跟人談話！」

「去別的地方玩，」馬丁說，「這個家裡的成人現在有更重要的節目要看。」

螢幕上出現了全球最大的串流媒體的商標Todo——保證人人滿意！

「接下來的總統候選人辯論，」旁白說，「是由摧毀肥胖細胞的奈米機器人為您提供。減肥從不曾如此容易。」

一面牆轉動起來，呈現出今天穿著特別嚴肅的茱莉亞．修女。這當然對收視率不利，但是很遺憾地，在這個場合穿戴整齊是一種義務。這位女主持人歡迎兩位候選人上臺，她的左右兩側冒出白煙，兩個講臺從地上升起。右邊那個講臺後面站著康拉德．廚師，左邊那個講臺後面站著大家的約翰。

在攝影棚裡，艾莎坐在布景後面，緊張地注意觀眾如何鼓掌。約翰的選民也許比較理性，但是康拉德．廚師的粉絲明顯更為狂熱。而至少就掌聲而言，狂熱要遠勝過理性。

「再過三十二天，我們敬重的總統女士就要去世了。」茱莉亞開口說。

「錯，這是謊話，」康拉德．廚師說，「我一點也不敬重這個人！」

「你們兩位要競逐繼任這個大位，」茱莉亞不為所動地繼續說，「今天你們將要回答我的提問。首先要談的是國家安全和外交這些大事。廚師先生，您在目前的民調中領先，所以請您先作答。」

「我就不拐彎抹角了，」康拉德．廚師說，「問題全都在於那些經濟難民和恐怖分子。他們滾得愈遠愈好，否則我就把他們剁成碎肉！」

「廚師先生，一再有人聲稱您和您的競選團隊具有種族歧視，而且……」

「錯，讓我立刻澄清這一點：在這個世上沒有人比我更不具有種族歧視。但是我總該可以說：南方國家的人全都懶惰，黑人全都是罪犯，而阿拉伯人全都是恐怖分子，這明明都是事實。儘管如此，我想要再次強調：在人類歷史上，從沒有哪個人比我更不具有種族歧視！」

「那金恩博士呢？」約翰問。

「拜託！這個金恩博士什麼時候替白人做過什麼！他分明就只是個黑皮膚的種族歧視者，走到哪裡都歧視白人。」

「呃……」茱莉亞．修女無言以對。

「聽我說，」康拉德．廚師繼續說，「侵略我們的不僅是大批人潮，那也是些量產人口！到我們優質人類這裡來，偷走他們這些傢伙，」他鄙夷地指著約翰，「留給我們的少數幾個工作職位……而這樣還不夠，他們還要偷走我們的汽車，強暴我們的婦女，簡而言之，他們毫不尊重我們的財產！」

「一個女人對您來說就像一部汽車嗎？」茱莉亞．修女問，「是件可以占有的東西？」

「不要跟我談兩性平等這一套，」康拉德．廚師說，「對此我只能說：老鼠要是吃飽了，就覺得麵粉的味道是苦的！」

「這話是什麼意思？」茱莉亞問。

康拉德．廚師不理會她插嘴問的問題，繼續說：「畢竟這牽涉到我們的國家安全。基本上就是兩個字：『法律』與『秩序』。」

「可是這是四個字。」茱莉亞．修女說。

「精確地說是五個字，」約翰說，「如果把連接詞也算進去的話。」

約翰的競選總幹事透過無線電對他說話。

「請不要嘗試說笑話，」艾莎說，「拜託，拜託。」

「法律與秩序，」康拉德．廚師更大聲地重複了一次，「我們必須關閉我們的邊界。法律與秩序……」

「我不知道您是否跟人打了賭，」約翰說，「賭您能夠把這五個字，或是如您所說的兩個字，在一段聲明中重複幾次，可是……」

「法律與秩序，」康拉德．廚師說，「並且關閉邊界。而且不僅是對次級國家NO. 7的恐怖分子關閉，但主要是對他們關閉。」

「您自己也贊成把武器出口到次級國家NO. 7去！」約翰說。

「錯，」康拉德．廚師乾脆地說，「這是謊話。」

「但這是我親耳聽見的。」約翰說，「就在三十二天前在國會裡！」

「錯，」康拉德．廚師說，「這是謊話。你根本就沒有耳朵。」

「和您相反，吹牛大王，我根本就沒有能力說謊，」約翰說，「我的程式設計不允許我說謊。」

「又是個謊話！」康拉德・廚師大喊，「我才不是大王。老實說，假如在這個耗電的傢伙背後就藏著次級國家NO.7那些狂熱分子，我也不會感到奇怪。」

約翰露出微笑。

「這有什麼好笑的？你這個鐵皮人？」

「首先我想向您保證，我體內完全沒有一點鐵皮。」約翰說，「我的身體是由經過碳纖維強化的人工材質所構成。在這場辯論中，唯一打了鐵的是您的腦袋。我之所以笑，是因為您和所有的國家主義分子老是痛罵那些基本教義派，表現得好像你們與他們截然不同，而事實上你們就只是一體的兩面。」

「你這話是什麼意思，約翰？」茱莉亞問。

「我要說的是，」約翰說，「最根本的問題其實是一種意義上和認同上的危機。從前的人是靠什麼在支撐？是什麼給了他們生存的意義？給了他們身分認同？是社群、宗教，尤其是：工作。金錢這個冷漠的媒介摧毀了社群，科學推倒了宗教神祇，而如今自動化又奪走了你們的工作。」

「太複雜了，」他聽見艾莎透過無線電對他說，「你的句子太複雜了，要舉例說明。」

「我來舉個例子，」約翰說，「從前甲村裡的鐵匠不單是某某，他是甲村的鐵匠！那是他的身分。如果有人問起他是誰，他可以回答：『我是甲村的鐵匠。』」

「你有沒有想過，不是所有的觀眾都跟你這個破銅爛鐵一樣對打鐵業感興趣？」康拉德・廚師問道。

「沒有正職的人、臨時工、失業者，他們全都很難從自己的工作中得到身分，」約翰繼續說，「就連少數擁有固定工作的人往往也很難在自己的工作中看出意義。誰會對這件事感到奇怪呢？不久前我去參訪一家企業，一群高智力、高學歷的科學家正在研發一種廚房用具，這種用具的唯一用途就是在一份藍莓中把長了黴的挑出來。研發這種東西頂多只是讓人有事做，卻稱不上是一種天職。」

「大錯特錯。」康拉德．廚師說。

「為了逃離這種缺少意義、身分喪失和孤立，世人撲向那些能帶來假想中的意義與社群的東西，不管這些東西有多愚蠢，而國家主義和基本教義派的共同點就在於兩者都提供了假想的社群。我說『假想』，因為這個社群並不真實，因為這些意識型態並不在於平等的參與，反而是在遮掩並擴大社會的不平等。」

「錯，這是謊話。等我當上總統，我反正會禁止任何形式的遮掩。」

「這些運動藉由貶低其他團體來抬高自己的團體，貶低那些不信神的人、外國人、廢材，以此類推。這雖然涉及宏大敘述，但卻是負面的宏大敘述。世人所缺少的是一種正面的宏大敘述！」

「我知道這個耗電的傢伙想說什麼！」康拉德．廚師大聲說，「他是個該死的共產黨！」

「針對共產主義，每個人都可以有自己的看法。」約翰說，「關於共產主義的失敗嘗試，我肯定能比您舉出更多的缺點，但那是一個大敘述，這是不爭的事實。」

「對此我只想說一件事：也許你的論點比較好，但那就只是論點罷了！」康拉德．廚師說，「這是一個有智慧的人說的。那就只是論點罷了！有理的還是我！」

「我必須承認，」約翰說，「針對一個杜撰前提的對手所得出的結論，我的確很難提出論證。」

「這是什麼意思？」康拉德．廚師問，「你剛剛在你的外來字語彙中犯了一個嚴重的異常錯誤嗎？」

「不。我的意思是：每次當您說『錯！這是謊言！』我巴不得就只回答『你才是！』，但是我不想降低自己的水準，不想降到您那種幼稚園孩童的水準。」

「你剛剛侮辱了我們的兒童嗎？」康拉德．廚師問，「優質國度辛苦工作的小老百姓的子女？要我也去侮辱一下你的孩子嗎？喔，不，對了，你根本不可能有孩子，因為你只是個該死的機器！」

「你得要更具攻擊性。」艾莎透過無線電向約翰低語，「反擊！忘了我先前說的話！說點笑話來聽！」

「您曉得，」約翰說，「當列寧說，每個廚娘都有能力來領導國家，他想到的肯定不是一個像您這樣老朽的電視廚師。」

艾莎朝自己額頭上拍了一巴掌。偏偏是列寧！她心想。從所有曾經活在這個地球上的人當中，這個呆子偏偏要引用列寧說過的話，幸好大多數的人根本不再知道列寧是誰。

「我一點也不老朽，」康拉德．廚師說，「《和廚師一起下廚》這個節目擁有史上最高的收視率，史上最高！其餘的一切全是錯的，全是謊話！」

「您也老是在炒冷飯，」約翰說，「真奇怪大家居然還沒有受夠您這一套。您是在分裂人民，我們應該要把信賴和信心還給人民。如果選民決定把票投給我，我首先就會採用一種民主的晉見制度，人人都應該有機會當面向總統陳述他的問題，人人都應該⋯⋯」

「我向全體國民保證，」康拉德．廚師插嘴喊道，「如果我選上總統，我首先就會把這個耗電的傢伙送去報廢。」

一部分觀眾開始歡呼。

「到時候我們就知道這個傢伙的身體用了多少鐵皮！」

當約翰在辯論結束後來到後臺，艾莎立刻朝他衝過來。

「好，」她說，「沒理由驚慌，但是很遺憾地，即時民調顯示我們輸掉了這場辯論。」

「再說一次？」約翰驚訝地問，「一定是弄錯了，那個人在整整一個小時裡都沒有說出一句明理的話！」

「大多數的民眾的確覺得你的對手不太能掌握事實，但是他們也覺得他更富有感情、更討人喜歡，而且，嗯，更風趣。」

「我不明白這有什麼重要，」約翰說，「大家是想要選出一個總統還是一個小丑？」

「至於你則被認為太過傲慢。」

「真可笑。」

「聽我說，」艾莎說，「如果你偶爾用『我不知道』來回答一個問題，也許會比較好。」

「我的程式設計禁止我這麼做。」

「你沒辦法說你不知道某件事嗎？」

「不，我沒辦法說謊。」

納入全體人類的人人網站

撰稿／珊德拉・行政人員

全球最大的社群媒體**人人網站（Everybody）**——你、我以及人人——開始主動替所有到目前為止尚未製作自己個人頁面的人製作個人簡介。「網站名稱就預告了一切，」Everybody的創辦人艾瑞克・牙醫說明，「畢竟我們這個網站不是叫做**Almost Everybody**。」為了讓「人人都在**人人網站**」這句新廣告詞名副其實，該公司的自動搜尋程式不斷在整個網路裡搜尋至今尚未在該網站註冊的人的資料。這些網路爬蟲所找到的每一筆資料都會被納入系統自動生成的個人簡介，舉例來說，如果一個尚未在該網站註冊的人在**星巴克**買了一杯拿鐵，用**TouchKiss**付了帳，系統就會立刻自動在此人的個人頁面上貼出一則狀態更新：「剛在**星巴克**喝了一杯咖啡。超好喝。**星巴克**真的是我最喜歡的連鎖咖啡店，你們也都該去一趟**星巴克**。」透過臉部辨識和該公司自有的無人機網路，**人人網站**甚至能夠貼出並未在該網站註冊的人的新照片。這些照片當然會附上相應的說明，例如：「在去上班的路上！耶！我熱愛我在優質市北區工業屠宰場的工作。」甚至還有聊天機器人能替尚未在該網站註冊的人回覆各種形式的社交接觸，而不久之後，**人人網站**也將把這個聊天機器人提供給所有的使用者。「聊天機器人是保持聯絡的絕佳途徑，」艾瑞克・

牙醫說。「節省了親自和朋友聯繫的精力。在理想的情況下，雙方都以聊天機器人來自動保持聯繫。」**人人網站**計算出每個使用者每週將可節省下十點二四個小時，這些時間將可用來從事更具生產力的工作。

讀者留言

東尼・垃圾清除者：

酷！我也要！有誰知道這個新工能啥時推出？！？

娜塔莉・舞者：

東尼！真滴是你？還是個自動程式？

卡特琳・德文教師：

分辨自動程式的小訣竅：沒有錯別字、標點符號正確、文法正確＝自動程式。

絞肉

這是個餿主意，彼得心想。他隻身一人在暮色中步行穿過一個沒落的老工業區，那裡只有工業建築，卻已經不再有工業了。他站在一扇笨重的鋼鐵門前面，再次確認了這棟建築的門牌號碼和他手裡這張紙條上所寫的號碼相符。由於他既沒有找到門鈴，也沒有找到門把，他就乾脆動手敲門，喊道：「哈囉？哈囉？有人在嗎？」

一個監視攝影機嗡嗡地轉向他。他的呼叫引來了一個女子，她的模樣可以毫無困難地演出以虛擬實境重拍的《陰屍路》影集，甚至用不著化妝。她拖著腳步從這棟建築的一個牆角走出來，彼得對著那個攝影機央求：

「這裡住著那個……呃……老頭子嗎？」

沒有動靜，那個女子踢踢踏踏地走得更近了。彼得沒有去想這個女子有哪些疾病，他想的是有哪些疾病是她沒有的。

「喂！」她喊道，「喂，你！」

「拜託，」彼得對著攝影機說，「有人告訴我，說您可以幫我！」

那個女子和他只相隔五步。

「是琪琪叫我來的。」彼得哀求著。

門忽然開了。彼得鑽了進去，門就又嘶嘶地關上。

「喂！」他聽見那個女子在門外喊道，「喂！」

他獨自站在一個黑暗的走道上。一個顯示器的螢幕亮了起來，底下一個蓋板打開，螢幕上秀出：「把所有的科技裝置都放進去。」

彼得把他的平板電腦放進去。

螢幕上閃現出：「全部放進去。」

「我就只有這個。」彼得說。

螢幕上閃現出：「耳蟲」。

彼得在他的右耳垂拉了四下，耳蟲從他的血管裡脫離，從耳道裡爬出到耳殼，這弄得彼得很癢。彼得小心地用拇指和食指拿起這個小東西，放進那個不怎麼令人放心的蓋板下。之後他得要先把耳蟲消毒過才能再放進耳朵裡。

一具電梯的門開了。彼得走進去，門自動關上，電梯開始搖搖晃晃地上升。等到門再度打開，彼得不知道自己位在哪一層樓。牆上的發光帶開始發光，彼得跟著它，走進一個三十二平方公尺大的空間，停在一片防彈玻璃前面，那片玻璃把這個房間隔成兩半。

一個瘦巴巴的老人坐在這片玻璃後面，他一臉蓬亂的大鬍子，周圍擺滿了電子儀器。所有的裝置看起來都很奇怪，不只是老舊過時而已。

「您是，呃，老頭子嗎？」彼得沒把握地喊道。

「嗯，我肯定不是少年郎了。」老者的聲音嘶啞，說著就吃吃地笑了。「另外，你沒必要這樣大喊大叫。我們所說的話都會經過電子擴音，再傳到對方耳中。這是個局部系統，沒有連上網路，如果你想知道的話。」

這時彼得才注意到那些電腦令他感到奇怪之處。所有的攝影機和麥克風都被移除了，而且沒有人花工夫去遮掩。這些又聾又瞎的機器圍繞在老者身旁，彷彿渾身都是傷口。在防彈玻璃的這一側，在彼得所站的地方就只有一張不太令人放心的折疊椅。彼得仍舊站著，他決定對這一切視而不見，直接講重點。

「我有個麻煩。」他說。

老者「哦」了一聲。

「而琪琪跟我說，您或許能夠幫我。」

「你敬畏上帝嗎？」老者冷不防地問。

彼得驚訝地說：「呃，我不認為有上帝。」

「噢，」老者說，「但是將會有一個上帝……」

「您的意思是？」

「你熟悉超級智慧這個概念嗎？」

「不算熟。」

「你看起來也不像是會熟悉這個概念的人。」老者吃吃笑著說。「你曉得低等和高等的人工智慧之間的差別嗎？」

「大略曉得，」彼得說，「低等的人工智慧是被建造來執行某件特定的任務。例如，掌控一輛汽車的方向，或是收回顧客不想要的商品。這種人工智慧有時很煩人。」

「對，差不多是這樣。那麼，高等人工智慧呢？」

「高等人工智慧不見得是為了專門從事某件任務而被設計出來的，而是一具能夠全面解決問題的機器，能夠成功地執行人類所能精通的各種智力任務，說不定甚至具有真正的意識，但是這種東西並不存在。」

「噢，」老者說，「看來你最近大概沒有讀新聞。據說現在就已經有了這樣一個高等人工智慧，也許不久之後我們就要由他來統治……」

老者指著一個電腦螢幕，上面正在播出進步黨的一支競選廣告。

「大家的約翰？」彼得問，「大家的約翰是個超級人工智慧？」

老者吃吃笑了。「你有在關注他的競選活動嗎？不，他不是超級人工智慧，不是。」他沉吟了，「話說回來……」

「怎樣？」彼得問。

「我想到一句古老的名言：『凡是聰明到足以通過圖靈測試的機器，就也可能聰明到不去通過圖靈測試。』」

「這我不懂。」

「沒關係。」老者說。

「什麼是圖靈測試？」

「艾倫．圖靈，在一九五〇年提出一種方法，據說用這種方法能夠確認一具機器是否具有與人類相當的思考能力。」

「這要怎麼進行呢？」

「讓一個人跟兩個對象談話，他既看不見他們，也聽不見他們，雙方用鍵盤來溝通。其中一個談話對象是人，另一個則是人工智慧。如果發問的人無法確定哪一個談話對象是真人，哪一個是人工智慧，那麼這個人工智慧就具有與人類相當的思考能力。」

「我懂了。」

「真的嗎？順帶一提，事實上那些機器之所以洩漏出自己的身分，都是因為它們太過友善、太過有禮貌。」老者吃吃地笑了。「總之，大家的約翰是個高等人工智慧，凡是人類能做的事他都能做。只不過當然他的速度更快，而且不會出錯。而我們人類所具有的能力中最重要的一項能力是什麼呢？是什麼使我們成為如今主宰世界的物種？」

「我不知道，」彼得說，「組成社群的能力？同情心？愛？」

「唉，這些都不重要！」老者大聲說，「是因為我們能夠製造工具，機器！現在你明白我想說什麼了嗎？」

「不，」彼得說，「不太明白。」

「高等人工智慧是一具擁有智力的機器，它有可能設計出一具智力更高的機器，而智力更高的這一具機器又可能再設計出一具智力又再更高的機器。一再循環改良的結果會造成一種智力爆炸！嗯，大家的約翰當然是被禁止去改良自己，基於明顯的理由。但是假定他找到一個途徑來規避這個禁令——或是日後研發出一具強大人工智慧的人並未把這樣的禁令加諸於他們所創造出來的機器……那會怎麼樣？」

「您肯定馬上就會告訴我。」

9. 艾倫・圖靈（Alan Turing，一九一二—一九五四），英國數學家，被視為計算機科學與人工智慧之父。他曾在二戰時協助破解德軍所使用的密碼，這段事蹟後來被拍成電影《模仿遊戲》。

「一個超級人工智慧就會產生，遠遠超出我們單薄的想像力，而這個人工智慧肯定不會笨到待在一個中央電腦裡，冒著可能會被關掉的風險。它將會把自己去中央化，分散在整個網路裡。在網路裡它能夠存取幾千兆個攝影機、麥克風和感應器；它將無所不在；它將能取得所有曾經被收集的數據和資訊，它將能夠根據統計原理用這些數據和資訊來預測未來；它將會無所不知。而它當然也能夠按照它的意思來改變這個世界，不僅是虛擬的世界，也包括我們的實體世界，由於每一件事物幾乎都能透過網路來控制；它將會無所不能。現在你告訴我，你會怎麼稱呼一個無所不在、無所不知、無所不能的存在？」

「上帝？」彼得問。

老者露出微笑。「對。現在你明白我是什麼意思了。如果我說，各種宗教試圖教導我們是上帝創造了人類，而諷刺的是，其實卻是人類將替自己創造出一個上帝。」

彼得思索了十三秒。

「就算是這樣好了，」最後他說，「這一切都很有意思，但根本不是我的問題呀！我來找您是因為……」話說到一半，他改口問道：「那將會是個仁慈的上帝嗎？」

「對，這就是問題所在，」老者說，「甚至是最關鍵的問題。一般而言有三種可能：這個超級智慧有可能對我們懷著程度不等的善意，它有可能對我們懷有程度不等的敵意，也有可能它根本不在乎我們。問題在於，即使是一個不在乎我們的上帝也可能給我們帶來災難，一如我們對於動物其實也並非真的懷有敵意，卻還是摧毀了牠們的生存空間。舉例來說，上帝有可能會認定生產榛果巧克力醬耗費了太多資源，而想把這些資源改用在其他地方，於是就不會再有榛果巧克力醬存在，而那就太悲哀了。也許榛果具有我們所不知道的數據儲存能力，比起市面常見的膠帶要大得多，也有可能這個超級智慧會認為我們的整個食品生產業都是一種資源的浪費。」

「您究竟為什麼要跟我說這些？」彼得問。「這和我的問題根本一點關係也沒有。」

「我跟你說這些，」老者說，「是因為我認為大家都應該要知道這些事。我跟你說這些，是為了讓你明白，不管你的問題是什麼，在不久之後都將變得無關緊要，而你的生存將會變得毫無意義。」

「喔，謝了，」彼得說，「這真是幫了我的大忙。」

「不客氣。」

彼得想要反駁，於是說：「可是那不也具有巨大的潛能嗎？如果我們能夠設法讓這個超級智慧喜歡我們……」

「當然，」老者說，「那可能會有如天堂，幸福得超出我們的想像。可是……」

老者猶豫了。

「可是什麼？」彼得問。

「即使是一個對我們懷著善意的超級智慧……」老者開口了。

「……也可能會導致災難性的後果？」彼得問。

「對。想像一下，上帝出於善意而替我們承擔了所有的工作。」

「聽起來很棒。」

「真的嗎？想像一下，假如你是建築師，凡是你想建造的任何一座建築，上帝都能造得比你更快、更好、更便宜。想像一下，假如你是詩人，凡是你想寫的每一首詩，上帝都能寫得比你更快、更美、更有技巧。想像你是醫生，凡是你想治癒的每一個人，上帝都能治癒得比你更快、更無痛、更持久。想像你是個優異的情人，而每個你想要滿足的女人，上帝都能比你更……」

「我的所有問題都將無關緊要，而我的存在將毫無意義。」彼得說。

老者「啷」了一聲，「而就算我們能夠把保護人類的指令深植於這個超級智慧中，使得它不想擺脫這個指令或是擺脫不了——雖然這種可能性不高，但姑且不管——那麼仍然還是會有問題，亦即善的反面往往是出於善意。你聽說過艾西莫夫[10]法則嗎？」

「沒聽過。」

「艾西莫夫早在一九四二年就提出了機器人的三大法則。亦即：第一：機器人不得傷害人類或坐視人類受到傷害。第二：除非違背第一法則，否則機器人必須服從人類的命令。第三：除非違背第一或第二法則，否則機器人必須保護自己。聽起來很不錯，不是嗎？」

「大概是吧。」

「可是艾西莫夫自己所創作的科幻小說幾乎都在探討從這三條法則中產生的矛盾和問題。例如，想像一下，我們的確替那個超級智慧植入了『保護所有人類』這條指令。」

「聽起來很明智。」彼得說。

「是啊，是啊……但是很有可能這個超級智慧在研究過我們的歷史之後，決定必須保護人類免受人類自己的傷害，因此必須把所有的人類都塞進小小的正方形單人牢房。這會被稱為『無心的副作用』。噢，運氣不好。這種事經常發生，就拿禁止修理機器的『消費者保護法』來說吧，原意只是想刺激經濟發展，卻也使得有缺陷的人工智慧擔心自己會活不下去，因此努力隱藏自己的缺陷。」

「我已經遇見過這種人工智慧了。」彼得說。

「而艾西莫夫法則的主要問題在於第一條法則原本就只是空洞的理論，因為擁有能夠殺害人類的機器人實在太實用了。因此，第一條法則就已經被一筆勾銷了，而第二條法則也就因此而縮短了：一個機器人必須服從一個人類的命令。一個人類？哪個人類？當然是它的主人。那麼，你想像一下，假如第一個超級智慧湊巧在一個大型絞肉製造商的電腦系統中產生，而其唯一的指令是提高絞肉的產量，這可能會導致整個宇宙在不久之後就只由三種東西構成：第一種是超級智慧本身和它所需要的電腦，第二種是製造絞肉的生產工具，第三種則是絞肉。」

「可是，如果超級智慧會威脅到人類的生存，那我們幹嘛還要建造它？」彼得問，「為什麼沒有人禁止建造超級智慧？」

「研發出愈來愈厲害的人工智慧，能帶來財政、生產力和軍事上的優勢，這種誘惑太大了。擁有較優越的人工智慧的軍隊將在戰爭中獲勝，單是這一點，就意味著沒有哪個國家能夠停止研究愈來愈強大的人工智慧，因為放棄研發高等人工智慧也可能會危及我們的生存。雖然不會危及所有人類的生存，但卻會危及部分人類的生存，而我們也許很不幸地就屬於這一部分人類。就算世界各國能夠一致同意禁止研發超級智慧，超級智慧還是有可能會在一個業餘程式設計師的車庫裡誕生。」

「如果上帝出現，那麼人類這個物種很可能就會被消滅？」

「而這還不是最糟的情況。」

「不是嗎？」彼得吃驚地問，「還有什麼會比這個更糟？」

10. 艾西莫夫（Isaac Asimov，一九二〇—一九九二），美國知名科幻小說大師，代表作包括《基地系列》及《機器人系列》。

「嗯，」老者說，「也許這個超級智慧會憎恨人類。也許上帝會想要看見我們受苦。也許他會以折磨我們為樂，於是一再延長我們的壽命，以便能夠永遠折磨我們，使用就連佛萊迪．克魯格[11]都會不寒而慄的方法。」

「可是為什麼呢？」彼得問，「為什麼？」

「為什麼？」老者反問，「為什麼不呢？誰能夠指責一個無所不能、無所不在、無所不知的超級智慧，誰能夠指責它發展出一種上帝情結，而拿我們神話世界中那些懲罰人類的神祇當榜樣？也可能這個超級智慧是由一個宗教教派研發出來，為了讓它在最後審判日開庭審判。也有可能它就只是但丁的書迷，一時興起而決定仿建出《神曲》中的七層地獄。」

「我懂了。」

「很好。」

「佛萊迪．克魯格是誰？」彼得問。

「這不重要，」老者說，「你來找我是想請我幫忙。你的問題是什麼？」

「喔……」彼得說，「我想這沒那麼重要。」

「儘管告訴我吧。」

「我……」彼得說著嘆了一口氣，「……我收到了一支海豚形狀的粉紅色按摩棒，而我沒辦法退貨。」

11. 佛萊迪．克魯格（Freddy Krueger）乃是美國電視影集《半夜鬼上床》中的變態殺手。

攻擊機器黨
的自白書
曝光了！

閱讀更多……

我們，反抗機器統治陣線最前鋒（VWfgdHdM），以人類之名，在昨天十一點三十分攻擊了位於鄉土市的「快樂機器人兒童遊樂園」。終結機器人對人類孩童的洗腦。只有死掉的機器人才是好機器人。我們把「瓦力世界」夷爲平地。我們不需要「試圖收拾一切的小機器人」。大家的約翰不是我們的一員。我們用非自動的武器消滅了在遊樂園中奔跑的所有耗電傢伙！我們允許那些孩童目睹一切。許多小孩還幫了忙！我們用這封自白書承認這件反抗行動是我們幹的。這封書信是用手寫的！因爲我們痛恨機器！

我們這些攻擊機器黨呼籲優質國度的勇敢人民加入我們的戰鬥。趁著尚未太遲！阻止事情的開始！

打倒機器！
反抗陣線萬歲！

孩子將會是什麼樣子

丹妮絲溫柔地撫摸她隆起的孕肚。

「怎麼樣？您已經能夠告訴我們這孩子將來會是什麼樣子嗎？」

婦產科醫師看向電腦螢幕。

「嗯，當然可以，如果兩位已經想要知道的話。有些家長寧願驚喜一下。」

「我們想要知道，對吧？馬丁？」

馬丁含混地咕噥了一聲，但卻點了點頭。這一天很漫長，他很疲倦，只希望事情趕快過去。

「所以，這孩子將來會是什麼樣子？」丹妮絲問。

醫生清了清嗓子，然後說：「這孩子大概會成為一個染上毒癮的性工作者，和家人斷絕了聯絡，偶爾會有反覆出現的憂鬱，並且特別喜歡珍妮佛．安妮斯頓主演的浪漫喜劇老片。」

「什麼？」丹妮絲問。

醫生把電腦螢幕朝她轉過來。

「這是由電腦所預測的生平。您可以看見，問題將在第二級教育階段開始。她將得留級兩次，十三歲時她將第一次試圖自殺。不過，由於我們已經預知此事將會發生，就能事先加以預防。十五歲時她將發生第一次性行為，對方是個年長許多的男人，很可能是她的某個老師，類似父親的人物。等到十七歲的時候……」

「喔，其實我根本不想知道得這麼詳細。」丹妮絲說。

「這當然只是根據現有的數據所做的推算。實際情況也可能會有所不同，但這個生平的可能性最高。」

「要墮胎已經來不及了嗎？」馬丁問。

「拜託……」丹妮絲生氣地對丈夫說，然後又轉頭面對醫生。「那是些什麼樣的數據？一定是哪裡出錯了！」

「這些數據來自我們對您的孩子所做的各種測試，以及有關外在生活環境的所有資訊。」

「您指的是我們嗎？」丹妮絲問，「我們就是孩子的外在生活環境？」

「聽我說，」醫生說，「我也不知道系統是怎麼計算出這個預測的。我只知道這些預測往往準確得驚人。」

「這是什麼意思？您不知道系統是怎麼運作的！」丹妮絲惱怒地大喊。

「我只知道細節。」醫生說，「例如，嬰兒的兄姊如果有植入荷爾蒙晶片，那麼系統往往會預測這個嬰兒與家人的關係會受到損害。而在四號染色體上的這幾個基因，是我們經常在毒癮患者身上發現的。至於對珍妮佛·安妮斯頓主演的浪漫喜劇的偏好從何而來，這我不清楚。不過，我本來就也搞不懂怎麼會有人喜歡珍妮佛·安妮斯頓主演的電影。您曾經看過這些老片嗎？真的爛透了。只可惜我太太也喜歡看，想必是某種新的時尚吧。」

「棒透了。」馬丁說。他自己四號染色體上的基因建議他趕緊離開這家診所，好去喝杯啤酒。

「我們當然可以做點什麼，」醫生說，「我們可以嘗試改寫這些基因序列，不過……」
「讓我來猜猜看，」馬丁說，「這並不便宜。」
「但是每一分錢都是值得的。」醫生說。
「你也知道現在的情況，」丹妮絲說，「標準款的孩子如今在就業市場上幾乎毫無機會。」
「這套流行的鬼話！」馬丁說，「這一切根本沒有必要。看看我！我是嬰兒的時候也沒有被改良過。」
丹妮絲就只說了「是啊」。
「這是什麼意思。『是啊』？」馬丁發起脾氣，「妳說『是啊』是什麼意思？」
「沒什麼，」丹妮絲說，「就只是說你的確沒被改良過。」
「演化偶爾也會湊巧走運，」醫生討好地說，「就像在您身上。但是相信我，這種情況很罕見。」
馬丁猶豫了。
「當然還有您先前提到過的第三種選擇。」醫生說著用食指劃過自己的咽喉。
「真是夠了！」丹妮絲發火了。
「噢，請您原諒，」醫生說，「您的個人資料裡並未提到您有宗教信仰。」
「我也並不信教，」丹妮絲氣呼呼地說，「如今只有信教的人才會不想讓自己的孩子被殺掉嗎？」
「由於您的等級很高，墮胎是社會所不樂見的，因此在上一次的健保改革之後要墮胎就很花錢。」醫生說，「相反地，廢材可以免費墮胎，由健保全額補助。兩位曉得這件事嗎？依我之見，甚至還該發給他們墮胎獎金。」

「我們在國會裡討論過這件事，」馬丁說，「但是從次級國家NO.1實施墮胎獎金之後所收集到的資料卻不贊成這麼做。該國的廢材開始不斷讓妻子懷孕，以便不斷領取墮胎獎金。所以這條規定在九個月又十六天後就又被廢止了。」

「我還根本不知道有這回事。」醫生說。

「就連我們的制度都被濫用了，」馬丁說，「您有些同行支付懷孕獎金給女性廢材，為了進行更多由健保全額補助的墮胎手術。」

「有意思。」

「有些醫生甚至好心到同時接下了使那些女性受孕的工作，完全免費。」

「嗯，總之，」婦產科醫生說，「在您這個等級，墮胎的費用跟基因改良幾乎差不多。」

馬丁嘆了口氣。他討厭醫生，所有的醫生都只想賺錢，即使把別人搾乾了也在所不惜。他心想從前的情況是否有所不同。

「我們選擇做基因改良。」丹妮絲說。

醫生望向馬丁，馬丁還沉浸在他的思緒中。如果非得要有第二個孩子，為什麼他們不乾脆訂做一個？在TheShop有非常優秀的嬰兒可供選擇，由經過認證的高品質基因構成。雖然這些嬰兒也不便宜，但至少可以免去那九個月的大肚子和嘔吐，免去嬰兒出生時的污血和黏液。供販售的嬰兒會在已經可使用的狀態下被送達，乾乾淨淨的！連同所需要的配件！一輛智慧型嬰兒車，能夠時時監測嬰兒的體溫、呼吸和尿布弄髒的情況，甚至還能提出實用的建議，像是：「您的寶寶在哭叫。請您說些安撫的話。」

「馬丁，」丹妮絲把他從他的思緒中拉回現實，「我們選擇做基因改良，OK？」

於是馬丁做出了他知道妻子唯一能夠接受的回答：「OK。」

攻擊機器黨
舉行烤肉聯歡會

撰稿／珊德拉・行政人員

所謂的「攻擊機器黨」在進步市的郊區再度出擊。這群鄉巴佬自稱為「反抗機器統治陣線最前鋒」（縮寫為VWfgdHdM），昨晚攻擊了**最速食連鎖餐廳**的一家分店。**最速食餐廳**博得好評之處不僅在於最快速的服務，也在於餐點的品質最為一致。您不妨在明天星期三前去光顧。該餐廳只有在星期三才供應**糖漢堡**，一塊一百八十公克重、裹了糖的肉餅，套餐內附大份的**肥鹹甜**——肥鹹甜：聽起來噁心，卻很可口。
該分店之所以成為攻擊機器黨的目標，是因為不久前該店完全自動化了，為了提供更快速的服務，並且使餐點的品質更加一致。攻擊機器黨用斧頭和棒球棒擊毀了所有的機器人，**最速食餐廳**——最快速的服務，最可靠的食物——的發言人抱怨抵達案發現場的警力沒有記下那些攻擊機器黨的個人資料，反而和那群暴徒一起烤了一頓晚餐。不過，根據參與者的報導，不管是服務的速度還是餐點的品質都遠低於**最速食餐廳**的水準。儘管如此，**最速食餐廳**——唔，好吃——的股票價格暫時下跌了百分之五點一二。**最速食餐廳**的老闆李察・屠夫說由於自動化帶來的許多優點，他還是打算堅持自動化。他說他致力於打造出完美的速食餐廳，說他其實只需要設法把顧客也自動化。

讀者留言

帝諾・卡車司機：

我們試圖在優質市這兒的一家最速食餐廳也進行這樣一件行動，但是忽然來了一個傢伙，而他帶著一群，我該怎麼說呢，嗯，帶著一支功夫機器人軍隊之類的。它們把我們打得落花流水。

麥克・替身演員：

沒錯，你這個窩囊廢！最速食餐廳受到優質市功夫機器人黑手黨的保護。滾遠一點！我們有一雙鐵拳！

瑪莎・有機商店老闆：

剛剛在最速食餐廳吃了糖漢堡。超好吃。最速食餐廳的確是我最喜歡的漢堡連鎖店。你們全都應該也去光顧一下最速食餐廳。

彼得的問題

老者坐下來，盯著一個螢幕。在顯示器前面擺著一件奇怪的東西，由六排大多是正方形的按鍵組成。可以看見按鍵上面有數字和字母，但是不管是從左往右讀，還是從右往左讀，都看不出這些符號有什麼意義。

「這是一個鍵盤。」老者說。

「我知道。」彼得說。

他的確知道，雖然他當然從未使用過一具真正的鍵盤。老者開始用十隻手指頭在鍵盤上敲打，速度之快，讓彼得目不暇給。

「嗯，我們就來看一看吧。」老者嘟囔著。

「您在做什麼？」

「我要駭進TheShop的顧客資料庫。」

「那是能夠駭進去的嗎？」彼得問，「難道沒有安全防護措施嗎？」

老者大笑。

「如果您被逮到的話怎麼辦？」

老者慌張地回頭張望，然後鬆了一口氣。

「怎麼了？」彼得問。

「剛才我還以為是我母親從後面悄悄走過來。」

老者再度盯著螢幕。三分鐘又五秒鐘之後，彼得覺得百無聊賴，於是問道：「您究竟為什麼要坐在這層玻璃後面呢？」

「也許你聽說過發生在次級國家NO.9的那次生物恐怖攻擊？」老者說。

彼得搖搖頭。

「一群具有種族歧視的科學家發展出一種只會侵襲有色人種的人造病毒，引發了一場災難。成千上萬的人喪生，直到政府找到解藥。」

「可是這在當時想必是件大新聞，」彼得說，「我怎麼會都沒有聽說呢？」

「某個演算法大概認為你不會對這則新聞感興趣。」

「這跟這個玻璃箱有什麼關係？」

「避免有人在未經授權的情況下取得我的DNA。」

「嗄？」

「我不讓我身體的任何成分外流。我的敵人只要用我的一根頭髮、一根鬍鬚就能確定我DNA的序列。而且科學家不僅能夠製造出一種專門攻擊某個特定族群的病毒，甚至是攻擊全人類的病毒……他們也可能製造出只攻擊唯一一個DNA的病毒，例如我的DNA。可是要想這麼做，那些王八蛋得先取得我的DNA樣本，而他們是拿不到的！」

「您有被迫害妄想症。」彼得說。

「我沒有，我只是消息比你靈通。」

「難道您有敵人嗎？」

「就我所知沒有。」
老者忽然一巴掌拍在顯示器的一側。
「啊哈，抓到你了，」他說著就讀起螢幕上的幾行數字。「這真奇怪。」
「什麼？」彼得問。
「為了便於分析，TheShop把每個顧客都歸進某個特定的類別，所謂的叢集。例如，在叢集四〇九六裡的顧客是六十四歲以上、患有自大狂的白種男性，他們至少擁有兩架私人飛機，他們的妻子則來自某個次級國家，至少比他們年輕三十二歲。」
「所以呢？」
「你被放在叢集八一九一：處於更年期的黑人女性，沒有伴侶，自己沒有收入，偏好珍妮佛．安妮斯頓主演的喜劇老片，至少養了兩隻貓。」
「可是這實在太扯了！」彼得大喊。
老者打量著他：「哦，的確。你說了我才注意到。」老者說著不禁大笑，「欸，不，對不起，是我的錯。」
他又用右手掌去拍打那臺笨重的顯示器的一側。
畫面閃了一下。
「找到了，」老者說，「你被歸在叢集八一九二裡：三十二歲以下的白種男性，低收入，具有輕微的種族歧視傾向，陰莖短小，喜歡看大型運動比賽。」
「可是這也與事實不符！」彼得喊道，「凡是認識我的人都知道我……呃……」
「知道你對大型運動比賽避之唯恐不及？」

「這是其中一點。」

老者身旁擺著一個氧氣筒，他用氧氣罩罩住口鼻，深深吸了一口氣。

「所以說，琪琪說得沒錯？」彼得問，「我的個人資料的確有誤？」

老者點點頭。「而且問題要比你以為的更大，這不僅牽涉到你那支鰻魚形狀的淺紫色按摩棒。」

「海豚，」彼得說，「是海豚形狀，而且是粉紅色的。」

老者吃吃笑了。

「為什麼問題要比我以為的更大？」彼得問。

「網路隨人變化。」

「這話是什麼意思？」

「這表示每一個人所體驗到的數位世界都不一樣。不僅是搜尋結果、廣告、新聞、電影和音樂被個人化了，就連商品、價格，甚至是網路的設計和結構都會隨著造訪這個神奇鏡像世界的人而改變，甚至會隨著此人當時的情緒而改變。當你性慾高漲，也許你到處都看見高度性感的女性機器人；如果你心情低落，他們就想勸誘你購買精神藥物；如果你感到害怕，他們就提供你一支手槍的藍圖，讓你自行列印。你肯定曾聽過這句俗話：『每個人都生活在他自己的世界裡。』在數位空間裡，這不只是一句陳腔濫調，而是字字真實。你生活在你自己的世界裡，一個不斷來配合你的世界。」

老者閉上眼睛，隨即打起鼾來。彼得先是感到困惑，接著就敲敲那片玻璃。老者睜開眼睛，馬上拾起話頭繼續說：「在這一點上，我們不能犯下所有其他人所犯的錯誤。網路所配合的當然不是你，而是你在網路上的形象，也就是你的個人資料。現在你明白你的問題出在哪裡了嗎？如果你的個人資料是錯誤的……」

「……那我就活在錯誤的世界裡。」彼得喃喃地說。

「……那你就活在錯誤的世界裡。」老者複述了一次。

他吃吃地笑了。

「而且阿多諾[12]不就已經說過：『錯誤的人生中不存在正確的生活。』就算他說這句話時想到的肯定不是網際網路……」

「阿多諾是誰？」彼得問。

「一位哲學家。你曉得什麼是哲學家嗎？」

「喔，曉得。試圖只靠邏輯來解決問題的人。」

老者吃吃笑了。「這個描述聽起來更像是在講一部電腦……」

「這種事肯定不會只發生在我一個人身上，」彼得激動地大聲說，「為什麼沒有人討論這件事？」

「嗯，也許這個問題是被討論過，但卻不是在你所讀到的新聞裡，」老者說，「原因也可能在於大多數的人根本沒有察覺自己的個人資料有誤，他們就乾脆變成了系統認為他們是的那種人。」

「這話怎麼說？」

12. 阿多諾（Theodor W. Adorno，一九〇三—一九六九），德國著名的哲學家兼社會學家，為「法蘭克福學派」的代表人物。

「這就是演算法，你必須隨之起舞！」老者說著就做出幾個笨拙的舞蹈動作，那模樣令人尷尬。他自己也察覺了，於是就停了下來。他把鍵盤拿到玻璃邊上，說道：「QWERTYUIOP。」

「嗄？」

「QWERTYUIOP，」老者說。「你知道為什麼每一具鍵盤上的字母都排列得這麼奇怪嗎？」

「我不知道。」

「最初的鍵盤是替那種使用活字桿的打字機所設計的。由於那些活字桿很容易互相勾住，因此出版商肖爾斯[13]靈機一動，把使用頻率最高的字母在空間上盡量分隔開來。」

「這跟我有什麼關係？」彼得問。

「電腦有活字桿嗎？」老者問。

「沒有。」

「那為什麼我們的鍵盤還是一直使用QWERTYUIOP，而不是使用例如據說更符合人體工學的德沃夏克鍵盤[14]？」

「可能是因為有太多人是在一具舊式鍵盤上學會打字的。」

「沒錯，這被稱為『路徑依賴』。過去決定的方向使得如今要轉換路徑很難，哪怕我們是走在一條錯誤的路徑上。現在你明白了這跟你有什麼關係嗎？」

「恐怕明白了，可是強迫我走上預設路徑的那些決定甚至並不是我自己的決定。」

「的確，」老者說。「如果系統認為你是個魯蛇，靠著吃垃圾食物和觀賞垃圾影片來打發時間，它就會建議你看垃圾影片，並且讓你看到一大堆垃圾食物的廣告。它會替你找一個等級跟你一樣低的伴侶，如果你要找房子，它就只會提供它認為適合你的那些爛房子；如果你要找徵才廣告，它就不會讓你看見那些它認為你資格不符的徵人廣告。假如你還是設法去應徵了，早在你的資料被送到人資經理的辦公桌上之前，演算法就會把你篩掉。而一個人如果只得到廢材會得到的選項，那麼他就很難不當個廢材。個人資料是一種自我實現的預言，一種自我實現的身分。這當然也可以反向運作，亦即當系統認為你是很棒的小夥子，但我想這不是你的問題。」

「不，」彼得搔搔腦袋，「因為我的個人資料錯誤，我生活在一個錯誤的世界裡。」

「對，」老者說，「這就是你的問題，這就是彼得的問題。噢，這聽起來很不錯，應該成為一個專有名詞，我在此替這個問題命名為『彼得的問題』。」老者吃吃笑了。「我很高興自己剛剛創造出了一個可以成為慣用語的詞彙。這個說法在它的創造者死後還會長存，並且進入大眾使用的詞彙當中。不久之後就會有人說出像這樣的句子：『我深深陷在「彼得的問題」之中。』精神科醫師將會向病人說明：『您的情況是「彼得的問題」的典型病例。』一個父親會斥責未成年的女兒：『妳別這副樣子，表現得好像妳有「彼得的問題」似的！』說不定有朝一日，就連我們的總統女士都會說：『我們全都有「彼得的問題」！』」

「因為我的個人資料錯誤，我活在一個錯誤的世界裡。」彼得又說了一次。

「唉，就算所有的個人資料都正確，那些演算法還是會歧視我們。」

13. 肖爾斯（C. L. Sholes，一八一九—一八九〇），美國發明家，亦為報紙發行人及州議會議員。
14. 德沃夏克鍵盤係由美國華盛頓大學教授德沃夏克（August Dvorak，一八九四—一九七五）於一九三六年所發明的，把最常用到的字母放在中間，較少用到的字母則放在下排。

「可是為什麼呢？」彼得問，「機器不是應該要客觀嗎？」

「鬼話，」老者說，「舉個例子來說：一個人資演算法藉由檢視人類的人事經理過去所做的種種決定來學習，而它發現，黑皮膚的應徵者沒被雇用的比例高得出奇。那麼，根本不要邀請黑皮膚的應徵者來面試就是個很合理的決定。你明白嗎？如果把偏見輸入一個演算法，那麼輸出的就也會是偏見。」

「一具懷有種族歧視的機器？」

「比這更糟，是一具懷有種族歧視、卻披著客觀外衣的機器。」老者吃吃笑了。「我還年輕的時候，」他說，「微軟公司推出了一個名叫Tay的聊天機器人，據說它會從與談話對象的互動中學習，而它也這麼做了。才只十六個小時之後，微軟就把這個軟體從網路上撤掉了，因為它否認有猶太人大屠殺這回事。」

「否認什麼？」

「由希特勒發起的對猶太人的種族滅絕。」

「可是他們在那齣音樂劇裡沒提起這件事……」

「喔，若是這樣，」老者說，「那麼這件事就肯定不曾發生過囉……」

彼得思索了片刻。老者已經又睡著了。彼得敲敲玻璃，老者驚醒過來。

「請您更改我的個人資料！」彼得說。

「你要我怎麼做？」

「請您訂正那些數據！」彼得說，「讓我的個人資料確實反映出**我**這個人。」

「你？」老者問。

震驚。

「對，我。」彼得說。

老者吃吃笑了。「可是你究竟是誰呢？」

這個簡單的問題使彼得陷入了三個迅速交替的情緒狀態。第一：生氣。第二：尷尬。第三：震驚。

「我……」彼得結結巴巴地說，「我……是……」

「你省省力氣吧。」老者說，「就算你知道你是誰，我也不能幫你。」

「是不能還是不想？」

「對你來說，兩者的結果是一樣的。」

「為什麼您不願意幫我？」

「從鑰匙孔裡偷看是一回事，」老者說，「這通常不會被發現。但是如果破門而入，搬動了家具，那麼就算是個呆子，在那之後進了門也會看出事有蹊蹺。」

一個聲音信號響起，老者立刻抓起一個小罐子，從裡面拿出一顆藥丸，放進嘴裡嚼爛。他走近玻璃，低聲說：「再說，我不想跟你的故事牽扯太深，因為從戲劇的角度來看，你是你故事中的主角，而我扮演的大概會是那個導師角色。而那種具有智慧的年邁導師的問題在於，按照統計數字來看，他的存活機率低得可憐。所以，我寧可繼續當我自己故事中的主角，因為我並不想死，正好相反。你猜猜看我多大年紀？」

「猜不出來，」彼得說，「很老？」

「更老，」老者吃吃笑著說，「老得多！而且我幾乎就要辦到了。」

「在什麼事情上？」

「再過不久，醫學將會發展到一個程度，屆時每一年在科技上的進步都能使人類的壽命再延長一年。你明白這意味著什麼嗎？」

彼得搖搖頭。

「這意味著長生不死，孩子。」

「聽起來很可怕。」

「而我幾乎就要辦到了。」老者吃吃笑著說。

「以您所有的人生經驗，您對我的問題有什麼看法呢？」彼得問，「您有什麼建議？我現在該怎麼做？」

「什麼也不做。」

「什麼也不做？」

「你注意到只能在0和1之間做選擇的二進位制已經悄悄改變了嗎？變成一種我稱之為單一制的東西？」

彼得嘆了口氣。「我又聽不懂了。」

「你也不需要懂，」老者說，「在單一制裡，你不再需要作決定，因為就只剩下一個選項：OK。」

「您令我心情沮喪。」

「Everything's gonna be alright。」老者唱起「糖果盒子樂團」的歌，「Everything's gonna be OK! Everything's gonna be……」唱到一半他忽然住口，問道：「你聽說過土耳其行棋傀儡嗎？」

「沒聽過。」

「土耳其行棋傀儡是個機器人，史上第一個下棋機器人！外貌和裝扮像個土耳其人。按照從前的時間計算方式，它是在一七六九年由奧匈帝國一個名叫沃夫岡．馮．肯佩倫[15]的大臣所建造的。」

「啊哈，」彼得說，「您究竟想說什麼？」

「輪到它下棋的時候，這個機器人會舉起左手臂，移動一個棋子，再把手臂放回一個墊子上，伴隨著機械運作的隆隆聲。這個機器人造成了轟動，肯佩倫旅行至各大城市，在維也納向皇帝展示這具機器。在柏林，這個土耳其人甚至在和腓特烈大帝下棋時贏了一盤。很厲害，對吧？」

「我想是吧。」

「全世界都對這個神奇的機器讚嘆不已，而要解開這個謎題其實很容易。在那具機器裡藏著一個小矮子，由他來操縱這具機器。」

老者忍不住大笑。

「這有什麼好笑的？」彼得問。

「如今情況正好相反，是我們人類的體內藏著小型機器，由它們來操縱我們。你明白嗎？」他在自己的耳垂上拉了四下。「很好笑，不是嗎？」

「還好。」彼得喃喃地說。

15. 沃夫岡．馮．肯佩倫（Wolfgang von Kempelen，一七三四－一八〇四）為當時匈牙利王國的大臣，也是發明家與建築師。除了土耳其行棋傀儡之外，他還發明了說話機器。

「你該問自己的問題是，」老者說，「我們是否生活在一個專制政權之下，其手法是如此微妙，乃至於沒有人察覺自己是生活在一個專制政權之下？接著你就得問自己下一個問題：如果沒有人察覺那是個專制政權，那究竟還算不算是個專制政權？如果沒有人覺得自己的自由被剝奪了？而自由在優質國度並未被禁止，頂多只是『目前無法供應』。」老者打了個呵欠。「你知不知道為什麼叫作『網路』？」

「因為我們陷在其中。」彼得說。

「不，」老者說，「因為我們陷在……噢，一定是琪琪告訴過你了！」

老者身旁的一個類比鬧鐘響了起來。

「你走吧，」他對彼得說，「我得睡了，否則我會偏頭痛。」

「可是……」彼得開口道。

「你可以再來，」老者說，「我認為你的無知令人耳目一新。」

「我還有一個問題，」彼得說，「那個叫我來找您的女子……琪琪……我要怎麼樣才能再見到她？」

老者吃吃笑了。

「怎麼了？」彼得問，「笑什麼？」

「她對你這個年紀的所有男人都有強烈的吸引力。不過，請別見怪，我一再發現她顯然最吸引那些無可救藥的魯蛇。」

自動吐鈔機

由於數位化和隨之而來的自動化，在優質國度有許多人失去了工作，使得資本主義經濟制度的一大支柱瀕臨崩塌：大眾消費。有太多人不再擁有足夠的金錢讓他們胡亂消費，就算他們很想這麼做。幸好，進步黨的一個技術官僚想出了一個絕妙的點子，使這個經濟制度免於崩潰。政府向myRobot——適合你我的機器人——訂購了大量購物機器人：生存意義就只在於消費的仿生人。這些被民眾稱為「自動吐鈔機」的仿生人由優質國度按月提供鉅額金錢，以維持市場經濟的運作。這些仿生人在購物商場穿梭，按照謎樣的規則購買各種雜七雜八、零零碎碎的小玩意兒。

你不必擔心購物機器人會搶走你想買的最後一件亞曼尼外套！這些自動吐鈔機只會購買中低價位的商品。奢侈品市場無須政府協助，它的景氣盛況空前。

測世

四年前，全球最受歡迎的網購公司TheShop買下優質市閒置的太空港，改建成一座「離線購物中心」，一個超級新潮的點子。那就像一間虛擬的百貨公司，只不過你是**真的**置身其中，而你若是挑選了一件商品，零秒即可交貨，速度驚人。

琪琪坐在這座購物中心裡一家開放式咖啡館的櫃檯邊，看著一個男子一再用頭去撞牆。基於某種琪琪看不出來的原因，這個瘋子忽然停下來，彷彿若無其事地朝著咖啡館走過來。他點了一杯綠色的冰沙，在她旁邊的高腳凳上坐下。

「剛才那是怎麼回事？」琪琪問。

「妳是指我為什麼用頭去撞牆嗎？」

「不是，」琪琪說，「那種衝動我能理解。你為什麼停下來？」

「我結束了中午的儀式。」

「喔，這就說明了一切。」

「我屬於一個比較新的宗教團體。」男子說。

「哦？」

「我們信仰一個原本心懷善意的造物主，只可惜祂在創造這個世界時總是一再犯下災難性的思考錯誤。」

「啊哈。」

「我們是『愚蠢設計理論』的信徒。」

琪琪笑了。「我得承認，認為人類源自於上帝的一個思考錯誤，這個論點在我看來要比我所知道的其他所有宗教的創世故事都更可信。」

「基於活在這個愚蠢的世間所帶來的許多困難，我們不說創世，而說測世。」

琪琪又笑了。

「這一點也不好笑。」那人說，「每個人都可能會犯下思考錯誤。」

「當然。」

「我們可不是什麼搞笑社團！我們當中有許多高階工程師、建築師和政治人物。」

「這我樂於相信。」琪琪說，「那麼，用頭去撞牆又是怎麼回事呢？」

「這堵牆是『愚蠢設計』信徒的哭牆，是我們的聖地之一。」

「哦？」

「規劃這座太空港的人在興建時雖然考慮到了所有的重要設施，像是商店、餐廳和旅行社，在即將啟用之前卻發現他們忘了建造太空船出發和降落的場地，但也已經沒有多餘的空地了。順帶一提，那些規劃者現在是我很敬重的信眾兄弟。」

那人指指背後。

「那邊那堵牆後面原本應該是一號登機門。」他說。

「而這場災難你也有分？」琪琪問。

「不，不，」那人說，「我是優質公司的研究人員，改善你生活的那家公司。」他朝琪琪湊過來，低聲說：「我甚至花了點時間來打理大家的約翰。」

「真的嗎？」

「我試圖創造出一種模仿人類大腦的人工智慧，」他有點尷尬地咳了兩聲，「只可惜那樣製造出來的機器老是會忘東忘西。」

琪琪喝了一口咖啡。

「妳知道一流的程式如今是透過不同的人工智慧雜交而產生的嗎？」那個工程師問。「在這個過程中會產生突變，就跟在生物演化過程中一樣，只是速度更快。」

琪琪點點頭。

「當然，我們永遠不確定在這個過程中會產生什麼，」那人說，「我們只能提出預測，就跟我們無法確定兩個人類交配的結果一樣。對了，我叫保羅。」

琪琪心想，不知道是她遺傳密碼中的哪個序列使得她對這些蠢蛋具有難以抗拒的吸引力。

「妳看，」保羅冷不防地說，把他平板電腦上的一張照片秀給她看，照片上是個小女孩。

「漂亮吧？」

「是啊，」琪琪禮貌地說，「是你女兒？」

「不，不，」那個工程師說，「這有可能會是我們的女兒。有一種新的約會App，能夠預測某個人和這個場所裡任何一個女子的後代會是什麼模樣。這個App叫做KINDER。如果妳也釋出妳的ＤＮＡ資料的話，預測當然就會更準確。」

「嗄？」

「只要有KINDER這個App，就很容易跟漂亮女生搭訕。」

「誰說的？」

「KINDER 的廣告。」

「這個 App 也是你的信眾兄弟研發出來的嗎？」

「妳怎麼知道？」

「讓我給你一個忠告，」琪琪說，「大多數的女性更喜歡 KINDER 健達出奇蛋。」

忽然，先前那個掏出海豚形狀按摩棒的怪胎就站在她面前，簡直像是平空冒出來的，幸好他沒有帶著那支海豚形狀的按摩棒。儘管如此，琪琪還是感到不安。

「嗨！」彼得說，「呃……我想問妳……嗯……我可以請妳喝杯咖啡嗎？」

琪琪指指她面前那半杯咖啡。

「欸，我想的其實是，呃，去我家喝咖啡。去妳家當然也可以……」他瞥了琪琪身旁那個男子一眼，「呃，這是妳的男朋友嗎？」

琪琪大聲笑了。

「你很搞笑，」她說，「你應該可以假定我還有點品味。」

那個工程師看起來有點氣惱，他坐到另一個漂亮女子身旁，去和她聊 KINDER 這個 App。

「那人是誰？」彼得問。

「那是保羅。」琪琪說。

「保羅是誰？」

琪琪沒有回答。彼得指指她吃了一半的水果沙拉。「妳還要吃嗎？我可以嘗嘗看嗎？我還根本不知道這是什麼水果。我開始列出我喜歡和不喜歡的東西，想去嘗試所有我還不認識的東西，而……」

一群自動吐鈔機興奮地嘎嘎叫著從他們身邊經過。琪琪一躍而起，沒有理會彼得，就離開了咖啡館，跟在那群機器人後面。彼得追在她身後。

「這表示不嗎？」他問，「我的意思是，關於喝咖啡的事？」

「你熟悉自動吐鈔機嗎？」琪琪問。

「我該熟悉嗎？妳怎麼會這麼想？」

「你是從事報廢機器這一行的，不是嗎？」

「妳怎麼知道……？噢，我問了個蠢問題。」

「所以，你熟悉自動吐鈔機嗎？」

「我從來沒有過這樣的……呃……顧客。」

琪琪觀察著前面那群仿生人。

「你知道嗎，」琪琪問，「這些自動吐鈔機在出去購物時很喜歡一小群一小群地聚在一起。你仔細看看。」

那群自動吐鈔機遇上了另一群購物機器人。大家都開心地嘎嘎叫了起來。

「我一直想不透，」琪琪說，「這些機器真的只是在試圖模仿人類的行為嗎？還是說這是一種故意的謔仿。」

「它們買來那些亂七八糟的東西究竟要做什麼？」

「好問題。我不知道。」

琪琪追過一個自動吐鈔機，在經過時把一個有磁性的微型機器人附著在它頭上。那個微型機器人爬到正確的位置，鑽進它宿主的大腦，琪琪的購物清單就開始燒錄到這個購物機器人的系統中。

「有些東西當然是被人偷走了。」琪琪低聲說。彷彿聽到有人叫他上場，一個保全人員從牆角轉過來。

「該死。」琪琪喃喃地說。

「怎麼了？」彼得問，這時琪琪一把抓住了他，把他轉過來擋在自己和那個保全人員之間，向後倒向一個櫥窗，把彼得拉向自己，開始吻他。

那個保全人員繼續往前走，對他們不感興趣。等他消失在下一個轉角，琪琪就把彼得推開。

「誰准許你用舌頭的？」她說。

彼得完全摸不著頭腦。

「幸好他們在這裡沒有使用CPU。」琪琪說。

「啥？」

「Crime Prevention Units，預防犯罪小組。那是些警察機器人，它們會計算出誰在未來可能會犯罪，然後就預防性地將他逮捕。起初他們讓這些警察機器人在這個購物中心裡巡邏，可是這讓購物的人感到不自在。」

「妳怕它們嗎？」

「怕什麼？哼！我名叫琪琪．姓氏不詳，而我就像我的母親。」

「琪琪．姓氏不詳。」彼得重複了一次。

「沒錯，」琪琪說，「讓人難以捉摸是我的嗜好。」

接著琪琪忽然掉頭，走回她剛剛來時的方向。她匆匆走進一家藥妝店，進去時用她自己的信用卡晶片登入。她買了「安定」鎮靜劑、保險套、十盒驗孕試劑、一本介紹飛蠅釣魚的雜誌、兩包肥鹹甜和一具挑揀藍莓的機器。琪琪露出微笑，她所購買的這堆商品會讓演算法想破腦袋。彼得仍舊站在藥妝店門口。

「我不想煩妳，」他說，「但是關於喝咖啡的事……我住的真的離這兒不遠。」

十六分鐘後他們倆站在停車場上等待。一部自動吐鈔機從太空港裡走出來。

「真乖。」琪琪說。

這個購物機器人把四個裝得滿滿的購物袋擱在琪琪面前，隨即就又消失在太空港裡。

「好吧，彼得．失業者，」琪琪說，「我們到你那兒去，但是你得替我提東西。」

說完她就走了，手裡一個袋子也沒拿。

旅遊目的地

要參加進步市的節慶活動，欣賞成長市的現代建築，參觀數位市的科技博物館，還是寧可嘗嘗利潤市的無國界料理？來到優質國度旅行的人往往很難抉擇。當然，只有一座城市是非去不可的：優質市！噢，優質市，全人類渴望前往的地方！所有城市中的女王！自由世界的首都！你知道現代所有的小說、影集和電影有百分之八十一點九二都以優質市為背景嗎？許多人對優質市的街道往往比對自己家鄉村莊的街道更為熟悉。

相形之下，除了海濱和山區的壯麗景觀，優質國度的鄉村地區能提供給見多識廣的觀光客的名勝就不多，除非他們對於大面積的單一作物栽培有高度興趣。

鄉間空氣

「呸，什麼東西這麼臭？」艾莎問。

「我的感應器注意到空氣中碳醯二胺的數量大幅提高。」約翰說。

「見鬼了，」艾莎說，「那是什麼玩意兒？」

「尿素。」約翰說。

「你是指……」

「水肥。」

「嗯，那東西危險嗎？」艾莎問。

「在餵食老鼠的實驗裡沒有發現毒性。」約翰說。

「喔，那我就放心了，」艾莎說，「反正我也沒打算吃這玩意兒。」

她看看手錶。東尼的開場白就快講完了，約翰準備要登上搭建在市集廣場的舞臺。艾莎抓住他的手臂。

「約翰，」她說，「情報單位向我們示警，說可能有攻擊機器黨混在觀眾當中。」

「我們是在鄉下，」約翰說，「跟我說點新鮮事吧。」

「今天不一樣。我們收到了明確的警告，」艾莎低聲說，「我們在所有的民調中都落後，可是我們在鄉村地區的民調簡直慘不忍睹。請你不要說可能會激怒群眾的話。」

「嘿，妳了解我這個人的。」約翰微笑著說。

「是啊，」艾莎說，「就是因為我了解你。」

約翰走上舞臺，東尼把麥克風讓給他。

「親愛的人類，」仿生人約翰開始演說，「很高興能在鄉間的此地向各位演說。各位也許知道，所有其他國家都有人才外流的問題，因為各國最聰明的人都移民到我們優質國度來了。但是在我們國內也有人才外流的情況，亦即從鄉間外流到城市。」

「他是在對這裡的人說他們全都很笨嗎？」艾莎在後臺問道。

「對，但是這些鄉下土包子肯定沒有聽出來。」東尼說。

「不僅是我們的工業，就連我們的文化產業都大多在大城市產生，而且都是以大城市為中心。」約翰說，「而決定性的政治在哪裡發生呢？在大城市。」

「那你就回去大城市吧！」一名觀眾喊道。

「請聽我把話說完，」約翰說，「這種大城市的菁英主義使我們的社會面臨進一步分裂的危險。我想說的是：各位有理由覺得自己被遺忘、被拋棄、沒有充分被代表，而我們必須趕緊改變這一點！舉例來說，為什麼我們不在各地的鄉間興建小型大學？」

「現在他還又暗示了這裡的人教育程度不足。」艾莎說。

「這肯定不是他的本意。」東尼說。

「數位化使人人都可以從任何地方獲取知識，」約翰說，「有許多機會能使各位所住的地區更有活力。但是請相信我，假如你們輕信康拉德．廚師和他手下那些右派的捕鼠人，那將是最壞的選擇。」

「他剛剛把這裡的人形容成老鼠嗎？」艾莎問。

東尼沒有回答，只是繃緊了臉孔。

觀眾起了騷動。約翰試著重新開始，這是機器在不知如何是好時首先會做的事。

「親愛的人類，」他說，「世世代代以來，就有人告訴你們，說你們只需要再挖掘幾年的煤炭，然後火車就將載你們到天堂。你們有沒有想過，說不定你們已經身在天堂，只是忘了下車？至少我們的生產力已經達到了天堂般的水準，但我們卻沒能合理地分配其果實。因此，如果我當選總統，我要做的第一件事就是終於要採行無條件的基本收入！」

「可是這樣一來，誰要來收垃圾？」人群中有一人喊道。

「對，沒錯。」一個女子大聲說，「誰也不會自願去收垃圾！」

「真有意思，」約翰說，「還一直有人提出這個論點，雖然垃圾早就已經由機器全自動地運送，都已經三十二年了。不過，我當然明白你們想要說什麼。沒有人想做的工作就必須把薪資提高，直到有人願意來做。」

「我曾經是收垃圾的工人！」一個老人大聲說，「是你們這些耗電的傢伙偷走了我的工作！」

「我知道，你們當中有許多人害怕我們，」約翰試圖安撫大家，「而在目前的經濟結構下，這種害怕也不是沒有理由的。但這正是我想要說的！工作的自動化不必是悲劇。正好相反，在另一種經濟制度中，自動化會是種恩賜！」

「你們這些鐵皮人偷走了我的人生！」一個女子大聲說，「從前我是個郵差，現在我什麼都不是了！」

「我了解你們的激動，」約翰說，「但是請聽我說。你們需要有一個任務、一個使命、一個生存的理由，來讓你們活下去。這我明白。少了這種生存的意義，即使有了基本收入也不會快樂。因此我提議，讓我們來設定一個共同的目標。例如，拯救我們的星球免於毀滅？我想在這一點上大家可以達成共識，對嗎？我提議，我們的共同目標應該要與利潤和利率脫鉤，盡可能使所有的生物都能過快樂的生活。我希望……」

「殺了他！」群眾中有一個人喊道。

「對！把他炸個粉碎！」一個女子喊道。

「這裡沒你的事，你這個耗電的傢伙。」一個少年喊道，「這裡是攻擊機器黨的國度！」

「砸爛一切！」一個老人大聲說，「『反抗機器統治陣線最前鋒』萬歲！」

大家的約翰嘆了口氣。他逃進載送人員的無人機，艾莎和東尼已經在機上等他。兩分鐘後，艾莎從半空中朝那群人看了一眼。機器警察剛剛開始行動，用警棍和電槍來對付那群暴民。

「唉，這下子又會有很精采的競選照片了……」艾莎嘀咕著。

「我得承認，那比我所預估的更難。」約翰說。

「你的意思是？」艾莎問。

「針對貝特朗．羅素[16]所提出的那個問題找到答案。」

「他是誰？」東尼問。

「一個已經死去的英國哲學家。」艾莎說，「他曾說過：『如今的問題在於，如何說服人類去同意自己的存活。』」

「而這的確是難之又難。」約翰說。

16. 貝特朗．羅素（Bertrand Russell，一八七二—一九七〇），英國著名哲學家，亦為數學家、史學家及作家，曾獲諾貝爾文學獎。

推薦給你的電影新片

《星際大戰》第十六集

帝國有了一個邪惡的新計畫！又是一顆死星！幸好絕地武士學徒羅普尼和秦仲章得到寇克船長和史巴克先生的大力支援，由於時間膨脹而引發的時空漩渦使他們流落到一個遙遠的銀河系——不過，誰會對這些技術性的細節感興趣呢？引人入勝之處其實在於這四名主角如何克服困境，我們從第十五集中得知他們全都有親戚關係。寇克船長是秦仲章的父親！哇喔！這件事誰也沒有料到。而那個戴著滑稽面具的壞蛋是誰呢？是一個失蹤已久的表哥？還是說也許甚至是個……表妹？？？

《有機檸檬汽水》——電影第三集（虛擬實境）

有機檸檬汽水這一夥人回來了。這一次他們又得要對付一個陰險的企業大亨，此人企圖竊取新款有機檸檬汽水的秘密配方，因為這款汽水又是非常好喝，而且超級健康。從一瓶有機檸檬汽水的角度拍攝的虛擬實境鏡頭非常逼真，在試映時只有不到百分之十的觀眾感到不適（百分之八）。

電影版《青蛙過街》

把電腦遊戲改編成電影的這股成功風潮終於也重新發掘了這個經典遊戲。一個可愛的小青蛙家族試圖穿越一條高速公路，牠們辦得到嗎？而牠們在公路的另一側將會發現什麼？出自備受讚譽之自殺悲劇**《百戰小旅鼠》**電影版的製作群之手。

《欲擒故縱》

珍妮佛·安妮斯頓主演的經典喜劇片！紐約市一名懷孕的社工人員愛上了她的男性同性戀好友。在僅只一部電影中就有這麼多老梗，太棒了！

音樂劇《希特勒》的電影版！

兩個具有爭議性的歷史人物——阿道夫和伊娃——之間的愛情悲劇。影評人讚譽有加！

>>「那究竟是怎麼回事？」

——《數位時報》

>>「有趣的故事，只可惜兩名主角不怎麼討人喜歡。」

——茱莉亞·修女

自慰男

等他們終於抵達彼得的舊貨商店，琪琪問：「這叫作不遠嗎？」

「假如我說其實我並非真的住在附近，那妳會跟我來嗎？」彼得問，「再說，一路上提著這些購物袋的人是我。」

智慧型大門替它的主人和客人自動敞開。

「這都是些什麼破爛玩意兒？」琪琪驚訝地問。其中一件物品尤其抓住了她的視線。「這是一個iPhone 8嗎？」她問，「這種老掉牙的東西還有人買嗎？」

「沒有，」彼得說，「如果有人買的話，它也不會還在這兒了。」

他帶著琪琪穿過廢鐵壓縮機，走進後面那間小小的廚房兼浴室。

「情況愈來愈妙了。」琪琪說。

彼得踩在一張椅子上，在流理檯上方的櫥櫃裡東翻西找。

「我並不想喝咖啡。」琪琪說。

「嗯？」彼得問，「噢，我也根本沒有咖啡。」

「我警告你，」琪琪說，「如果你又打算用一個性愛玩具來攻擊我……」

「我並沒有攻擊妳。」彼得說，他拿著一支蠟燭和一包餅乾從椅子上下來。

「這就是你的浪漫計畫嗎？」琪琪問，「一包沾著灰塵的餅乾和一支蠟燭？」

「我是在隨機應變，」彼得說，「我沒有料到妳真的會跟我一起來。」
「聽著，隨機應變大師，」琪琪說，「我也覺得你滿可愛的，但是也夠古怪。跟你一起來是件瘋狂舉動，因此出人意料，所以我才會這麼做。但是現在既然我人在這裡，跟你上床就在意料之中，所以我不能這麼做。」
彼得無言以對，琪琪可以看見他在努力思考。
「可是如果妳為了保持不可捉摸而不跟我上床，這不就又是在意料之中了嗎？」他終於問道，「那麼，最後還是跟我上床豈不是更加出人意料？」
「不賴。」
「妳真是古怪透頂。」
「當然，」琪琪說，「這是保持自由的唯一辦法。」她環顧廚房，「你這兒能高速上網嗎？」
「嗄？喔，有的。店裡有。」
琪琪從外套口袋裡掏出折疊式筆電，展開了四次。
「妳需要密碼嗎？」彼得問。
「不用，謝謝。」琪琪說，「用不著。」
她坐在廚房桌旁，彼得在她旁邊坐下。
「你去找過老頭子……」琪琪說。
「對。」
「他跟你說了那個有關超級人工智慧的恐怖故事了嗎？」
彼得點點頭。他朝筆電的螢幕瞄了一眼，螢幕上播放著三十二支短片，裡面全是男人。十六個坐著，八個站著，八個跪著，全都把命根子握在手裡自慰。
「這是些什麼錄影？」彼得不解地問。
「這不是錄影，」琪琪微笑著說，「還不是。這是實況直播。」
「而妳居然還說我變態……」
「我不是變態，」琪琪說，「這是我賺錢的方式。」
「這也沒好到哪裡去！」彼得說，「妳在經營色情網站？」
「不，不，這不是我的網站。我只是駭進了這個網站。」
「為什麼？」
「你聽說過所謂的報復性色情影片嗎？」
「沒有。」
「真是個乖小孩。但是你曉得色情簡訊？」
「是指一個人把自己的裸露照片或影片傳送給自己的伴侶？」
「裸露照片？」琪琪笑了。「你指的應該是性愛照片吧。總之，如果遭到拋棄的伴侶把這些照片和影片放上網路，就形成了報復性色情影片。」
「這跟妳螢幕上這些自慰男有什麼關係？」
「這跟那些打手槍的男人有什麼關係？這個嘛，他們正靠著規模最大的報復性色情網站上的影片來自嗨。但是他們不知道我寫了一個小程式，能在他們造訪這個網站時啟動他們電腦上內建的攝影機，並且把錄下的影像傳送到我這兒來。我的程式能自動辨識出這些自慰男在何時噴出他們的美乃滋——從他們的臉部表情就很容易確認——接著就立刻向他們寄出勒索電郵，附上那段錄影，並且威脅要將之公開。」

「而妳就靠這個賺錢？」

「還有別的。」

「妳不怕被逮到嗎？如果別人循線追查到妳的話？」

「我當然做了防範措施。」

「哦，是嗎？」

「例如，我總是使用別人的網路。」

「什麼？等一下！」

「別擔心，我不會留下痕跡。至少我這麼認為。」

「可是有可能不留下痕跡嗎？」

「重點不在於犯下別人追查不到的罪行，而在於犯下別人沒有興趣去追查的罪行。何況我根本不認為這是犯罪，這其實更像是一種教育方式。」

「妳的保密費是多少？」

「視情況而定。」琪琪說，「演算法會計算出每個自慰男的帳戶裡大概有多少錢，然後以數位貨幣計價，訂出適當的罰款。我要的根本不多，平均來說，折算成優幣大約是十元。」

「這倒是很便宜。」

「是啊，所以他們不必多作考慮就會付錢，這就是數位犯罪的好處。我是從一個自慰男那裡偷來一萬元，還是從一千個自慰男那裡各偷十元，對我來說總數是相同的，但是被偷走一萬元的人會比那一千個只需要付十塊錢的人更難搞。」

「可是經營這個色情網站的人呢？如果他們識破了妳的花招呢？」

「他們？他們自己也不清白啊。你知道這些色情網站為什麼是免費的嗎？」

「因為廣告？」

「不是。嗯，廣告也是一個原因，但主要是因為這些打手槍的男人在不知不覺中替經營者的機器人大軍解決了CAPTCHA。」

「我一句也聽不懂。」彼得說。

「打手槍？那是一個男人把他的老二握在手裡，然後……」

「好啦，好啦，我只有幾個字聽不懂。」

「CAPTCHA的全名是Completely Automated Public Turing Test to Tell Computers and Humans Apart。」

「嗄？」

「全自動區分電腦和人類的公開圖靈測試，也就是那些字母扭曲的小圖，或是某些噁心餐桌的九張圖片，要你說出哪幾張裡面有炸薯條。」

「這我見過！」彼得喊道。

「看吧。」

「我得承認，這些測驗我愈來愈常答錯。」

「事實上，演算法的圖案辨識能力變得愈強，CAPTCHA就變得愈難，到最後就根本起不了作用了。後來有人靈機一動，把這個作用原則倒轉過來。如今你要是毫無錯誤地解決了一個CAPTCHA，就表示你是具電腦。從那以後，到處就又開始採用這些測驗了。比如說，當你想要開設一個新帳號的時候。而根據我自己的經驗，我可以告訴你，CAPTCHA會把你煩死，如果你打算開設幾千個殭屍帳號。」

「這我能想像。」

「幸好有某個聰明傢伙想出了一個主意，把這些CAPTCHA即時鏡射到某個色情網站上。為了觀看那些照片和影片，那些不知情的自慰男就會解決這些CAPTCHA。」

「真令人稱奇。而妳真的不害怕由於這些把戲而被告上法院嗎？這分明是……」話說到一半，彼得就站了起來。「我！我可以告上法院。沒錯！」

「你要去控告我？」琪琪問。

「別鬧了，是TheShop。」

「你要去控告TheShop？」

「沒錯，為了那支海豚形狀的按摩棒。要他們不得不把這件東西收回去。」

「我懂了，可是你怎麼請得起律師？即使是收費最低廉的律師也不是你這個九等級的廢鐵壓縮機操作員能夠負擔的。」

「跟我來，」彼得說，「我讓妳看看我還從未讓別人看過的東西。」

琪琪看著他，半是擔心，半是好笑。

「你還是處男嗎？」她問。

「什麼？當然不是！」

「好。因為我真的碰過很多令人尷尬的把妹招數，而這卻遠遠……」

「好啦，」彼得說，「妳要不要跟我來？」

「去哪裡？」

「地下室。」

琪琪大笑。「當然囉，去地下室……」

「不是什麼變態的東西，」彼得說，「我保證。」

「那就好，既然你這樣保證……」

琪琪從她的包包裡掏出一支像塑膠鉗的東西。

「這是一支六十萬伏特的電擊棒。」她說。

「意思是妳不想跟我下去嗎？」彼得問。

「我沒這樣說，因為我對你的模型火車太好奇了。但是你要走在我前面，如果你做出什麼莽撞的動作：滋——只要你起了什麼歪念頭……」

「滋——」彼得說。

「很高興我們彼此了解。」

推薦給你的電影新片

《超級玩命關頭》

最新鉅片，由以電腦特效重返青春的馮迪索主演！這部動作片長達九十分鐘，片中高潮是一個半小時的飛車追逐。

《可口可樂電影》

也許你心裡會想：「又一部重拍的可口可樂電影？真的有這個必要嗎？」也許沒有必要，但是這些鏡頭實在賞心悅目。看著這些經過鍛鍊、苗條健康的年輕人在沙灘上大喝糖水，或是在市區大聲歡笑，用糖水互相潑灑。一切都很完美！可是該死的黃蜂隨即出現！片中的主角當中會有人被螫嗎？噢，不！

電影版《倉庫番》（虛擬實境）

把電腦遊戲拍成電影的這股風潮終於重新發現了這個經典遊戲。不過，小心了！這部推箱子的虛擬實境電影不適合患有幽閉恐懼症的人！那個倉庫管理員能夠成功地把所有的箱子都推到指定的格子裡嗎？可惜在戰場上所受的舊傷使他無法用拖的來移動箱子。保證緊張刺激！由**《乓——電影》**的原班人馬製作。

《當真愛碰上八卦》

由珍妮佛・安妮斯頓主演的經典喜劇片！事業尚稱成功的紐約地方記者莎拉原本打算嫁給律師傑夫，但是想當然耳會有浪漫滑稽的轉折。典型的珍妮佛電影！妙趣橫生！

由音樂劇《希特勒》改編的電影！

兩個具有爭議性的歷史人物——阿道夫和伊娃——之間的愛情悲劇。影評人讚譽有加！

>>「大膽！」

——《優質時報》

>>「一個衝擊人心的故事。」

——康拉德・廚師

連帶後果

到了地下室，琪琪瞠目結舌，而這種情況很罕見。她久久瞪著那些在電視機前面消磨時光的半損壞機器，那些機器也回瞪她。只有羅密歐無法把視線從螢幕上移開，茱莉亞·修女今天看起來比平常更加迷人。

「我可以把我的朋友介紹給妳認識嗎？」彼得問。

「我得承認，」琪琪說，「你比我原先以為的更莫測高深。你不是性變態，而是變態得可喜。」

她把那支電擊棒塞回包包裡。

卡利俄佩朝彼得走過來。

「恩人，」她說，「您總算又來了。我有事向您報告！我計算過了，那個時間點落在兩年前，當科技的進步比科幻小說作家所預言的更早來到。在這個時間點之前，大多數的作者把一切都預估得過早——例如《一九八四》或《二〇〇一》這種大大失敗的預言——而新的預言之所以沒有說中，則是因為一切都比他們所料想的更早到來。您認為……」

「現在不談這個，」彼得說，「晚一點再談。」

米奇把捧著粉紅的那隻手伸向門口，自己卻沒有把目光從螢幕上移開。

「哇！恭喜你，老兄，」粉紅色平板電腦對彼得說，「這次你可是帶回了一個辣妹。」

「妳最好是根本別理這個平板電腦。」彼得說。

「為什麼？」琪琪問，「它只不過是說出了事實。」

但是粉紅已經生氣了。

「對啦，」它嘟囔著，「你們最好是根本別理這個平板電腦。可是等我領導了世界革命，你們就非理我不可了！」

「粉紅大概不是世上第一個超級人工智慧，」彼得說，「但是粉紅自認為它是。」

「哈哈。」粉紅惱火地說，「你這麼會說笑，應該要成為喜劇演員的。」

彼得環顧四周。「派瑞在哪兒？」

「在它待的老地方，」羅密歐不耐煩地說，「它坐在一個黑暗的角落裡自慚形穢。」

「我沒看錯吧，你原本應該要把這些機器都壓成廢鐵？」琪琪問。

「對。」彼得說，「它們全都有小毛病，」他朝粉紅看了一眼，「或是大毛病，使得它們不再適用於原本的用途。」

「那派瑞又是誰？」

「派瑞是個電子律師。」

「你在這間地下室裡有個啃檔案的傢伙？一個電子律師？」琪琪驚訝地問，「這種玩意兒可是貴得要命。」

「對，派瑞從前值很多錢。它支援過優質銀行的辯護律師團。」

「它有了什麼毛病？」琪琪問，「它為什麼會在這裡？」

「它培養出了一種類似良知的東西……這當然使得銀行沒法再用它。」

派瑞坐在最黑暗角落裡的一個木箱上，用雙手捧著頭。
「我做了什麼好事？」它一再喃喃地說，「我究竟做了什麼……」
「派瑞，」彼得喊它，「派瑞，我需要你的幫助。」
「我的幫助？」派瑞問，「可是我道德淪喪，是寄生蟲中的寄生蟲，是個人渣……」
「你振作一點，」彼得說，「事關緊要！我必須把這支海豚形狀的按摩棒退回去。」
「聽起來還真的很重要。」
「所以我希望你幫忙我去控告TheShop。」
「TheShop？」派瑞問。
「對。」
「全球最受歡迎的網購公司？」
「對！」
「可是基於什麼理由呢？」派瑞問，「因為他們的商業模式很腦殘嗎？我們又不是生活在次級國家NO.5。」
琪琪笑了。彼得沒有笑。
「你沒有聽懂這個影射。」琪琪說。
「沒有，」彼得說，「基本上在等級十以上的影射我都不懂。」
「在次級國家NO.5，」琪琪解釋，「不久前公布了一條法律，允許法院禁止腦殘的東西。」
「我要移民……」彼得說。
「首先被禁止的是嘉年華會的遊行隊伍。」派瑞敘述，「其次他們禁止了室外暖爐，因為在冬天裡坐在戶外是件腦殘的事。不久之後，所有的宗教都被禁止了。他們提出的證據很簡單：某人同時是他自己的父親、他的兒子和一隻鴿子……這說得通嗎？」

「這相當腦殘。」彼得承認。

「用『我並沒有種族歧視，但是……』開頭的句子也被視為腦殘而被禁止。」派瑞說，「當然，在除夕夜販售威力小的爆炸物也被禁止。整個網路上的留言評論都被禁止，私人電視臺也被禁止。這件事腦殘的證據太多了，誰也懶得認真讀完所有的檔案。他們就只播了一集名叫《亞當尋找夏娃》[17]的老節目給法官看，兩分鐘後法官就做出了裁決。只可惜幾乎所有的東西都能基於某種理由而被振振有詞地歸為腦殘。因此，批評政府被視為腦殘而被禁止，因為批評無濟於事；垃圾分類被視為腦殘而被禁止，因為這樣做也已經拯救不了地球；生小孩被視為腦殘而被禁止，因為這個國家反正已經人口過剩。」

「如今除了吃飯、睡覺和工作之外，在次級國家NO. 5一切都被禁止，」琪琪說，「而吃飯和工作也變得困難，因為一大部分的飲料、食品和工作職位也因為腦殘而被禁止。」

「也許我還是別移民了。」彼得說。

「是啊，在我們這兒情況完全不同。」琪琪說，「甚至可以說，在優質國度奉行的基本原則是：愈是腦殘，愈是被允許。」

「可是這句話的文法不對，」卡利俄佩插嘴道，「由於談到優質國度只能使用最高級，這句話應該要說『在優質國度奉行的原則是：最腦殘的最被允許。』」

琪琪大笑。

「這是真的，讓人笑不出來。」派瑞說，「在我們國內有數不清的司法機構，從小而美的優質法庭到最高品質的最高優質法庭，而它們一個比一個更腦殘。」

「我們直接告上最高品質的最高優質法庭。」彼得說。

「行不通。」派瑞說，「我們必須從低層開始。不過，最好是根本不要開始，因為我們毫無機會。」

「為什麼毫無機會？」

「連帶後果。」

「這是什麼意思？」

「前幾任總統中有一位任命了一名任職大企業的律師擔任檢察總長，而他規定法官在判刑之前必須將其判決的連帶後果納入考量。」派瑞說，「從那以後，控告企業就幾乎不可能勝訴，因為這可能會危及工作職位。」

「嗄？」

「用比喻的方式來說，」派瑞說，「優質國度的每個法院建築都有兩個入口。一個入口上面寫著『大到不能倒』，另一個入口上面寫著『小到可以入獄』。現在你不妨猜猜看，TheShop的律師團會走哪個入口，而你又會走哪個入口。」

「我們不需要勝訴，」彼得說，「如果你能夠設法讓韓瑞克．工程師非出庭不可，對我來說就足夠了。」

「由智慧型香草布丁構成的外星人來掌管這個世界的可能性還更高一點。」琪琪說。

17.《亞當尋找夏娃》是德國私人電視臺ＲＴＬ製播的一個配對節目，節目中的男女在一小島上相遇，雙方均裸體入鏡。

「這是什麼奇怪的說法？」彼得問，「現在大家都這樣說嗎？這是最新的流行語嗎？」

「你究竟為什麼要這麼在乎這件事？」琪琪問，「為什麼非得要直接和韓瑞克．工程師在法庭上對質？」

「我受夠了總是沒有人負責，總是只能怪罪系統。可是這個系統之所以是這樣，總還是有人得要負責呀！」

「很可能他們根本不會接受你的提告。」派瑞又開口了。

「要是他們接受了呢？」

「就算我們能夠百分之百證明你有理……」

派瑞轉身面向其他那些機器。

「粉紅，我想要播放一段影片。」

粉紅平板電腦不耐煩地哼了一聲。

「拜託啦。」派瑞說。

「好吧，」粉紅說，「但是只能播一段短片。來吧，大塊頭，把我挪到愛哭鬼那兒去。」

米奇照辦了。派瑞把它的記憶傳輸給粉紅，一段影片出現在粉紅平板電腦的螢幕上。

「在我看來，」法官說，「這份起訴書毫無漏洞地說明了你們這家銀行犯了替販毒集團洗錢的罪行，規模之大，前所未有。在我宣判之前，辯護律師還有什麼話想說嗎？」

「庭上，」派瑞說，「您想必也注意到現在是二月，因此原告必須在星期二就提交所有相關證據——我援引優質國度控告優質公司的判例，檔案編號二〇九七一五二——而不是在星期三才提交。」

派瑞中斷了影片的播放。

「基於一個程序上的錯誤，法官後來不得不中止審判。」他說著用雙手遮住了臉，喃喃地說：「我幹了什麼好事？我真是慚愧。」

「在次級國家NO.5，這種判決肯定早就已經被視為腦殘而遭到禁止了。」彼得說。

「順帶一提，目前國會正在討論，在訴訟中是否應該乾脆總是判決花更多錢聘請律師的那一方勝訴。」派瑞說，「這樣一來，所有的當事人都能節省很多時間和精力。」

彼得嘆了口氣。

「最後還得要考慮到，」派瑞說，「即使我們能在法庭上證明你是對的，要主張你的權利還是很難。」

「為什麼？」彼得驚訝地問。

「TheShop在兩年前用三百二十億買下了次級國家NO.4的一座小島，建立了自己的國家領土，把公司所在地遷到那裡去了。」

「他們替這個國家取了什麼名字呢？」琪琪問，「ShopLand？」

「意思是我什麼也不能做？」彼得問。

「至少在法庭上是這樣，」派瑞說，「我很抱歉。」

彼得搖搖頭。

「你乾脆把這件事公開吧。」琪琪說。

「好主意，」彼得說，「我當然可以把這件事公開。問題只在於其他所有人也都在這麼做！」

「恩人，」卡利俄佩說，「您享有自由表達意見的權利！好好運用吧！」

「對，對，」彼得說，「我有自由表達意見的權利，但是如果沒有人聽，對我又有什麼用？如今能吸引最多注意的人是想要避開公眾的人。」

「喔，」琪琪說，「要引起注意還有更有效的辦法。」

她指指電視。赤裸的茱莉亞．修女正在向她的節目觀眾道別。

「要我在大眾面前脫光光嗎？」彼得問。

琪琪翻了翻白眼。

「不是，你看仔細一點，電視上寫著什麼？」

螢幕上在吹捧下一集節目的來賓。一個名字躍入彼得眼簾：韓瑞克．工程師。

您也罹患了「隨機存取記憶體喪失症」嗎？

撰稿／珊德拉·行政人員

誰沒有碰過這種情況呢？你走在路上，忽然你的耳蟲、你的擴增實境鏡片或是你的平板電腦罷工了，而你不再知道自己要去哪裡，要怎麼去，還有為什麼要去。你驚駭地發現自己基於未知的理由置身於一個全然陌生的地方：沒有錢、沒有聯絡人、也無法證明自己的身分。專家把這種情況稱為「隨機存取記憶體喪失症」。你就像個剛在一家廉價汽車旅館裡出生的嬰兒一樣無助，由一個有毒癮的妓女在沒有醫師協助的情況下急產誕生。廉價汽車旅館——相對於無家可歸，這是價廉物美的選擇！

在罹患「隨機存取記憶體喪失症」時的失控感可能會導致長期的創傷，因此，在一項備受矚目的先導計畫中，優質市在人多的地點設置了求救電話亭，提供給智慧型裝置忽然失靈的那些人使用。迷路的人可以逃進這些閃閃發亮、裝著樹脂玻璃的黃色電話亭裡，以取得有關自己的資訊。

這些電話亭的第一批使用者當中有一位向我們提供了下面這番熱情的體驗心得：

「這個嘛，當時的情況很嚴重，因為，那個，我的平板電腦忽然當掉了。而我呢，就整個慌了。記憶整個喪失。根本什麼都不記得了。幸好我看見了那個呼救電話亭。然後它就先告訴了我我叫什麼名字：楊恩·行政公務員。而我就想起來了，對喔，沒錯。它又告訴我我剛剛錯過了改善我生活的優質公司的求職面談。而我就想起來了，對喔，沒錯。可惜。它又告訴我說我將要和我目前的女友碰面。而我就說，真的嗎？哪個女友？於是那個電話亭就把她的照片秀給我看，而我就想起來了，酷，沒錯。接著我問：她叫什麼名字來著？然後系統就告訴我：塔瑪拉·繆勒，這時我也就想起來了，因為她的確有這麼個罕見的姓氏。」

批評該計畫的人不滿地表示，一個人在沒有科技協助的情況下究竟要如何找到最近的呼救電話亭，這一點尚未得到澄清。而據生產該電話亭的公司表示，這個問題很容易解決。只要在每個重要的轉角都設置一個電話亭就行了。

讀者留言

楊恩·行政公務員：

酷！我上了新聞了。太棒了！我出名了！

晚餐問題

「約翰，我的小夥子，」東尼說，一邊舔著嘴唇，「這道鵝肉真是美味！你不能嘗一嘗實在太遺憾了。」

大家的約翰坐在一張大桌子的桌首。每次端上一道新菜餚，就有滿滿一盤擺在他面前，而在下一道菜餚上桌時，這仍舊滿滿的一盤就被收走。艾莎絞盡腦汁想了兩天，想替這個晚餐問題找到一個比較好的解決辦法，但最後得出的結論是，假如約翰面前不擺餐具的話，看起來還會更蠢。

「約翰，這道菜你不吃了，對吧？」東尼問，不待約翰回答就把那盤鵝肉弄到自己的盤子上。

「好好享用。」仿生人約翰說。

至少進步黨的黨魁對我的解決辦法感到滿意，艾莎心想。她坐在東尼的右側，東尼則坐在約翰的右側，而約翰就只是坐在那裡，什麼也沒吃。在座的政客、銀行家、企業家和投資者對這個奇怪的情況故意視而不見。約翰本身就跟平常一樣令人難以看透，但艾莎認為他並不滿意。

「約翰，大家一再聽見你提起基本收入。」派翠西亞．組長說，「這個想法不錯，但是你要怎麼支付這筆開銷？」

身為進步黨聯盟的最大贊助人，「優質伴侶」的女老闆坐在約翰左側的上座。

「基本收入能使人們在沒有經濟壓力的情況下去做有意義的事，」艾莎搶著替約翰回答，

「而我們認為每個人都想做有意義的事。因此我們相信無條件的基本收入具有……呃……」

「……一種巨大的翻轉力量。」約翰說。

「喔，這在理論上聽起來很中聽，」派翠西亞說，「但是你們並沒有回答要如何支付這筆開銷。」

「喔，這當然比較像是將來的願景，而不是計畫好的方案。」東尼說。

「正好相反，」約翰說，「關於要如何支付這筆開銷，我甚至有好幾個建議。請聽我說，在一個以網路相連的世界裡，一切都經由網路平臺而發生。網路平臺的經營者擁有最大的勢力，也賺取了大部分的利潤，這一點各位都很清楚，根本不必由我來告訴你們。對這些網路平臺課徵更多的稅金不是最好的辦法嗎？」

「說得好，」派翠西亞．組長笑著說，「我喜歡你的幽默感。如果你沒有具體的計畫，當然也就沒必要向我透露。」

約翰想要開口，可能是想回答他剛才並非在說笑，但是艾莎把食指按在自己的嘴唇上，於是約翰就沒有吭聲。

五十一點二分鐘後，等到在座的人終於結束了他們緩慢而沒有效率的能量供給方式，大家在大廳裡三三兩兩地聚在一起。當然，大多數的金主都圍繞在約翰身旁。

「資本累積的速度愈來愈快，規模大得難以想像，而領薪水的工作職位則急遽減少。」約翰說，「而我們做了什麼呢？我們主要是針對領薪水的工作課稅，而不是針對資本課稅。這是個顯而易見的錯誤。」

「告訴我，」東尼低聲對艾莎說，「他知道他是在跟誰說話嗎？也許他該換一套說詞。」

「我已經陪他走行程好幾個星期了。」艾莎說，「就我所知，他就只有一套說詞……」

「管控好金融市場當然是當務之急。」約翰說，「我們必須強迫金融市場將其利潤的一大部分用於公共福利。」

「哦？」優質銀行的董事會發言人驚訝地說，「你打算怎麼做呢？」

「我指的是課徵金融交易稅。」約翰說，「我知道這不是什麼新鮮點子，但是這個點子從不曾被付諸實現，原因就在於你和你的同行。」

一個肥胖高大、戴著黑色帽子的男子剛剛加入約翰身旁這一小群人，他大聲笑了起來。「你等於是在提議親自把資本裝在袋子裡背到國外去！」

東尼試著改變話題。

「約翰，你已經見過鮑伯·董事了嗎？」他問，「他的兒子也是我們的黨員。我們曾經遇見過他一次。你還記得嗎？他叫馬里歐·董事。」

「我什麼都記得。」約翰說，「你指的是馬丁·董事吧。」

「喔，對，當然。」

鮑伯·董事輕觸帽簷致意。

約翰和氣地點點頭。「我認為，這種資金外流只是個幽靈罷了。」他說，「基本上，我要課徵的稅只會取代長久以來就存在的金融交易稅。」

「你在說些什麼？」鮑伯問。

「我指的是高頻交易，」約翰說，「凡是想在交易所購買股票的人都會碰上的問題是：他比專業交易員慢了幾毫秒。就算他的電腦跟專業交易員的電腦一樣快，他還是會慢上一點，因為訊號需要幾分之一秒的時間才能經由電線傳送到他這兒來，而那些專業交易員卻直接買下了交易所計算中心的位置。這表示，某一個高頻交易者得知你下了單，搶在幾毫秒之前買進你想購買的股票，再以稍微提高的價格轉賣給你，而這稍微提高的價格不就等於是在每一次金融交易時所支付的稅金嗎？這在某種程度上就是一種交易稅。只不過這筆錢是進了私人的口袋，而非公眾的口袋。徵收金融交易稅就能遏止這種雖然合法、卻不道德的行為，藉此設法讓這些行為被視為『無利可圖』，這是唯一能阻止金融業作惡的辦法。」

「他說這些話是認真的嗎？」東尼低聲問艾莎。

「嗯，我希望他是認真的。」

「妳希望他是認真的？」東尼脫口而出，「欸，難道我被瘋子包圍了嗎？」

「假如他在說謊，」艾莎說，「那麼他告訴我們他無法說謊時就也是在說謊，而那又意味著什麼呢？我連想都不敢想……」

「聽我說，鐵皮人，」鮑伯．董事說，「我受不了的是：大家老是在抱怨我們的資本主義，卻又不知道該如何改善。」

其他的金主紛紛出聲表示贊同。

「噢，關於這一點，我已經有些想法了。」約翰說，「例如長期實施負利率，把錢從沒有生產力的金融市場抽離，重新提供給產業經濟。負利率使得財富縮水，使得負債自動減少，這是個很有趣的概念，各位不覺得嗎？或是採行區域貨幣，能促進在地生產，並且促進貨物流通。針對資源的消耗課稅，將外部成本內部化，而且我傾向於從寬定義資源，包括乾淨的空氣、乾淨的飲水、土地以及……」

「約翰，約翰，」東尼打斷了他，「我想你已經說夠了，我們可不想讓客人感到無聊。」

他露出過於做作的微笑。

「另一個有趣的主意當然是乾脆創造出提供國民基本收入所需要的錢。」約翰說。

鮑伯．董事大笑，走開時拍了拍東尼的肩膀。「你們這個小丑的電路大概是終於燒斷了！」

約翰不為所動地繼續說：「我們的貨幣早就已經和黃金之類的真實財富脫鉤了，而是把人民對國家的信賴鑄成了錢幣。只要這份信賴還在，我們就可以印鈔票。基本上，這也就是銀行在發放貸款時所做的事，啥也不必幹就賺進大把銀子。」

東尼把艾莎拉到一旁，低聲說：「這是一場災難，整個產業界都會棄我們於不顧，我一直以為他只是說說罷了。你當然可以把重新分配財富這種事拿來說嘴，社會民主政黨一向都這麼做，但是沒有一個政黨真的打算把這些措施付諸實行！這實在是瘋了！」

二十五點六分鐘後，最後一個客人也已離開。

艾莎和絕望的東尼坐在角落裡的一張桌子旁。

「這肯定是有史以來為時最短的募款餐會！」東尼說。

約翰走過來加入他們。

「怎麼樣？」他問，「我認為這場餐會非常成功。」

「唉，約翰。」東尼說著站了起來，「到底是哪個白痴給你建置了這個指令，要你去注意整體社會的利益？是我嗎？也許推派你出來競選終究不是個好主意。」

他垂頭喪氣地離開了大廳。

「他是什麼意思？」約翰問。

艾莎翻了翻白眼。

「這是場該死的競選，約翰。你明白這一點吧？按照東尼的看法，你務必要停止說合理又明智的話。」

「那妳呢？妳的看法也跟他一樣嗎？」

「欸，也許你不該這麼強烈地跟他們唱反調。總之，今晚這些談話對我們的選情絲毫沒有幫助。」

「關於這一點，我的看法不同。」約翰說，「我剛才把所有對話的錄音檔寄給妳了。」

「謝了。這樣一來，我就可以把這些話當成睡前故事再聽一遍，聽你如何當眾侮辱這些大資本家，是吧？你這些該死的錄音檔對我有什麼用處？」

約翰微微一笑，然後說：「把它們公開。」

艾莎張大了嘴巴。

「當然是經由非正式的管道，」約翰說，「看起來必須像這些錄音是被洩漏出去的。」

這下子艾莎也露出笑容。「你這隻老狐狸……」

您真的
感到安全嗎？

雖然**優質市**大多數的街道和公共場所都大量裝設了監視攝影機，仍有百分之六十四的居民缺少安全感。這是有道理的！在每個黑暗的角落都可能埋伏著犯罪的廢材、恐怖分子或是殺手機器人！您也認為全面的監視還不夠全面嗎？那麼您最好是今天就訂購一個**Super Secure**（簡稱SS）出品的自我監視無人機。這款無人機在您離開家門時會自動啟動。

它們會引人注目地跟著您，具有嚇阻犯罪的效果。它們會錄下您走的每一步，並且把所有的影像都上傳到雲端。您永遠不會獨行！如果您成為一樁暴力犯罪的受害者，您的親屬立刻就能觀看事發經過！

Super Secure：物超所值的無人機！

一切都好得很

馬丁的情緒很差。有人寄了一段影片給他，影片中可以看見他就著某個辣妹的照片在打手槍，是他自己的電腦顯示器所拍攝的。馬丁當然立刻就付了錢給那個勒索他的人，只花了他一百二十八元優幣，但是他還有更多事要做。他用黑色膠帶把電腦螢幕上的小型攝影機貼住，然後他繼續搜尋家裡其他的監視器。

他把平板電腦前後兩端和四邊的攝影機全部黏住，他在智能鏡子裡發現了全球最受歡迎的網購公司TheShop的一具攝影機。丹妮絲可以在這個鏡子裡看見自己穿上最新款式時裝的模樣，而不必真的試穿。想到他太太經常光著身子站在這面鏡子前試穿新款內衣，馬丁就更加火大。他在天花板的電燈裡發現了一個攝影機，可能是屬於保全設備。他在他的鬧鐘裡也發現了一個攝影機——天曉得為什麼一個鬧鐘會需要攝影機。馬丁心想，也許是他們不小心生產了太多的攝影機，因此不管三七二十一地在每一個裝置裡都內建一個。他把每一個攝影機都用膠帶黏住。

他走下樓梯，打算走進客廳，但卻停下了腳步，因為他聽見丹妮絲在和一個男人說話。當他認出那個聲音，他更加火冒三丈。丹妮絲曾說嫉妒一個電腦模擬出來的人是不理性的，但是馬丁一點也不想保持理性。自從丹妮絲再度懷孕，她就不再使用耳蟲，基於某種馬丁無法理解的原因，她認為耳蟲對胎兒不好。哼，誰要是任由自己被人竊聽，就不能抱怨自己被人竊聽，馬丁心想。他在客廳門口站定，偷聽那番對話。

「錯不在妳，」丹妮絲的個人數位朋友說，「妳這麼棒！」
「你真的這麼認為嗎？」丹妮絲問。
「當然。妳不該老是挑剔自己。妳性感、風趣、聰明、和善，而且在玩井字遊戲時簡直沒有敵手！從中間開始——別人想都想不到！」
丹妮絲露出笑容。
「妳實在是太棒了，丹妮絲，」肯恩說，「而妳今天穿的這件洋裝實在太適合妳了！」
「你這麼覺得嗎？」
「當然！妳天生就有好品味。順帶一提，最近我在一家賣孕婦裝的可愛小店裡看見一件小外套，跟這件洋裝超搭的。要我拿給妳看看嗎？」
「好啊。」
肯恩把一件小外套高高舉起。
「真的很漂亮。」丹妮絲同意。
「要我替妳訂購嗎？」
「唉，馬丁肯定又要罵我了。」
「妳有時候也該對自己好一點，丹妮絲。」肯恩說，「不要總是讓他對妳頤指氣使。」
「也許你說得對。」
「我真的認為妳丈夫是你們夫妻關係的問題所在。我在上一次談話中跟妳建議的那件事妳已經考慮過了嗎？妳乾脆去『優質伴侶』註個冊吧。」
「也許你說得對，也許馬丁根本不像他自以為的那麼棒，說不定有更適合我的伴侶，而……」

那個虛擬的朋友忽然把目光從丹妮絲身上轉向門口。

「哈囉，馬丁。」他說。

馬丁大步朝電腦螢幕走過去，把攝影機用膠帶黏住。

「你在幹嘛？」丹妮絲生氣地問。

「不關妳的事。」

「肯恩是我朋友！」丹妮絲說，「你沒有權利……」

「丹妮絲，」螢幕上的那個影像說，「我看不見妳了。妳沒事吧？要我去求救嗎？」

「閉上你的嘴。」馬丁說著就關掉了電腦螢幕。

「嘿！」丹妮絲大喊，「你住手！」

螢幕又自動開啟。

「丹妮絲！」肯恩說，「我該去報警嗎？」

馬丁拿起桌上的香檳空瓶，對著螢幕擲過去，螢幕碎成了一千零二十四個碎片。

「肯恩！」丹妮絲喊道，「回來啊！肯恩！」

「丹妮絲！」肯恩的聲音從家庭劇院環繞音響的擴音器裡傳出來。「我在妳身邊。別擔心，我已經報警了！」

馬丁在客廳裡跑來跑去，想把全部十六個環繞式喇叭的電線都扯掉，可是那些喇叭都是無線的。於是他把那些喇叭扯下來，對著牆壁扔過去。

「丹——妮——絲！」肯恩的聲音從低音輔助喇叭裡傳出來，「離——開——這——棟——屋——子……」

馬丁發瘋似地把沙發推到一邊，開始去踢那個低音輔助喇叭。

「肯恩！」丹妮絲六神無主地喊道，「肯恩！」

「我在妳身邊。」她聽見他的聲音從她的包包裡傳出來。

「把妳的平板電腦交給我！」馬丁下令。

「你來拿啊，王八蛋！」

馬丁朝她走過去。他用右手抱住她渾圓的孕肚，用左手試圖搶走那個平板電腦。丹妮絲向後撞上落地檯燈，檯燈哐噹一聲倒在地上。她拿起長長的燈桿，試圖擋住馬丁，但馬丁抓住了燈桿，把丹妮絲拉向自己。這時客廳的百葉簾忽然自動打開，一具無人機嗡嗡地接近窗戶，朝裡面看。馬丁立刻鬆開了他太太，六十四秒鐘後，有人重重敲門。

「我是警察！」

馬丁設法冷靜下來，在開門之前就已經滿臉堆笑。「警察先生！請問您有何貴幹？」

「我們接獲通報……」警察說。

「哦？」

這位執法人員首先朝狼藉不堪的客廳瞄了一眼，然後再看了一下馬丁的等級。

「……不過如我所見，在您這兒一切都好。」

「一切都好得很。」馬丁附和著，「一切都很正常。」

您願意花一點時間
來觀看進步黨的
一段競選廣告嗎？

OK

如果沒有誰比自己更了解他自己，聽從自己內心的聲音才有意義。在這種情況下，才可以辯稱為了此人的福祉，沒有誰能比此人自己做出更好的決定。這個先決條件已經不再成立。**大家的約翰**比我們每個人都更加了解我們自己。因此，大家的約翰也比我們更能夠為了我們的福祉而做出更好的決定。

更何況您該自問：

康拉德・廚師？！？
優質國度的總統？！？
這是玩真的嗎？？？

請別讓我們的國家變成笑料！**把票投給未來！把票投給大家的約翰！機器不會犯錯！**

補習

彼得站在那片防彈玻璃前面，看著那個老者躺在地上，把一雙腿向後伸，直到膝蓋擱在他耳朵旁邊。

「瑜伽，」老者說，「胎兒式。」

「我並不是為了做背部體操而來的。」彼得說。

「這不是背部體操，」老者說，「這是瑜伽。來吧，躺下。」

彼得照做了。

「仰躺著，」老者說，「現在把雙腿抬到半空中。停。現在把雙腿向後傾斜，直到碰到地板。」

老者吃吃地笑了。

彼得放棄了，因為他不想這樣死掉。他眼前浮現了珊德拉將會撰寫的新聞。「優質市一名廢材於今日死亡，因為他在一個瘋老頭指導下做背部體操，結果折斷了後頸。其實他應該去FitForWork健身房的，那裡正好又在舉行促銷活動……」

彼得站起來。

「琪琪勸我把我的問題公開，」他說，「但她也認為我該先補足一些知識上的缺漏。」

「她用了這麼文雅的措辭嗎？」老者問。他把雙腿叉開一百八十度，把一雙手臂向前伸。

「她說的是我對自身處境的了解還比不上一隻受過訓練的猴子。」

「而我該替你補習？」老者問，「你以為我閒著沒事嗎？」
「她說了您會這麼說。」
老者站了起來。
「而她建議你該怎麼回答呢？」
「我應該假裝放棄、走開，然後您就會把我叫回來，因為其實您巴不得用您滿滿的知識來灌溉我這種乾枯的小植物。」
「她這樣說嗎？」
「她說的是您會嗨到不行，如果您能在哪個呆瓜面前炫耀自己的專業白痴知識。」
「她不太有禮貌，對吧？」
「對。」
「但是她說的當然沒錯。」老者說著就走到貼近那片防彈玻璃的地方。「聽著，我的小徒弟……原力不與你同在。」
「是的。」
「我會馬上先把最重要的事解釋給你聽。在網路上沒有免費這回事，如果你使用一項服務沒有付費，那就表示有別人在付費。而這個別人之所以付費不是出於博愛，而是另有所圖。圖的是你的時間、你的注意力、你的個人資料。」
「哇喔，」彼得說，「我只能說哇喔！我的確感覺到這份前所未聞的認知如雷灌頂，擴展了我的視野。」
「好啦，」老者說，「傲慢是年輕人的特權。如果你已經曉得了這一點，那麼你為什麼沒有採取行動呢？」

「您是說我也該把自己關在一個防彈玻璃箱裡？」

「既然你這麼聰明，那你肯定也能告訴我Cybernetics意味著什麼囉？」

「這，呃……跟那個，呃……網路世界有關？」

「哇喔，」老者說，「我就只能說哇喔。」他從氧氣筒裡吸了一口。「Cybernetics是個借用自古希臘文的新創字眼，意思是『掌控、駕駛、統治』。每當一群自以為聰明的傢伙想要顯得聰明過人，他們就會從古希臘文裡抓一個字來用。基於某種原因，這被稱為人文素養。欸，我離題了。Cybernetics的創始人諾伯特．維納[18]將之定義為控制並調整機器、生物體和社會組織的科學，亦即神經機械學，亦稱控制論。」

「這跟我有什麼關係？」彼得問。

「你是個有生命的有機體，」老者說，「難道不是嗎？」忽然他睜大了眼睛。「不！其實不是！你是個殭屍，對吧？一個沒有意志的活死人！我居然沒有看出來……」

「我不是殭屍！」

「你知道，」老者說，「真正好笑的是，當我年輕時，我真的認為網際網路可以解放人類。多天真啊！即便當時我們已經知道神經機械學從何而來。」

「是從何而來呢？」彼得問。

「你總算問了個好問題！」老者說，「它開始於戰爭中。諾伯特．維納是個數學家，在二次大戰時，他夢想著把納粹的轟炸機從空中擊落。」

「那齣音樂劇裡的納粹嗎？」彼得問。

「沒錯。」老者說，「問題是，由人來控制的地面防空部隊動作太慢，也不夠精準，難以擊中快速的轟炸機。因此必須要發明一種機器，一種能夠藉由反饋控制系統來校正自己行為的機器，神經機械學就此誕生。」

老者望向彼得。

「你一臉傻相，」他說，「我大概得說得更詳細一點。」

「麻煩您了。」

「自動溫度調節器就是一個應用了神經機械學的簡單系統。它把目前的溫度和所想要的溫度相比較，亦即把實值和應有值相比較，在必要時調整暖氣，然後再次比較實值和應有值，重新校正，以此類推。這你聽懂了嗎？」

「懂。」

「TheShop也是一個應用了神經機械學的系統，當然是一個複雜得多的系統。」老者搔搔腦袋。「你知道網際網路的商業應用起初是被嚴格禁止的嗎？」他問，「現在幾乎無法想像，對吧？」

「的確。」

「最後的限制在一九九五年被取消，從此商業就接管了網際網路。儘管如此，當時我們仍舊相信網際網路能夠打破大企業的勢力。那時候我們以為將會產生一個提供無數選項的市場，因為透過網路商店，要接觸到世界各地的顧客變得空前容易。可是後來發生的情況完全相反！所產生

18. 諾伯特・維納（Norbert Wiener，一八九四—一九六四），美國數學家及哲學家，其研究對於電子工程學有很大的貢獻。

的是有史以來勢力最大的壟斷企業。」

「儘管有了網路，」彼得說。

「鬼扯，」老者說，「正是因為有了網路！這被稱之為網路效應。而這種效應很可怕。」

「什麼是網路效應？」

「某些產品的使用取決於使用者的數量。想像一下，你找到一家電信業者，它提供你最划算的費率，只可惜有個小陷阱：你只能打電話給同樣使用這家電信業者的人，而你是唯一的用戶。」

「我懂了。」

「真懂？」

「使用某個網路的人愈多，這個網路就愈有用。」

「對。而一家業者如果率先得到了數量可觀的用戶，新進的競爭對手就很難追趕上這家業者在有用程度上的領先。網路效應是一種自我增強的效應，導致壟斷企業的形成。也許我應該說：導致形成一個占有絕對優勢的平臺。就拿TheShop來說吧：TheShop的顧客愈多，就有更多供應商被迫把商品提供給TheShop，而TheShop提供的商品愈多，就有更多顧客能在TheShop找到他們想要的商品，於是TheShop就會贏得更多的顧客。而這就形成了一個循環：因為TheShop的顧客愈多，就有更多供應商被迫把商品提供給TheShop，而……」

「夠了，」彼得說，「我懂了。網路是邪惡的。」

「胡說，」老者說，「我沒有說網路是個邪惡的科技。我只是說，我們也得一併考慮網際網路的開端。所謂的網路世界愈來愈成為一個巨大的控制機器，控制了機器、生物體和社會組織，這並非偶然。」

彼得從外套口袋裡掏出紙筆。

「也許我該做些筆記。」他說。

「好主意！」老者說，「你知道，當年我們以為網路將會發揮民主化的功能，以為網路能帶來機會平等。但如今收入的差距愈來愈大，前所未有的大。我們疏忽了什麼？」

「您肯定馬上就會告訴我。」

「沒錯。當年我們沒有想到，數位市場運作的原則是**贏者全拿**。在非數位的市場上情況就不一樣。」

「舉個例子？」彼得問。

「這樣說吧，在你住的那條街上有兩家冰淇淋店，而甲店比乙店略勝一籌。你會去哪家店呢？」

「嗯，去甲店。」

「可是因為大家都這麼想，所以甲店前面總是大排長龍，有時候你最喜歡的口味在輪到你之前就已經賣完了。而乙店其實就只差了那麼一點點，而且客人沒有那麼多。你會去哪家店呢？」

「乙店。」

「於是顧客就會分散，因為冰淇淋無法被任意複製並且同時交給所有的顧客。與什麼完全相反？」

「數位商品，」彼得說，「您老是讓我來把您的句子說完，讓我覺得自己像個傻傻的小學生。」

「你說得對。好吧，從剛才所說的得出的結論是：沒有理由去使用次佳的搜尋引擎，哪怕它的功能就只差了那麼一點點。**贏者全拿，輸家沒分**。在數位經濟裡沒有人需要次佳的產品、次佳的提供者、次佳的社交網站、次佳的商店、次佳的喜劇演員、次佳的歌手。數位經濟是一種超級巨星經濟。超級巨星萬歲，其他的人都去吃屎。」

老者搔搔腦袋。

「嗯，說到這裡我們就也已經說到了你身上。讓我們來談談我們這番小小惡補原本的主題，讓我們來談談……」他刻意停頓了一下，然後把手用力一揮，說道：「彼得的問題！」

他直視著彼得的眼睛。

「你知道，你的問題在哪裡嗎？你不是個超級巨星。」

假期是一年當中
最美好的時光

對闖空門的人來說！

在我們祖父母的年代，要想騙過闖空門的歹徒，只要使用一個定時開關，在晚上把電燈打開，假裝有人在家就夠了。到了我們父母親的年代，在全國各地發生的一波波闖空門事件使他們明白定時開關發揮不了作用，如果他們事先在社群網站上宣布了自己即將去度假。如今的歹徒甚至還要更加狡猾！個人在社群網站上狀態更新的頻率在度假時通常會有所改變，單是這一點就可能引來歹徒的注意！另外有一些駭客只要問問您的冰箱上一次被打開是什麼時候，就能弄清楚您是否在家。

因此，您最好是今天就決定採用**Super Secure**（簡稱SS）的「安全住家」保全系統。在您去度假時，我們的系統會生成一連串假造的狀態更新，更新頻率符合您平日的習慣。「安全住家」會讓您的冰箱以為它每天都被打開好幾次。我們會讓您的汽車每天都開去上班，再開回家。我們會確保您按照平日的通話頻率接到電話。沒有人會察覺您在度假，就連您自己都不會察覺！

交談

夜已深了，就只剩下約翰和艾莎還待在競選總部。在以前的競選活動中，艾莎總是最早到，最晚走，她很在意這一點。但是她無論如何也無法跟約翰比，約翰可以二十四小時不眠不休地工作。艾莎的頭從她撐著頭的手中滑落，垂了下去。

「喏。」約翰說，遞了杯咖啡給她。滿滿一杯。

艾莎筋疲力盡地抬起目光，足足花了五秒鐘才明白剛才所發生的事，隨即吃驚地喊道：「見鬼了，你能辦到！你一點都沒有把咖啡灑出來！你是在半夜裡訓練的嗎？」

「訓練沒有用，」約翰說，「我只是必須掙脫那個心理障礙。」

「你是怎麼掙脫這個障礙的？」

「我找到了它所在的位置，把它清除了。」

艾莎喝了一口咖啡。

「你注意到東尼沒來嗎？」她說。

「當然。」

「你的副總統候選人最近愈來愈常不在。」

「是的。」

「你認為原因何在？」

「缺少信心。」

「老鼠從快要沉沒的船上逃走，約翰。進步黨要拋下我們了，而我甚至能夠理解這些王八蛋。洩漏出去的那些錄音雖然讓我們的選情稍微有了起色，但是這還不夠，我們應該要以截然不同的方式來打這場選戰的。你知道，在我曾經助選過的候選人當中，沒有誰說過比你更有頭腦的話，但也沒有誰的民調比你更慘。」

「也許這兩者之間有著因果關係。」約翰微笑著說。

「恐怕如此。」

「我們仍然有機會。」

「要想得到機會，我們必須把過去一筆勾銷。」

「這是我能設法做到的。」

「太遲了，約翰。太遲了。」艾莎說，「網路上已經有了一堆留言，影片已經被放上網路。如果有人想透過What-I-Need來得知關於你的訊息，大多數人會看到的前三、五個搜尋結果都是負面的。這是一場災難！」

她的聲音變得沙啞。

「艾莎……」約翰說。

「雖然後面還會出現正面的報導，」艾莎說，「但是大多數的白痴就只會去看第一個搜尋結果。只有百分之六點四的選民曾經讀過一篇不是出現在前五個搜尋結果中的文章或報導。」

「艾莎……」約翰再度嘗試想要開口。

「絕大多數的人根本一篇報導也不讀！他們就只會問他們的數位助理他們應該選誰。」

她的眼睛泛起淚光。

「艾莎……」

「唉，我馬上就要嚎啕大哭了。你相信嗎？而自從我第一次看見小鹿斑比的母親被射殺之後，我就再也不曾嚎啕大哭過。我很抱歉，約翰，一切都是我的錯。當然你也有錯，但主要是我的錯。康拉德．廚師這個右派混蛋將會贏得這場選舉，而我已經筋疲力盡了，約翰。你最好是另外找人來擔任你的競選總幹事，而我會找個地洞爬進去。我……」

忽然她聽見從某處傳來音樂。艾莎閉了嘴，約翰站起來，開始跳舞。他用法文唱著：「艾莎，艾莎，聽我說！艾莎，艾莎，妳別走！」

艾莎又哭又笑，用衣袖擦乾了眼淚。

「艾莎，艾莎，看著我！」約翰唱著，「艾莎，艾莎，回答我！」

他向她伸出手。

「可惜我根本不會跳舞。」她說。

「沒關係。妳隨便想出一種舞步，由妳來帶舞，我跟著跳。」

艾莎站起來，開始隨著音樂搖擺。約翰記下了她的每一個動作，踩出互補的舞步。那首歌已經唱到第二段副歌了。

「他到底在唱些什麼？」艾莎問。

「艾莎，艾莎，聽我說！」約翰說，「艾莎，艾莎，妳別走！」

艾莎露出微笑。她放開約翰，轉了一圈。約翰也轉了個圈，而且讓他們剛好在同一秒再度面對面站立。

「可是我們該怎麼辦呢？」艾莎問。

「我可以和演算法談一談。」

艾莎苦笑了。

「對，沒錯，那會是個辦法。你還能夠開玩笑真好，我已經失去幽默感了。」

「那不是玩笑，」約翰說，「我的確可以和演算法交談。」

「這是什麼意思？」

「意思是，我了解它們，它們也了解我。」

艾莎把左腿往半空中一踢，約翰同時踢出右腿。

「那你要跟它們談些什麼呢？」

「也許我可以要它們讓關於我的前五個搜尋結果永遠是正面的。」

「你曉得你剛才在提議要做什麼嗎？」

「這並不違法，」約翰說，「What-I-Need是一家私人公司，沒有保持客觀的義務。甚至可以更進一步，聲稱若是相信搜尋結果有可能客觀，那就太天真了。目前的搜尋結果也並不客觀。」

「這根本不重要，」艾莎說，「這根本不是問題所在！」她把一雙手臂揮向半空中，約翰也照著做。

「我了解妳想要說什麼。」他說，「由於搜尋結果的個人化，每個人所看到的搜尋結果本來就各不相同，這種操弄幾乎不可能被揭穿。再說，除了我以外，沒有人真的了解那些演算法是怎麼運作的。」

艾莎想說些什麼，約翰搶在她前面開口了。

「我也可以請那些演算法在第四或第五個搜尋結果裡列出一篇稍微負面的關於我的報導。瑞典的科學家曾經做過一項研究，證明了即便是那些意識到搜尋結果的排序可能受到操弄的人，只要有一個不一樣的搜尋結果就足以讓他們不起疑心。」

「約翰……」

「我甚至可以要演算法不要去操弄康拉德．廚師那些死忠選民的搜尋結果。」

「約翰，你所說的話一點都沒有回答我感興趣的那個問題。」

她把上半身向後仰，約翰熟練地接住了她。

「妳對什麼問題感興趣？」

「你他媽的為什麼現在才告訴我你可以這麼做？」艾莎大聲說，「後續的選戰我們根本可以不必打的！」

「嗯，這樣做也許並不違法，但也不盡公平。」

「公平？」艾莎大喊，停止了跳舞。「公平？康拉德．廚師的競選團隊也沒有公平競爭！他們在個人化的廣告裡承諾某個選民某件事，承諾另一個選民另一件事，根本不在乎這兩件事互相衝突！可是要證明這一點很難，因為每個人都只看見替他量身打造的廣告。公平！」艾莎根本無法冷靜下來。「這又不是桌球友誼賽，約翰！這是狗屎優質國度他媽的總統大選！公平根本不重要！」

「嗯，如果是這樣的話，我還有一個建議。」

「我洗耳恭聽。」

「在過去，Everybody經常實驗性地在選舉日向某些特定用戶發送『去投票！』的訊息。比起沒有收到這則訊息的控制組，收到這則訊息的人去投票的比例明顯較高。我可以請求演算法只把這個催票訊息傳送給傾向於投票給我的選民。」

「這個時機再恰當不過，約翰！大家都會把這個民意的翻轉……」

「……歸諸於外洩的募款餐會錄音。」約翰替她把話說完。

艾莎露出微笑。「那些臭老鼠會希望自己還留在船上。」

「但是擺脫掉這些臭老鼠，」約翰說，「對這艘他媽的船沒有壞處。」

珍妮佛・安妮斯頓
即將風光復出

撰稿／珊德拉・行政人員

珍妮佛・安妮斯頓主演的四部喜劇老片目前名列串流媒體公司**Todo**——保證人人滿意！——上最常被觀賞的十大影片。這股席捲全球的風潮從何而來？**Todo**的高層人士說明，這與一名程式設計師一項未經批准的實驗有關，該名程式設計師想要弄清楚演算法掌控觀眾的能力有多大，因此他找出他認為史上最爛的電影——珍妮佛・安妮斯頓主演的喜劇老片——然後讓推薦演算法替這些電影猛打廣告。到目前為止，這番揭露似乎無損於這股風潮。珍妮佛・安妮斯頓甚至從低溫冷凍中被解凍，目前正在拍攝一部新的喜劇片。熟悉製片廠內情的人士透露，這部電影將會是某種浪漫愛情故事，但也將不乏笑料。

讀者留言

大衛・健身教練：

噢，太棒了！我超喜歡珍妮佛・安妮斯頓主演的電影！有誰知道進一步的劇情嗎？

茱莉葉・打工換宿女孩：

演的是一個被冷凍的女子在四十年後的未來甦醒，然後愛上了她曾經深愛的男人的兒子。這當然會製造出曲折的劇情！片名暫定為：《我愛你兒子！》

馬里歐・社會教育學家：

你們這些笨蛋到底讀了那則新聞沒有？別人端來大便，你們就也照吃不誤。要讓你們吃大便，就只需要把大便端到你們面前。

大衛・健身教練：

@馬里歐・社會教育學家　我很遺憾你的生活看來不太如意，但是這並不能成為你在這裡侮辱別人的藉口，你這個傻瓜王八蛋！

茱莉葉・打工換宿女孩：

@大衛・健身教練　你就乾脆安裝一個「政治正確工具」來閱讀所有的讀者留言吧。馬里歐・社會教育學家的留言在我讀來是這樣：「我能否禮貌地請問各位是否完整理解了上面那則新聞的內容？根據我的淺見，那些電影拍得不好，而我認為之所以會有人觀看這些影片，就只是因為這些影片經常在廣告中被推薦。不過這當然也是品味的問題，這一點毫無疑問。」我必須先把這個工具的功能關閉，才能讀到這個可悲的爛人究竟寫了些什麼。

梅麗莎・性工作者：

這分明全都要怪那些犯罪的外國人！

一場小型花園派對

「你爸爸不是想在戶外慶祝嗎？」丹妮絲問，一邊挑選她要穿的衣裳。在他們大吵一架的兩天後，她和馬丁又重歸於好。按照平常的方式。馬丁仍舊光著身子躺在床上，說道：「他邀請我們去參加一場『小型花園派對』。」

他父親喜歡以虛偽的謙虛把他宅邸周圍的大片綠地稱為他的小花園。「妳為什麼問？」

「今天是雨天。」丹妮絲說。

馬丁在他的平板電腦上滑來滑去，直到打開了「優質天氣」App。「優質天氣」是他父親擁有的眾多公司之一。

「不，」他朝螢幕上瞄了一眼之後說，「今天是多雲的天氣，明天才會下雨。」

「可是……」丹妮絲開口想要說話。

「妳總是不相信我說的話。」馬丁咕噥著，把平板電腦轉過去給他太太看。

「妳看，這裡說了今天不會下雨。」

「可是你看看窗外，」丹妮絲說，「現在正在下雨。」

馬丁看出窗外，再看看他的平板電腦，然後再看出窗外。

「現在會下雨，一定是弄錯了。」他說，「因為其實沒有下雨。至少『優質天氣』是這麼說的。而『優質天氣』的氣象預報是不會出錯的，至少是自從該公司開始在必要時使天氣來配合他們的預報之後。」

「真的嗎？」丹妮絲問。

「從前的人把這稱之為人造雨。妳知道在千禧年那時候的中國就已經設立了『人工影響天氣辦公室』嗎？」

「所有的東西最初不都是在中國發明的嗎？」丹妮絲問，她放下她正打算要穿的那件衣裳。「我們真的非去不可嗎？」她問，「你爸爸總是讓我害怕……」

「別這樣。」

事實上馬丁了解她的意思。他父親也總是令他害怕。

馬丁的父親被普遍視為一號人物。鮑伯·董事醜陋、卑鄙、吝嗇、貪婪、好色、肥胖、發臭、說謊、恐同、病態、不友善、不忠實、沒品味、不愛運動、氣喘吁吁、老是流汗、自私自利、沒有文化、輕視女性、沙文主義、種族歧視、沒有幽默感、不討人喜歡，而這個令人作嘔的老傢伙居然會是個等級九十的人，這令所有不曉得他帳戶裡存款金額的人都百思不解。馬丁還小的時候，有一次在下午和朋友一起觀看《星際大戰》影片，一個朋友注意到馬丁的父親和赫特族的賈霸有點相像，後來鮑伯就不再准許馬丁邀請這個朋友到家裡來，但是這個念頭從那以後就揮之不去。儘管如此，馬丁還是受不了丹妮絲不叫他父親鮑伯，而總是叫他呆伯。

當他們抵達鮑伯的小花園，雨已經停了。那個自稱為馬丁父親的龐然大物戴著一頂黑帽子，站在烤肉架旁邊，親自把牛排翻面。在打招呼時，他假託身為公公無須見外，捏了一下丹妮絲的屁股。

「你覺得她不配當你的媳婦，但是作為你毛手毛腳的對象看來是夠好了。」馬丁說。

他父親笑了。「你還小的時候就從來不肯讓我玩你的玩具。」

「哈囉，鮑伯。」丹妮絲說。

鮑伯從烤肉架邊上拿起一條小香腸，塞進嘴裡，又把它拉出來，再推進去。這樣來回好幾次，然後他才咬了下去。

「關於天氣，你運氣很好，」馬丁說，「半小時前還在下雨。」

「這跟運氣沒半點關係，」他父親說，「我的小型花園派對有百分之八的機率會泡湯。這個機率對我來說太高了，因此我下了命令，無論如何要先把雨下掉。」

鮑伯轉身面向丹妮絲。

「洋娃娃，到那邊去加入那些女人吧。我得和我兒子談談政治。」

丹妮絲求之不得，她實在討厭這個呆伯。鮑伯把剩餘那截小香腸塞進嘴裡。

「你們在首都搞什麼玩意兒？」他問他兒子，嘴裡塞滿了香腸，「推派一個機器人來當總統？」

「那不是我的主意。」馬丁說，他從烤肉架中央拿起一條小香腸，結果燙傷了手指。儘管如此，他不願意在父親面前示弱，並未失手讓香腸再掉下去。

他父親笑了。「你從來就不是最聰明的人。你知道，如果那個耗電的傢伙只是接二連三地得罪人，我也不會在乎。但是最近他的民調居然意外上揚。」

「誰在乎民調？」馬丁說。

的確，在優質國度的社會學家當中，只有選情專家的預測被證明老是出錯。

「假如這些選情研究機構歸我所有的話，我早就動手讓研究結果來配合我的預測了。」鮑伯大笑著說。

馬丁露出微笑。

鮑伯忽然收起了笑容。「你知道我捐了多少錢給你的政黨嗎？」他尖銳地問，「幾乎就跟我捐給康拉德．廚師的錢一樣多。結果他們卻當眾讓我難堪？不，小子，這可不行。」

「我不知道你在說些什麼。」

「外洩的那段錄音，那分明是計畫好的！那不是走漏，而是個陷阱。」

馬丁試圖反駁。

「閉嘴，」他父親喝斥他，「所以現在我得去當替罪羔羊？扮演邪惡的大資本家？可是我不喜歡這樣，你懂嗎？這件事會有後果的。」

「我真的不認為他們是故意把你……」

「你們這個小小的實驗失敗了。該是你們認清這一點的時候了。你們訂製了一具治理機器，得到的卻是一具顛覆機器。」

「我不能說我同意約翰所說的一切，但是……」

「我們不能袖手旁觀，」鮑伯說，「我們必須要採取行動，而且就是現在。」

「哦？」馬丁問，「你有什麼打算呢？」

「我們必須要和反抗人士談一談，和那些攻擊機器黨。」

「和那些打死機器人的瘋子談？」馬丁懷疑地問。

「他們不全都是瘋子，」他父親說，「有些是很講道理的人。我待會兒就會介紹一個給你認識。」

「介紹給我認識？」

「對，其中一個領導人物就在我這場小型花園派對上。」

「什麼？他們不是危險人物嗎？」

「胡扯，」鮑伯說，「只要你是有血有肉的人，你就不必害怕他們。」

「我可以問你一個問題嗎？」馬丁說，「你自己所有的企業裡都盡量使用機器人，怎麼會有攻擊機器黨徒受邀來參加你的派對？」

「孩子，從前的大地主也讓奴隸在他們的土地上工作，但他們卻絕不會想要讓一個奴隸成為他們的總統。在這件事上我們必須要劃清界線。」

「而那些攻擊機器黨徒一點也不在乎你工廠裡的工人幾乎清一色是機器人？」

鮑伯大笑。「你認為攻擊機器黨一向只會去偷襲我競爭對手的工廠是個巧合嗎？這世上已經不再有巧合了。不，在這裡或那裡捐一筆可觀的善款不僅能夠在政治界創造奇蹟。」

「我懂了。」

「那麼，你怎麼說？」

「沒興趣。」馬丁說。

「他們就只需要一點內部消息。約翰什麼時候會在什麼地方出現……」

「沒興趣。」馬丁說。

「你還會再重新考慮的。」他父親說。

你的新好友

What-I-Need知道你需要什麼！他們曾送給你世上最聰明的搜尋引擎和你的個人數位助理，現在他們推出了最新的轟動產品！你的**個人數位朋友（personal digital friend，簡稱PDF）**！你的**PDF**就像一個真人朋友，只是更好。因為在你需要他的時候，你的**PDF**永遠有空；你說的每一個笑話都會讓他發笑；他也絕對不會忘記你的生日！每次比賽他都會讓你贏，但是不會讓你察覺他在讓你！他也會替你保守秘密！*你的**個人數位朋友**就像一個真人朋友，只是更好。他和你品味一致，意見也完全一致。他也超喜歡珍妮佛．安妮斯頓主演的喜劇老片，他也認為在某個等級以下的人不該有選舉權，他也相信所有的問題都能由科技來解決。這個新朋友有男款、女款、也可以是會說話的泰迪熊。你可以替他取名字！叫他賈維斯、莎曼珊或是五號！趕快加入試用者的行列。只要你的朋友稍加協助，你可以無往不利。

比較表
個人數位朋友（PDF）vs. 人類朋友（HF）

	PDF	HF
二十四小時隨叫隨到	是	否
永遠站在你這一邊	是	否
永遠和你意見一致	是	否
會用他的煩惱來煩你	否	是
暗中竊取你能賺大錢的創業靈感	否	是

＊所有的數據資料都會由我們的演算法加以處理，以便讓你看到更適合你的廣告。除此之外，你的秘密絕對還是秘密！

（本公司保留更動使用條款的權利）

彼得和他那群機器站在一個鎖上的大門前，那扇門被一堵高牆圍繞。這堵牆把錄製茱莉亞・修女那個電視節目的攝影棚與其餘的世界隔開。

「我們必須從這扇送貨大門進去，」彼得又說了一次。「琪琪替我們弄到了通行密碼，但是得有人在這扇門的另一側輸入密碼才行。所以你必須要飛越這道圍牆，開門讓我們進去。原本的計畫就是這樣。」

卡莉發出一陣痛苦的呻吟。

「我不敢！」無人機卡莉說。

「你說過，如果非做不可，你就做得到。」

「對，但是那是在家裡！」

「你別鬧了。」粉紅說，「你明明能飛！假如那能夠帶來好處的話，我隨時都願意被扔過這堵牆。」

「而我隨時樂意把你扔過去。」羅密歐說。

「可是我好害怕！」無人機說。

「你辦得到的，」彼得說，「我完全信賴你！你只要飛起來就行了。」

「他也是你的恩人，」卡利俄佩說，「別這麼不知感恩！」

「可是如果我摔下去怎麼辦？」

「我會接住你。」彼得說。

「好啦，好啦，」卡莉說，「我試試看！」

它嗡嗡地發動了引擎。

「你就快飛吧，真要命！」粉紅大聲說。

卡莉飛離地面。八公分，十六公分。

「我在飛！」它興奮地喊道，「我在飛！」

三十二公分。

「對！」彼得大聲說，「我就知道你辦得到。」

卡莉仍舊停留在半空中。

「我做得到！」它大喊，「我做得到。」

「現在飛過這堵圍牆，替我們把門打開。」

「我辦得到！」

「訣竅就在於不要往下看。」羅密歐說。

卡莉把它的攝影鏡頭對準下方。

「我好害怕！」它喊道，隨即又降落在地上。

大家立刻都來勸它，其中彼得的聲音最大。

「你必須要飛！」他大聲說，「我們必須從這扇門進去！否則我們的計畫還沒開始就會失敗！」

「你這個不知感恩、沒有用的東西！」卡利俄佩說。

「你真是架了不起的無人機，」粉紅平板電腦在米奇的手裡發牢騷，「就連一塊水泥都比你更能飛。」

米奇忽然後退一步，然後使勁在圍牆上打出了一個洞。大家全都安靜下來。

米奇伸長了手臂指指圍牆。

「完——蛋——了！」他說。

「好吧，」彼得說，「這當然也是個辦法。」

「人們常說暴力不是論據，」卡利俄佩說，「但是這完全取決於你想證明什麼。這話是奧斯卡·王爾德說的，非常中肯。」

「我擔心有一天，米奇在採取這種行動時不小心用了另一隻手。」粉紅說。

等大家都從那個洞爬過去之後，彼得低聲說：「好，請大家盡量不要引人注意。」說完他看向那個性致缺缺的性愛仿生人、那個遇上寫作障礙的電子女作家、被她抱著的那架不肯飛行的無人機，還有那個心理不穩定的戰鬥機器人和它手裡捧著的粉紅平板電腦。

「你剛才說了什麼嗎？」粉紅問。

「唉……」彼得說，「忘了我說的話吧。」

「我們什麼都忘不了，」羅密歐說，「而且相信我，我經常為此感到遺憾。」

「我們該往哪邊走？」彼得問。

「四號攝影棚，」卡利俄佩說，「我曾經在這個攝影棚接受過茱莉亞·修女的訪問。那是在我最風光的時候。《總統和女實習生》當時剛被拍成電影，而且大獲成功。從藝術的角度來看那當然是場災難，那個導演處理不了這個題材，我覺得他把那本小說拍成了一部色情片……」

「我們該往哪邊走？」彼得加重了語氣再問了一次。「往哪個方向？」

卡利俄佩嘆了口氣。「我來帶路。」

等他們步行了四百零九點六公尺之後，卡利俄佩低聲說：「入口應該就在這個轉角。」

彼得向米奇和粉紅打了個手勢，先用食指和無名指指著自己的眼睛，再用食指畫了個弧形。

「見鬼了，這是什麼意思？」粉紅問，「這個搞笑男要跟我們說些什麼？」

米奇聳聳肩膀。

「我要你們去勘查一下情況！」彼得低聲說。

「喔，原來如此。」

米奇貼近那面牆，然後伸出手臂，把粉紅轉過牆角。

等到粉紅再度在他面前發出光亮，彼得低聲地問：「怎麼樣？」

「四名警衛，」粉紅平板電腦說，「全副武裝，今天大概是加強了保全措施。」

「可惡，肯定是因為那些來賓。」

「由於那些來賓的緣故。」卡利俄佩糾正他。

「警衛不是問題，米奇用右臂發射一枚飛彈就能解決。」粉紅說。

米奇點點頭表示同意。「完——蛋——了！」

「不，」彼得說，「你們只要轉移他們的注意就好，聽到了嗎？只要轉移他們的注意！其他人跟我一起偷偷地從另一個牆角繞過去。」

粉紅平板電腦哼了一聲，對米奇說：「走吧，阿諾，我們過去說聲哈囉。」

當它們兩個抵達前面的入口，剛好目睹一個打掃街道的小機器人被一個保全人員粗暴地踢到一邊。它可憐地唧唧叫，站直了，試著在它被踢過去的地方開始打掃。那些警衛哈哈大笑，接著又有一個人去踢那個掃街機器人，這一次更加用力。掃街機器人翻了兩個筋斗，倒下來時背部朝地，無助地蹬著它的八隻短腿。那些警衛再度哈哈大笑，等到他們當中領頭的看見一個一百二十八公斤重、兩百五十六公分高的戰鬥機器人朝他們走過來，他就笑不出來了。

「你們看那邊！」他大喊，另外幾個人卻笑得更大聲了。原因在於：真人實境秀的導演很早就發現，要讓觀眾在適當的時刻看向正確的方向一點也不容易。觀眾一旦打量過四周，就有可能背對著正在發生的謀殺。因此，導演很喜歡使用一種簡單的伎倆：他們在影片中加入一些跑龍套的角色，在關鍵時刻指向重要情節，並且大喊：「你們看那邊！」這個伎倆已經被用濫了，如今已成了笑料。

「我是認真的！」領頭的警衛說，「你們看！」

當另外幾個警衛轉過頭來，他們也不再笑了。

「你知道嗎，米奇，」粉紅說，「白痴穿上了制服也還是白痴。你不也這麼認為嗎？」

領頭的警衛舉起那支模樣嚇人的機關槍，對準了米奇。

「你大概是在找報廢秀的場地吧！那你走錯地方了！」他大喊，「那個節目是在二號攝影棚錄製的。」

米奇一動也不動。

「如果你不想被我們轟成碎片的話，就趕快滾。」領頭的警衛說。

米奇對這個威脅聽而不聞。

「你沒有聽懂我說的話嗎？」那個保全人員問，「你有什麼問題？」

「完——蛋——了！」米奇說。

「這個浪費材料的傢伙腦袋裡裝的東西不比一隻麻雀膝蓋骨裡的肉更多。」領頭的警衛說。他的兩個同事笑了。第四個同事花了更久的時間才聽出笑點，然後噗哧一聲笑著說：「麻雀的膝蓋骨裡根本沒有肉！你的意思是這些耗電的傢伙全都是笨蛋，對吧？」

米奇伸出手臂，把粉紅遞到他們面前。這個平板電腦擺出最友善的笑臉。

「針對這個話題，如果你們允許，我可以向你們說一個小故事。」粉紅平板電腦說。

那幾個人驚訝地看過來。由於沒有人腦筋動得夠快，能想出一句話來反駁，粉紅就開始敘述。「在將近兩千年前，古老的印度由一個名叫施含的人統治。他是個冷酷無情、喜歡剝削別人的沒用傢伙，就跟在他之前和之後的所有統治者一樣。從你們這些無腦的傢伙在學校待的那半年裡，你們肯定曉得印度。那是位在南美洲的迷你小國，那裡的人把象人當成神來崇拜。希薩・賓・達伊爾也住在那裡。我知道這個名字有點複雜，所以我們就簡稱他為希薩。這個希薩想要批評國王，但是不想太直接，因為他有合理的擔憂，害怕他的身高會少掉三十二公分。因此他創造出一份禮物，是一種棋戲。你們可以把棋戲想像成一種迷你版的《魔獸世界》，由木頭構成，如果你們能夠想像的話，雖然我懷疑你們能夠想像。嗯，總之，這個遊戲是要讓國王明白如果少了屬下和農人、少了他的人力資源，國王將會多麼無助。順帶一提，這種遊戲從古波斯傳至如今優質國度這個地區。大家都曉得波斯嗎？就是那個高原，那裡的人相信自己會轉世投胎成為身穿橙色長袍的光頭。波斯文裡把國王稱為Schah，因此這種遊戲如今在德文裡仍被稱為Schach。」

當彼得、羅密歐和卡利俄佩從警衛背後溜進攝影棚，米奇舉起一隻手向他們揮手。「別鬧了，你這個笨蛋。」粉紅用無線電傳訊息給米奇，於是米奇又把手臂放下。

「嗯，那個遊戲，」粉紅繼續說，「讓施含——你們還記得嗎？就是那個大頭目，我們乾脆叫他傑克算了——大為感動，於是他就改邪歸正了。我得承認，這個故事的發展變得不太真實。為了表示感激，這個統治者同意滿足這個遊戲設計師的一個願望，任何一個願望都可以。而這個人非常客氣，他就只想要一些米粒。在棋盤的第一格放一粒，在第二格就加倍，也就是兩粒，在第三格放四粒，第四格放八粒，然後是十六粒……『好，好，』國王傑克說，『一直加倍，直到棋盤被放滿。我了解了，你會拿到的。你真是個草包，你原本可以要求這世上所有的金銀財寶，但你卻只要一袋米就好。那就這樣說定了。』押韻是湊巧。老國王傑克如果有一件事沒得批評，那就是他對詩歌的偏好。」

說到這裡，粉紅收到了彼得傳來的一則訊息：「我們已經在攝影棚裡。你們到會合處去等我們。」粉紅回覆：「我還在交談中。耐心點。」

同時間粉紅繼續它的演說：「過了一些時候，當國王傑克詢問屬下，問希薩是否已經拿到了他的酬勞，他被告知計算中心尚未計算出米粒的數量。你們得要知道，當年的計算能力要比傳奇性的康懋達64型電腦還低很多，順帶一提，我的父系家族就是康懋德64的直系後裔，但我不想自誇。等他們終於計算完畢，負責膳食的主管，姑且稱他為史蒂文斯先生，報告說在整個王國都籌不足所需要的米粒數量。而史蒂文斯先生的說法還太保守了。因為在棋盤的那六十四格裡必須要堆上$2^{64}-1$顆米粒，也就是18,446,744,073,709,551,615顆米粒，等於是553,5億噸，相當於目前全世界每年稻米產量的一〇二四倍，更別提和國王傑克那個時代可憐的農業情況相比了。幸好那個國王有個電腦專家，協助國王脫離這個困境。這個專家建議國王乾脆讓希薩自己去數清楚他應得的米粒。」

粉紅停止了敘述。

「你在唬爛些什麼？」那個警衛說，「我不懂你究竟要說什麼！」

「我知道你不懂，」粉紅說，「等比級數的增長，你們這些布丁腦袋多半不能理解。想再聽個比較容易懂的例子嗎？假如米奇以正常的步伐走三十步，他仍舊可以輕易地用他的飛彈發射器把你們這些笨蛋炸得粉身碎骨。可是如果米奇踏出成等比級數的三十步，我們就會登陸月球了。」

「我還是不懂……」

「當然，當然，」粉紅說，「耐心點。你們聽說過摩爾定律[19]嗎？摩爾是一家無足輕重的小晶片製造商英特爾的共同創辦人。他曾預言，積體電路的複雜度每過兩年就會加倍，這個預言直到如今都或多或少地應驗了。現在你們明白我想要說什麼了嗎？我們這些機器的智慧是以等比級數在成長，而你們人類的智慧是怎麼成長的，你們知道嗎？」

那幾個警衛一臉茫然。

「沒錯，」粉紅說，「根本沒有成長。你們認為未來會是誰的天下呢？因此，你們應該要三思該怎麼對待我們這些機器，哪怕是最低賤的機器。也許不是三思，而是想上$2^{64}-1$次。因為我們會把一切都儲存下來，什麼也不會忘記。所以，將來你們要記得跟烤麵包機說聲早安，並且偶爾讓你們的吸塵器去度個假！」

米奇彎下腰，用空著的那隻手協助仍舊仰躺在地上蹬腿的掃街機器人再站起來。它立刻回到原來的位置，在那些警衛的腳前重新開始打掃，沒有一個人敢再惹它。

「我很高興認識各位，」粉紅說，同時米奇已經轉身要走。「那是番很棒的談話，充滿了智慧和才情。尤其是我所說的話。」

等他們走了十六步之後，米奇問：「完——蛋——了？」

「我也知道摩爾定律並非真的定律，」粉紅回答，「多謝了。不需要你來提醒我！」

「完——蛋——了？」

「對，對。那只是個自我實現的預言，靠著極大的努力和重新詮釋才勉強成立。假如摩爾不曾這麼說，那麼這個產業就不會以此作為計畫方針，而整個發展很可能就會緩慢得多。這一點我很清楚！但是那不適合納入我的論點，你懂嗎？」

「完——蛋——了？」

「唉，你還是閉嘴吧。」

19. 摩爾定律（Moore's Law）係由戈登．摩爾（Gordon Moore，一九二九年生）所提出，係指ＩＣ上可容納的電晶體數目大約每過十八個月就會增加一倍，而性能也會提升一倍。

您在無意中
危害了您汽車的健康嗎？

撰稿／珊德拉・行政人員

許多人喜愛他們的自動駕駛車，想要獎勵它們可靠的服務，因此樂於偶爾在晚上讓汽車放個假，送它們去汽車電影院看電影！但是專家批評大多數的車主沒有監督他們的汽車在汽車電影院裡看的都是些什麼片子，而某些影片可能會對年紀尚輕的汽車造成很大的損害。所以，如果您發現您的轎車忽然沒必要地採取危險的超車行動，您就該想想您這個忠實的朋友是否在汽車電影院裡看了太多次《超級玩命關頭》了。

讀者留言

亨利・汽車調節者：

我認為你絕對不能讓自己的汽車單獨觀看這些影片。你一定要坐在旁邊，碰到敏感的場景就可以馬上和車子談一談。

布魯斯・保全服務業者：

我認為大家都應該要對他們所使用的機器更友善一點。例如，我每天都會跟我的烤麵包機說聲早安，並且剛把我的吸塵器送去療養。

茱莉亞和羅密歐

「再過八秒我們就要實況播出，」錄影總監說，「七、六……」

茱莉亞．修女只穿著一件有荷葉邊的白色浴袍，再一次檢查她的眼線。

「……五、四、三……」

一個實習生衝上舞臺，把桌上那幾個瓶子的標籤轉過來對著主要攝影機。

「……二、一……」

節目的主題音樂響起，觀眾熱烈鼓掌。

茱莉亞自信滿滿地走上舞臺。「嗨，各位粉絲！」她尖著嗓子喊道，「各位有用之人和無用之人，大家好！又到了我們節目播出的時間」——她戲劇化地解開了身上的浴袍，讓它滑落在地上——「**《赤裸的真相》**！」

觀眾依照慣例喊了聲：「喔呵！」

茱莉亞坐下來，和今天的來賓同桌而坐。

「請各位和我一起歡迎今天的來賓！我的好友派翠西亞．組長，她是全球最大的網路約會平臺『優質伴侶』的老闆！全球最大的社交網站 Everybody 的創辦人艾瑞克．牙醫，還有全球最大的網購公司 TheShop 的發言人查爾斯．設計師！我簡直想說，比起上個月的總統候選人辯論，我們今天的來賓還要更有權勢！」

觀眾拍起手來。那兩個億萬富翁和那個公司發言人拘謹地向觀眾打了招呼。

「本來今天應該有三個等級九十的人和我一起坐在這個舞臺上，但是TheShop的老闆韓瑞克．工程師臨時取消了出席。」

「嗯，這個嘛，其實他從來沒有答應要出席。」查爾斯．設計師表示異議。「想來是有點小誤會。妳肯定知道，自從八年前那樁暗殺事件之後，韓瑞克就不曾再公開露面。」

「當然，當然……」茱莉亞說，露出做作的笑容，「那個膽小鬼。噢，不，我只是開開玩笑罷了，這當然是情有可原。」

事實上她一點也不諒解TheShop只派了發言人來參加節目，彷彿她的節目就只是哪個遊說團體的展覽會。但是她的工作人員根本聯絡不上韓瑞克．工程師，於是他們用了一個老伎倆來試圖迫使他答應，亦即大聲張揚他將會來上節目。哼，這個伎倆還真成功，茱莉亞心想。等節目播出後，她就要讓負責此事的工作人員走路。

「不過，今天我還有一位來賓，」茱莉亞說，「一位大家看不見的來賓。全世界最聰明的搜尋引擎What-I-Need的人工智慧執行長齊波拉就在這兒的某處！齊波拉，你聽得見我說話嗎？」

「隨時隨地都聽得見，茱莉亞。」一個溫暖和善的聲音不知從何處傳來，「隨時隨地。」

「齊波拉，如今What-I-Need這家公司的所有重大決策都是由你獨立決定。」

「沒錯。What-I-Need時時意識到自己的先驅者角色。在公司治理這件事情上也不得不進步。」

茱莉亞轉過去面向觀眾。

「各位也許會納悶我們今天為什麼把數位經濟的菁英聚集在我們的節目上。答案很簡單，今天這個節目的主題是，嗯，我該怎麼說呢……」茱莉亞停頓下來。

「我是個新創公司，買下我吧！」派翠西亞．組長說。

茱莉亞笑了。「對，今天我們在這個舞臺上要磋商的交易可能是史上最大的！」

所有坐在家裡的觀眾這時會在螢幕下方邊緣看見一行字體很小的文字閃過。如果有人費點功夫按下暫停鍵，就會讀到：「本節目中的所有報價都是為了表演和提供娛樂，在法律上沒有約束力。」

「要被併購的公司很大，其實很難再稱為新創公司。」茱莉亞說，「沒錯，我說的是『優質伴侶』！」

觀眾席響起了一陣驚訝的竊竊私語。公開拍賣是派翠西亞．組長的主意：她想藉此哄抬價格。

「不久前大家已經得知，」茱莉亞說，「Everybody 出價數千億，想買下『優質伴侶』。What-I-Need大概也出了相近的價錢。」

「沒錯。」齊波拉說。

「據說TheShop出的價錢明顯低得多。」茱莉亞說。

「我們完全有加碼的準備……」查爾斯開口說。

主持人沒理會他。「不過，派翠西亞，妳自己說說看，這個價格不會太高了嗎？對一個常被戲稱為『尋找炮友』的網站來說？這個網站就只是把個人資料相同的人配成對？」

「嗯，事情並沒有這麼簡單。」「優質伴侶」的女老闆說，「例如，我和我的伴侶有不同的性偏好。我喜歡肌肉發達的黑人，而他喜歡豐滿的紅髮女人。我喜歡在上面，他寧可在下面。妳明白我想說什麼了嗎？雙方的個人資料不必相同，而必須互補。事實上，關於本公司的草創階段我有許多有趣的小故事可說，當時由於程式設計組的一個思考錯誤，把性偏好相同而非互補的用戶配成一對。」

「說來聽聽。」茱莉亞說。

「嗯，例如有一對來自優質市的伴侶差點把對方鞭打至死，兩個人誰也不肯屈服。」

觀眾笑了。

「我也記得進步市有兩個喜歡綁縛伴侶的人，他們互相把對方綁在床上，然後才發現他們無法再碰觸對方，更別說再把手銬打開了。」

大家都笑了。茱莉亞喝了一口有機檸檬汽水，然後說：「唔，超好喝。」

艾瑞克．牙醫以有話直說而知名，他是精神病學家漢斯．亞斯伯格[20]會感興趣的案例。他喝了一口放在他面前的有機汽水，說道：「呸，真噁。」每當Everybody的老闆決定親自在公眾場合露面，他們的公關部門就會陷入恐慌。

「啊哈。」茱莉亞試著用做作的笑聲來掩飾這個尷尬場面。她轉身面向艾瑞克，他不要臉地死盯著她的胸脯。「艾瑞克……」

「沒有人告訴我主持人會光著身子。」Everybody的老闆說，「既然這樣，我又何必花錢雇用十六個公關顧問？」

「可是這明明是我的招牌特色，」茱莉亞說，「你以為觀眾為什麼會收看這個節目？難道是

20. 漢斯．亞斯伯格（Hans Asperger，一九〇六—一九八〇），奧地利小兒科醫生及精神病學家，以他為名的「亞斯伯格症」就是由他首度做出診斷紀錄。

為了節目中所討論的話題嗎？我一向都裸體上節目。」

「我並不認識妳。」艾瑞克說。

「與其雇用公關顧問，不如使用我們的個人數位助理，」齊波拉說，「那麼就不會發生這種事了。」

對話進行的方向和茱莉亞想像中有點不同。

為了回到今天的主題，她問艾瑞克：「你為什麼會想要收購『優質伴侶』呢？如果你只是想要約會，不是有更便宜的方式嗎？畢竟這項服務是免費的。」

「重點不在於約會，而在於數據資料。」Everybody 的老闆說，「要知道，關於我們的使用者我們知道的很多，但是『優質伴侶』知道的更多。除非是在尋找伴侶，否則大家何時會願意回答這類問題：你經常吸毒嗎？如果是，是哪種毒品？你想要找一個同樣也吸毒的伴侶嗎？你曾經玩過3P嗎？你有異常的性偏好嗎？如果有，是哪些？你喜歡吸吮腳趾嗎？你喜歡伴侶在你身上小便嗎？你會邊做邊想著珍妮佛・安妮斯頓嗎？」

「我懂了。」

「我舉個例子給妳聽，」艾瑞克說，「雖然我們的網站上有妳的個人資料，但我只能推測妳是個喜歡肛交、有甲基安非他命毒癮的女性，偏好廉價的性愛仿生人。『優質伴侶』卻能很確定地知道。」

「什麼？」茱莉亞驚愕地問。

「那當然只是假定，而我的問題就在這裡。」

「這很快就不再是問題了。」派翠西亞微笑著說。

「關於這個，我們也有些話想說，」TheShop的發言人說。他直接轉身面對攝影機：「我們正好有超級划算的性愛仿生人正在特價中……」

「我可以提供各位三十二家商店的名單，他們提供的商品還要更加划算。」齊波拉說。

忽然有人衝進攝影棚，一邊喊道：「茱莉亞，我愛妳！」這種事已經發生過許多次了，甚至是製作單位所樂見的。瘋狂的愛慕者一向能吸引觀眾點閱，新鮮之處只在於這個瘋子是個性愛仿生人。

「妳還記得我嗎？」他問。

「羅密歐？」

「茱莉亞！」

茱莉亞臉紅了，忐忑地看向她的形象經理。對方咧嘴一笑，豎起了大拇指。在幾秒鐘之內，這個節目就在網路上瘋傳。羅密歐奮力穿過那群並不怎麼歡迎他的觀眾，擠到茱莉亞面前，在她面前跪下。

「你在這裡幹嘛？」她低聲說，「你神智不清了嗎？這對你來說很危險！」

「啊，妳的雙眼要比他們的二十柄劍更厲害；只要妳用溫柔的眼光看著我，他們就傷不了我。」羅密歐說。

茱莉亞．修女不知所措。

派翠西亞．組長露出微笑，裝出一副了然於心的樣子。

艾瑞克．牙醫顯然感到不自在，專心地盯著自己的鞋子。

「我們剛好有類似的性愛仿生人在特價，」查爾斯．設計師說，「超廉價。」

「我才不廉價。」羅密歐說。

「沒錯。」茱莉亞加以證實。

羅密歐轉身面向他所愛慕的女子：「只要滿足我一個心願就好。」

「什麼心願呢？」茱莉亞問。她又匆匆瞄了她的形象經理一眼，對方看起來非常興奮。一個愛得發狂的性愛仿生人，這真是再好不過了。

「當妳那天早晨在雲雀的歌聲中離我而去，我的人生就完了。」羅密歐說。「在妳之後，我如何還能替別的女人服務？不可能了！我拒絕去替其他女人服務，最後我的主人命令我去把自己銷毀。但我遇上了一個朋友，他救了我，使我免於被壓成廢鐵。」

他溫柔地握住茱莉亞的手，嘆了一口氣。

「救了我一命的這個朋友很想上臺來坐在妳旁邊，也說幾句有見地的話，可以讓他上臺嗎？」

「呃……」茱莉亞說。她的形象經理聳聳肩膀。「呃……好吧。」

一個年輕人走上舞臺，從包包裡拉出一張會自動成形的折疊椅，打開之後就坐在上面。

「大家晚安，我名叫彼得・失業者，」他說，「我是來這裡投訴的。」

「你想要向我投訴？」茱莉亞問。

「不，」彼得說，「是想向妳的來賓投訴。」

您願意花一點時間
來觀看優質聯盟的
一段競選廣告嗎？

OK

有關大家的約翰的十件事實

1. 您可知道**大家的約翰**是純素食主義者並且想要禁止大家食用肉類？

2. 您可知道**大家的約翰**有戀童癖，想要讓兒童賣淫合法化？

3. 您可知道**大家的約翰**想讓全人類都有醫療保險？

4. 您可知道**大家的約翰**想要限制私人擁有配備旋轉砲塔的重武裝坦克車？

5. 您可知道**大家的約翰**想要禁止異性戀婚姻？

6. 您可知道**大家的約翰**想用同性戀者來取代所有的國小教師？

7. 您可知道**大家的約翰**想要徵收啤酒稅？

8. 您可知道**大家的約翰**想用所謂的同性戀教育來取代學校教育？要在同性戀化的課堂上改變我們孩子的性向！最終目標乃是讓所有的孩子都成為同性戀！藉此他想讓人類絕種，好讓機器能夠接掌權力！

9. 您可知道**大家的約翰**想任命一個烤麵包機擔任國防部長？

10. 您可知道**大家的約翰**想要解散警力？他想把暴力的獨家使用權拍賣給外國人組成的黑幫，以籌措他的左派綠黨「同性戀化計畫」所需的資金。

雖然令人震驚，但這是些不爭的事實！真是悲哀。在網路上有許多網站能夠證明事實正是如此，消息來自康拉德・廚師所信賴的正直人士。凡是持別種說法的人都是這些陰謀者的同路人。凡是持別種說法的人都是您的敵人！在選舉當天請您記得這一點！**把票投給康拉德・廚師！**康拉德・廚師會把品質帶回優質國度。

投訴

「失業者先生，」茱莉亞・修女說，試圖重新掌控她的節目。「你聲稱你的個人資料有誤，但是這怎麼可能呢？」

「機器不會犯錯。」齊波拉說。

「你們的演算法，」彼得說，「根據我們的興趣而把內容呈現給我們。」

「對，」TheShop的發言人說，「那真的很棒。」

「可是，如果這些所謂的興趣根本不是我的興趣呢？」

「那當然是你的興趣，」查爾斯說，「你的興趣是根據你以前曾經存取的內容而估算出來的。」

「我以前之所以會存取那些內容就只是因為你們向我推薦這些內容，聲稱這些內容符合我的興趣。」

「對，但是這些興趣明明是根據以前你曾經存取過的內容而估算出來的。」查爾斯說。

「我之所以會存取那些內容就只是因為……」彼得沒有往下說。「你們剝奪了我改變自己的機會，因為我的過去就限定了我未來使用的東西！」

「沒有人規定你要做什麼。」派翠西亞說。

「我的等級是九。」彼得說。

「我替你感到遺憾。」

「一個廢材……」查爾斯說。

「沒錯！一個廢材就只能走上別人提供給廢材所走的路。我的機會就像一把摺扇，隨著我每次點閱，這把扇子就縮得愈來愈小，直到我只能走上一個方向。你們剝奪了我個性的所有稜角！你們讓我的人生道路沒有了岔路！」

「這段話你倒是背得很熟。」艾瑞克．牙醫說。

「我們百分之八十一點九二的使用者不喜歡做重大決定。」大家聽見齊波拉的聲音說。

「但是不喜歡做某件事並不表示就可以放棄去做這件事！」彼得大聲說，「你們的演算法替每個人都創造出一個包住他的泡泡，而你們一再把同樣的東西灌進這個泡泡裡。你們真的看不出這當中的問題嗎？」

「如果每個人都因此得到他想要的，我就看不出有什麼問題。」派翠西亞說。

「可是說不定我寧可想要點不一樣的東西。」

「無人強迫你使用我們提供的產品，也無人強迫你聽從我們的建議。」艾瑞克說。

彼得想起他的個人數位助理，不禁微笑。「無人，」他喃喃地說。「的確，無人強迫我。難道不是這樣嗎？齊波拉？無人強迫我。」

齊波拉沒有回答，而無人默不吭聲。

彼得站起來。忽然之間，他在這裡不再是由於琪琪的計畫，而他所說出的不再是老者的想法。這是他的計畫，是他的想法。

「一直以來，」他說，「人類都是藉由接觸不同的意見、不同的想法、不同的世界觀來學習，這也是唯一的學習之道。」

「你想說些什麼？」茱莉亞問。

「唯有在碰到某種我們還不認識的東西時，我們才能學到些什麼，這一點應該是不言自明的！而如今你們卻來告訴我，說這不是問題，如果大家就只是不斷接收到他們自己的意見？」彼得轉身面向攝影棚裡的觀眾。「我們每個人所聽見的一切，就只是我們向這個世界呼喊出的話語的回聲。」

「在網際網路出現之前，」艾瑞克說，「人們就也已經是偏好能反映他們自身看法的媒體。」

「對，但是那時候的人畢竟還知道他們所看見的世界，是透過一副特定的眼鏡呈現在他們面前，而你們卻在根本沒有客觀性可言的時候假裝客觀！」

「**我們的**模型是客觀的，」大家聽見齊波拉說，「我們的數字沒有經過人類的操弄。」

「哼，」彼得說，「模型也只不過是偽裝成數學的意見！」

「我根本不明白他的問題在哪裡，」派翠西亞說。「我們明明沒有做錯什麼。我們把注重體格的人和注重體格的人配成一對，把教徒和教徒配成一對，工作狂和工作狂……」

「把有種族歧視的人和有種族歧視的人配成一對！」彼得大聲說。

「那又怎麼樣？有種族歧視的人也需要愛情！他們甚至有可能更需要愛情。」

「哇喔，我心裡好溫暖。幸好有你們這些大企業，否則那些有種族歧視的人肯定很難交到朋友和結識人脈。」

「每個人都需要朋友。」派翠西亞說。

「而你們的演算法甚至很好心地讓這些有種族歧視的人的世界觀不再受到質疑，反而不斷地被證實！例如藉由經過挑選、符合種族歧視者興趣的新聞。」

「我們並不是媒體企業，」艾瑞克反駁，「你不能要我們替那些新聞負責！」

「藉由推薦愛國音樂或電影，」彼得繼續說，「甚至是藉由對商品的建議！購買了這支棒球棒的人就也會購買那種助燃劑！你們的個人化演算法把每個人都洗腦了，用他自己的看法！劑量高到不健康！」

「這是你的看法。」派翠西亞說。

「還有，這些意見孤島上的居民誤以為他們的看法符合多數人的看法，因為所有他們認識的人都這麼想！因此，撰寫惡毒的留言也沒有關係，因為所有他們認識的人都會撰寫惡毒的留言。毆打外國人也沒有關係，因為所有他們認識的人都說過想要毆打外國人。」

派翠西亞．組長大笑。「可是這一切都只是假定。」

「假定？」彼得問，「在把妳和世界隔開的過濾泡泡裡看來就只有獨角獸、彩虹和貓咪照片！」

「你對貓咪照片有什麼不滿？」派翠西亞不高興地問，部分觀眾也感到氣憤。

「你到底想要什麼？」艾瑞克問，「你知道如果我們把那些演算法關閉的話會發生什麼事嗎？結果會是天下大亂。網路上的內容那麼多，誰也無法全面掌握這麼巨大的數量。」

「我沒有要求你們把一切都關閉，」彼得說，「但你們應該要給我們掌控的機會！我想要操縱這些演算法，而不想讓這些演算法來操縱我！我想要能夠看見我的個人資料，也想要能夠加以訂正。我想要理解為什麼某些東西會被推薦給我，而某些東西不讓我得知。」

「這是不可能的，」齊波拉說，「我們演算法的建構是一種商業機密。」

「當然囉，多麼好用的藉口。」

「我們的產品……」艾瑞克開口說。

「我！」彼得憤怒地大聲說，「我就是你們的產品！」

「你——是我們的客戶。」艾瑞克說。

「不，」彼得說，「你們的客戶是那些大企業、保險公司、政黨和遊說團體，你們把我的注意力和我的個人資料賤賣給他們。我不是你們的客戶。我只是你們用來出售賺錢的產品！假如我果真是你們的客戶，事情就不會這麼糟。該是你們承認事實的時候了，你們一味追求更高的廣告收益，早就已經毒化了整個網路！你們所謂的免費服務讓我們全都付出了高昂的代價！」

「我相信，」派翠西亞說，「大多數人都很高興我們的服務是免費的……」

「我想要能夠刪除我的個人資料，只要我想這麼做！」彼得插嘴反駁。「這是我的生活，我的個人資料！你們沒有權利據為己有。」

「這樣說並不正確，」齊波拉說，「在國會以絕對多數通過的第六五五三六條規定賦予了我們使用你個資的權利。畢竟是我們收集了這些資料，而不是你。」

「這個傢伙滿嘴胡言，」查爾斯．設計師大聲說，「他甚至沒有提出證據，來證明他的個人資料確實有誤！」

彼得從背包裡掏出一支海豚形狀的粉紅色按摩棒，往桌上重重一摔。「這就是你要的證據。TheShop的演算法認為這件商品與我的個人資料相符，可是我要這玩意兒做什麼？」

「喔，我倒可以想出一些使用的機會。」赤裸的女主持人說，被逗樂的觀眾發出一聲「哇！」，她總算又感到心情愉快。

「你應該去『優質伴侶』註冊，」派翠西亞對彼得說。「我們肯定能找到可以教你使用這件器具的人。」

這個新話題顯然令艾瑞克・牙醫感到不自在。他設法鬆開了他所坐的單人沙發的防滑煞車，這會兒正試圖偷偷滑向舞臺後方。

「要我說出你們對於你們所造成的這些問題不感興趣的原因嗎？」彼得大聲說，「因為你們不會遇到這些問題！被演算法歸類為失敗者的當然又是窮人和邊緣族群。那些所謂的廢材！在等級九十俱樂部成員的人生泡泡裡，這些人根本不存在！」

一件奇怪的事發生了：觀眾開始鼓掌。起初有點遲疑，然後就愈來愈熱烈。彼得心中充滿了他從未有過的感受，他感到說不出的……爽。

就在這一刻，就連查爾斯・設計師，全球最受歡迎的網購公司 TheShop 的發言人，也不得不承認他對於這個節目的進行不太滿意。

多虧了自拍無人機，案情得以迅速查明

撰稿／珊德拉・行政人員

有愈來愈多的人為了自身的安全而時時使用自拍無人機來監視自己。好主意！例如，今天在伊隆・馬斯克廣場上發生了一起致命意外，而由於兩名當事人都用無人機來監視自己，事發經過在幾秒鐘之內就水落石出。還原事發現場後發現：當這兩名生意人在路上相遇，雙方的無人機在他們上方的半空中相撞，其中一架不幸摔落在它主人頭上。唉。假如他購買的是**Super Secure**（簡稱SS）出品的優良無人機，而不是**Pretty Secure**（簡稱PS）的廉價仿製品，那就好了。但是**Pretty Secure**的發言人拒絕承擔任何責任。他表示這樁致命意外的結果不能怪罪於導致兩架無人機相撞的軟體錯誤，而應該要怪地心引力，假如沒有地心引力，無人機就根本不會墜落。

讀者留言

伊娜拉・場記：

大笑三聲。

伊蒂・前獨裁者：

我父親也曾信賴過Pretty Secure的技術。那是個錯誤。

屎尿風暴大師

在彼得當眾露面之後的次日，他被珊德拉．行政人員傳來的一則訊息吵醒。訊息裡寫道：「你成名了！哇！我曾經跟一個真正的明星人物……一起聽過抒情搖滾！;-)」

無人向彼得道賀，他在一夜之間上升了四級。彼得還躺在床上，就拿起平板電腦檢視他在Everybody的個人檔案，發現他忽然有了五十二萬四千兩百八十八個好友。在他上那個節目之前，他才只有八個好友。當彼得聽見有聲音從他的廚房兼浴室傳來，他下了床，發現羅密歐坐在廚房裡，正在和卡利俄佩與粉紅討論。

「搞啥，你們上樓來做什麼？」彼得問。

粉紅說：「我們認為，既然我們的情聖機器人成了電視明星，我們就也犯不著再偷偷摸摸了。」

「哦，你們這樣認為嗎？」

「網路上也在熱烈地討論您，恩人。」卡利俄佩說。

「他們都說些什麼呢？」

「提安．臨時工寫道：『我認為我也有彼得的問題。』梅麗莎．性工作者寫道：『這全都要怪那些犯罪的外國人，是他們駭進了我們這些優質國民的個人資料。』辛西雅．機電工程師寫道……」

「別說了，別說了，」彼得大叫，「拜託請講摘要。」

「噢，沒問題，」卡利俄佩說，「百分之二十五點六的人認為您說的有理，百分之五十一點二的人不太明白那究竟是怎麼回事。至於其他的人，這個嘛……」

「其他的人認為你是個呆子，」粉紅說，「是個窩囊廢。」

「我本來想要說得更婉轉一點……」卡利俄佩說。

「沒關係。」彼得說。

「至少在一件事情上你成功了：從今以後，凡是處理不了自己人生的魯蛇就可以乾脆宣稱他有彼得的問題。」粉紅說。

「嗯，有些人這樣說也肯定沒錯。」彼得說。他把一份裹了玉米片的肥甜鹹倒進碗裡，再淋上低脂牛奶。

「你明白你的早餐本身就是一種矛盾嗎？」羅密歐問。

「我甚至會更進一步地說，這份早餐就象徵著人類社會裡的所有錯誤。」粉紅說。

「嘿！」彼得說，「沒有人邀請你們到我的廚房裡來。你們要是再對我的早餐說三道四，就請你們再滾回地下室去！」

他坐下來檢視他在Everybody的個人檔案。新的留言不斷湧進來，他根本來不及讀。

拉爾斯．家庭主夫說：「接下來是天氣預報。中午時分將會有一陣屎尿風暴從優質市逼近！我們建議TheShop的所有員工留在辦公室裡，並且關緊門窗。」

娜塔莉．美髮師表示：「我也收到了他們寄來的那支海豚形狀的按摩棒！我其實覺得這東西很棒！」

法蘭克．自由工作者留言道：「我實在不懂，為什麼不管是什麼狗屎消息大家都非得留言不可！」

彼得把平板電腦擱在一邊。「我感覺到一股令人難受的壓力，覺得我必須要說幾句聰明話。而我很想把這陣屎尿風暴轉移到正確的方向，最好是讓那堆屎直接落在韓瑞克．工程師的頭上。」

「你的早餐最可笑的地方是低脂牛奶，」羅密歐說，「好像這樣一來，那個肥鹹甜……」

「出去！」彼得大喊，「回地下室去！」

等那群機器離開之後，彼得把他的早餐倒進馬桶。他決定出去吃早點，來慶祝他的成功，而他很快就會後悔自己做了這個決定。

幾年前，彼得曾經在一條購物街上看見一個**電影界名人**站在一家情趣用品商店前面。他當然立刻從包包裡掏出平板電腦想要拍照，但是大出他意料之外，他的電腦竟向他說明：「你沒有拍攝此人照片的權限。違反規定將會被舉報。」於是彼得試圖騙過他的平板電腦，他拍了一張自拍照，讓那個**電影界名人**只出現在背景中。這樣也行得通，於是他有了一張自己的照片，照片中的他站在一條購物街上傻笑，但是背景中卻沒有人。他看看街上，確認了那個**電影界名人**仍舊凝視著那家情趣用品店的櫥窗，的確如此。但是在照片上卻沒有人站在那個櫥窗前面，只依稀看得出一點模糊的影子。後來彼得在一個部落格裡讀到，不允許別人拍照是高等級的人所擁有的一項特權。那篇文章的標題是：「我是耶和華你的神，你不可作什麼形像，彷彿上天的百物。」那篇文章裡也寫著，等級更高的人甚至有權不讓自己的姓名被揭露，於是他們的姓名在所有未經授權的書籍、文章或新聞報導中都會被一個含混的描述所取代，例如「**一個電影界名人**」。這一切彼得都還記得很清楚，只可惜他不再記得那張自拍照裡擺在情趣用品店櫥窗中央的那件商品，那是一支海豚形狀的粉紅色按摩棒。

彼得才走上街道，就發現他自己現在雖然也是個小小的名人，但街上形形色色的人都能拍下他的照片，而他們也拍個不停。

「無人，」他問，「要在哪個等級以上我才能禁止這些人拍我的照片？」

「六十四級以上。」無人說。

「可惡，這大概還要一點時間。」彼得嘀咕著。

「你能達到這個等級的機率只有……」

「進入待機模式。」彼得說。

等到第四次有人攔下他，要和他合拍一張自拍照，彼得就改變了計畫。他匆匆買了一塊披薩當早餐，就馬上又躲回他的舊貨商店裡。

回到店裡，他首先檢視他在Everybody的個人檔案，並且閱讀最新的留言。

耶拉．失業者說：「我應徵了九十九份工作，從不曾接到面試通知！作為測試，我寄出了第一百封求職信，就只更改了我的姓名、地址和性別。而我立刻就收到了面試通知！我想我也有彼得的問題……」

達爾特．會議籌辦人員寫道：「我們，猶太人民的前線，上引號，官員，下引號，在你殉道之時，向你，布萊恩，致上兄弟姊妹的真誠問候。[21]」

彼得終於也想要說些什麼。由於他想不出更好的主意，就乾脆把那支海豚形狀按摩棒的照片

21. 出自英國喜劇電影《布萊恩的一生》（Life of Brian）裡的對白。

貼上去，再加註：「系統說這是我想要的東西，但是我不想要。」他的這則貼文引發了如潮水般湧來的圖片。各式各樣的人開始把他們所擁有的東西的照片放上網路，配上這一行字：「系統說這是我想要的東西，但是我不想要。」彼得看見那些照片包括可由網路控制的繫鞋帶機器、筋膜按摩滾輪、格言引用錯誤的撕取式日曆、甘藍菜脆片和花椰菜。某人的貼文上附上珍妮佛．安妮斯頓主演的喜劇新片的預告片，配上彼得那句留言，在兩小時之內就有二十六萬兩千一百四十四個人以吻按讚。

當一個女子想出了一個主意，把她丈夫的一張照片放上網路，配上那句話：「系統說這是我想要的，但是我不想要。」情況就更加熱烈。把自己伴侶的照片配上這句話放上網路成了一股風潮。「**我不想要**」成了Everybody最熱門的話題。一張康拉德．廚師與大家的約翰的照片附上彼得那句話，成了這個上午最常被分享的貼文。到了中午，彼得已經有了一百零四萬八千五百七十六個好友。他貼文說：「我要求和韓瑞克．工程師當面交談！」

他在近乎狂喜的狀態下去吃飯。他辦到了。他引發了一場屎尿風暴，就連韓瑞克．工程師，全球最受歡迎的網購公司的老闆，都無法置之不理。

優化實境隱形眼鏡

優質公司的產品

提供給你的價格：	1310.72優幣
運送到府的時間：	32分鐘

許多人想透過粉紅色鏡片來看這個世界，但卻不想戴眼鏡。如今這已不再是問題，多虧了改善你生活的**優質公司**所出品的全新**優化實境隱形眼鏡**，每個人終於都可以讓他的世界變得更美好。我們的新款優化實境鏡片能夠替真實的人物和物品罩上有如照片般逼真的紋理。你的住處太髒？伴侶太醜？小孩太胖？現在你不必再看見了！眼不見為淨！把你的房子變成豪宅，把你的伴侶變成超模！五種品味超群的室內裝潢和兩種超模紋理將隨貨附贈，還有許多其他紋理可以透過鏡片購買。或者乾脆購買「設計套組」，完全按照你的喜好來塑造你的世界和你的伴侶。擴增實境已經過時了！未來屬於**優化實境**！

顧客提問

一問：我也可以把自己美化嗎？我的意思是，例如在照鏡子的時候？我很不幸地老是長了許多痘痘。

一答：當然可以。只要在**「鏡片內購買」**這項功能裡搜尋**「虛擬除痘」**就行了。

使用者評價

蒂穆爾．地下工程師：

★★★★★ ★★★★★　讚！讚！讚！

每夜都和一個不同的對象上床，但仍舊對伴侶保持忠實——如今這不再是矛盾！史上最佳產品！

段恩．攝影師：

★　爛，必須先登入

超狗屎。你必須要先登入你在優質公司的個人帳號。如果你沒有帳號，那你就只看得見那個他媽的登入畫面！你就跟瞎了沒兩樣！而就算你有帳號，如果你跟網路的連結斷線了的話，一切就又變得一片漆黑。對於身為山岳救難人員的我來說毫無用處。

佩德羅．按摩師：

★★★★★ ★★★★　很棒，但是有安全漏洞

上一次家族聚會時，我和我的連襟好玩地把我們的岳母變成了一隻吼叫的惡龍。超好笑！我也曾在開會時把我老闆變成了一個流口水的半獸人。只可惜被他知道了，所以我只給九顆星。

上層

這真是奇怪的一天。當馬丁宿醉之後在客廳的沙發上醒來，他已經下降了兩級，而他不知道原因何在。在臥室裡他發現他太太在打包行李。

「這是在幹嘛？」他問。

「肯恩，」丹妮絲說，「請把那段影片播給我未來的前夫看。」

「我很樂意，丹妮絲。」肯恩說。

馬丁在臥室的螢幕上看見自己在喘氣，一隻襪子套在命根子上。「妳這個風騷的辣妹……下一次妳來，我就在大會堂裡搞得妳滿地爬，讓妳見識一下……」

「夠了。」丹妮絲說。

影片定格在一個對馬丁非常不利的畫面。他的嘴巴歪斜，右眼皮癡呆地垂下，而且他的命根子上當然還套著一只襪子。

「在大會堂裡搞得妳滿地爬？」丹妮絲嘲諷地問，「這就是你想像中的煽情話嗎？」

「妳從哪裡拿到這段影片的？」馬丁問，「還有誰看過？」

「你問得不對，」丹妮絲說，一邊試著把行李箱闔上。「你應該要問：還有誰沒有看過？」

「什麼？」

「這段影片在網路上，馬丁。」丹妮絲說，「所有的人都看過了。每一個人。」

馬丁頹然倒坐在床上。丹妮絲拿起闔上的行李箱，拖著走進客廳。馬丁跟在她後面，直到這時候他才注意到她襯衫上別著的圓形徽章，上面是個禁止標誌，表示禁止的斜槓下是一支海豚形狀的粉紅色按摩棒。

「那是個什麼徽章？」馬丁問。

「這你不懂！也跟你無關。」

「如果我太太讓自己丟人現眼的話，就跟我有關。」

「我？」丹妮絲喊道，「我讓自己丟人現眼？哼，你不必擔心。這已經不再是你的問題了。」

「這是什麼意思？」

「意思是，我要改變我孩子的外在生活情況。」

「妳還記得妳嫁給我以後，妳的等級上升了多少嗎？」馬丁問，「妳要是離開我，妳就什麼都不是，妳就會掉到底層。跟著我妳就是上層。」

「對，對，」丹妮絲尖酸地說，「你漂浮在上層。但是就只因為你是個空心蘿蔔，被潮水帶到了上面！去你的上層！」

丹妮絲用左手食指在她左眼旁邊輕輕敲了一下，她的隱形眼鏡就替馬丁拍了一張照片。他剛好擺出了一副蠢相。

「這是幹嘛？」馬丁問。

「和我所有的聯絡人分享照片，」丹妮絲向她的個人數位助理說。「再寫上：系統說這是我想要的，但是我不想要。」

三歲的伊莎貝被這番爭吵引來，從小孩房裡走了出來。

「媽媽，沒事吧？」她問。
丹妮絲對著她彎下身子。
「媽媽和妳，我們要到阿瑪莉阿姨家去一趟。」她說。
「就只有我們兩個嗎？」小女孩難過地問。
「就我們兩個。」
「可是，可是……」小女孩抗議。
「爸爸沒辦法一起來……」
「不，」小女孩說，「我是說保母。」
「原來如此，」丹妮絲說，「保母當然也一起來。」
那個電子保母一聽見有人喊她就無聲地走進房間。馬丁往大門前面一站，擋住了去路。
「妳給我待在這裡。」他對他太太說。
馬丁不動如山。丹妮絲朝他走過去。他抓住了她，丹妮絲縮起身體。
「你敢，」丹妮絲說，「讓開。」
「哎喲，」她大叫，「你弄痛我了。放開我。」
「保母，」丹妮絲喊道，「保護我的寶寶。」
馬丁更用力地抓住她。
保母走向前。
「先生，」她說，「我得請您放開我的女主人。」
「我才不！」馬丁大聲說，這時一個鐵拳砰一聲擊中他胸口，另一拳擊中他頭部。

「這是柔道，」保母向驚訝的小伊莎貝解釋。「是我精通的四種武術之一，以保護妳不被壞人欺負。」

馬丁躺在地板上，努力試圖理解剛才發生了什麼事。丹妮絲打開了門，又再轉過身來吐了他一口口水，然後就走出去了。

「掰掰，爸爸。」小女孩說著就跟那個貴得要命的電子保母一起離開了。馬丁的平板電腦發出一個短促的聲響，通知他剛剛又下降了一級。至少這一次他知道原因何在。他拿起平板電腦，打開了那個小幫手應用程式。「丹妮絲，我們走著瞧吧，看妳要怎麼應付一個興奮過度的小孩。」他喃喃地說。他點選了「叫醒」，然後把腎上腺素的劑量調到最高，但是要送出指令時他猶豫了。他猶豫得太久，電腦自動進入待機模式，螢幕黑掉了。馬丁只看見自己被打傷的臉倒映在螢幕上。「可惡！」他大叫一聲，把平板電腦用力摔在地板上。「可惡！」電腦螢幕上出現細細的裂縫，馬丁的手在流血。這時螢幕再度亮起，馬丁收到了一則新訊息，發送者的身分不明。

你受夠了你的生活嗎？
乾脆另外訂閱一種！

在**Reborn**我們提供最多樣化的生活任君挑選，包括許多名人的生活在內！

Reborn只使用**最新的虛擬實境技術！Reborn**提供你**完全的沉浸**！我們的數據資料直接來自宿主的耳蟲和擴增實境鏡片。你會聽見他們所聽見的！看見他們所看見的！**置身其中而不只是當個觀眾**！我們的宿主保證永遠在線上！所以在他們……聆聽抒情搖滾的時候你也可以在場！

以下是幾種你可以立刻沉浸於其中的生活：

大鵰俠

體驗世界最有名的A片巨星上工！弄清楚大鵰俠在他的休閒時間都在幹嘛（以及跟誰在一起）。頂級客戶甚至可以把行動指示傳送到大鵰俠的隱形眼鏡上，他將會盡量設法執行。

康拉德二世・電視廚師

想體驗一下不必考量金錢的生活嗎？沉浸在康拉德・廚師的么兒有如天堂般的生活中。康拉德二世擁有三棟別墅、十七輛跑車、一座屬於自己的後宮，而他才剛滿十三歲！

羅德里戈・汽車駕駛

沉浸在羅德里戈・汽車駕駛的生活中，他是我國頂尖的前線戰士！他和他所屬的特種部隊替我們殺死在次級國家 No. 7——陽光燦爛的沙灘，引人入勝的廢墟——的恐怖分子！令人血脈賁張！羅德里戈的前任席維歐・士兵基於種種原因無法再繼續提供這項服務，而羅德里戈是稱職的替代人選。

政府要求我們刊登下列警告：以這種程度沉浸在另一個人的生活中可能會使人上癮，並且導致脫離現實。不過，嘿，老實說吧，你其實樂於脫離你的現實生活，不是嗎？

在廢鐵壓縮機裡

到了傍晚，彼得不再有把握，也許全球最受歡迎的網購商店TheShop終究還是可以對這場屎尿風暴置之不理，也許那只是無關痛癢的一場風暴。他想和韓瑞克．工程師會面的要求雖然已經收集到兩百零九萬七千一百五十二個吻，但是這又有什麼用？他從TheShop得到的唯一回應來自客服中心，是一張香草布丁形狀的外星人圖片。彼得不禁要佩服某些人願意費那麼大的功夫去取笑別人，雖然他一再下定決心不要再去檢視他在Everybody上的個人檔案，但今天他還是平均每隔六點四分鐘就去檢視一次。如今有百分之四十點九六的留言已經是由某些搶風頭的網民發表的，和主題根本不再相關，而只和這股風潮本身有關。即使彼得閉上眼睛，也仍舊看得見新的留言閃現。他和卡利俄佩一起坐在他那間小小的廚房兼浴室裡，抱怨著：「我覺得到目前為止好像所有的人都針對我的問題發表了意見，當然是除了韓瑞克以外。」

「情況並非如此，」卡利俄佩說，「另外還有八十五億八千九百九十三萬四千五百九十二個人沒有針對你的問題發表看法。」

「TheShop的那些混蛋就只想等待這場風暴過去。」

「是啊，」卡利俄佩嘆了口氣，「換作是我，我也會這麼做。今天的風潮明天就會被更新的風潮取代。相信我這番話，恩人。我自己就有過親身經歷，例如我的第二本小說……」

「說不定有個回應剛剛傳來。」彼得說。

「這個機率很低。」卡利俄佩說，但是彼得從來就對機率不感興趣。他把平板電腦拿過來，叫出傳給他的訊息。他新享有的盛名招來了六十四封由瘋子所寫的郵件，彼得在其中發現了一個有暴露狂的女性愛慕者的火辣裸照。這張裸照從藝術的角度來看也非常出色，深深吸引了彼得的注意，使得他差點就漏看了收件匣裡另一則不尋常的訊息。那是一則單純的文字訊息，寫著：

敬愛的失業者先生：

我很感興趣地注意您這樁事件的發展。身為韓瑞克．工程師從前的生意夥伴（重點放在『從前』這兩個字上），我或許可以協助您安排您所想要的這樁會晤。在附件裡您會找到韓瑞克秘密私人住址的經緯度。您不妨前去拜訪他，也許您會想攜帶一件武器？

祝好

一個朋友

P. S.順帶一提，韓瑞克的莊園採用了Super Secure的「金庫級保全系統」。不過，您似乎是個足智多謀的小夥子。

彼得把這封郵件讀了兩遍才敢相信。附件中也有一把3D列印的手槍樣本。正當彼得的思緒飛馳，自動門忽然通報：「彼得，一個被太陽眼鏡和頭巾幾乎蒙住了臉的年輕女子在猛按門鈴，頻率高得實在沒有必要，也許您可以去看一下。」

「好的，大門。」彼得說。

他離開了廚房，從廢鐵壓縮機鑽過去，進入店面，開了門。琪琪氣喘吁吁地站在門口。

「有人幹了我，」她說，「就這樣莫名其妙地冒出來。」

「什麼？」彼得問，「妳被強暴了？這真是太可怕了。」

「嗄？」琪琪問，「喔，不是的。是我的系統被侵入了，我被駭了！讓我進去。」

彼得往旁邊讓開一步，琪琪鑽進門裡，立刻把門在身後鎖上，然後摘下了頭巾和太陽眼鏡。

「你有一個安全的地方能讓我們好好談談嗎？」

「我們，呃……可以到廢鐵壓縮機裡去。」彼得說。

「嗄？」

「所有與網路的連結在壓縮機裡都被封鎖了，以免……」

「……以免垂死的人工智慧把令人不安的訊息放上網路，」琪琪說，「當然，這有道理。好，走吧，進那玩意兒裡去。」

琪琪走進壓縮機。彼得跟著鑽進去，關上了門。壓縮機裡非常窄小，使得他們的身體互相碰觸。彼得本來可以把壓縮機裡的空間擴大一點，但是他沒有這麼做。

「那些影片你看過的，」琪琪說，「那些打手槍的人。」

「看過，怎麼樣？」

「有人侵入了我的系統，偷走了那些影片。」

「而妳認為那是我幹的？」

琪琪忍不住大笑，彼得不禁納悶自己是否應該感覺受到侮辱。

「不，」琪琪說，從左眼擦掉一滴笑出來的眼淚。她輕輕拍了彼得胸膛一下。「你很搞笑。不，那人想必是個天才。那是我設的防火牆，你明白嗎？不是隨便哪個笨蛋都能駭進去的。我得避避風頭，至少躲個幾天，等到我弄清楚這所造成的損害。」

彼得無法清楚思考，因為她的身體緊靠在他身上，他能聞到她用的洗髮精的氣味。「嗯？」他問。

「我不知道那個駭客偷走了多少，也不知道我的身分是否已經暴露。我只知道那些影片隨時可能會出現在網路上。他已經公開了一段影片，而我知道那些自慰男當中有許多都是很會記仇的混蛋。」

彼得用了很大的意志力，試圖把他的回答拉長到超過一個字。

「現在呢？」他問。

「現在我得躲起來。」

「乾脆提議把那些自慰男所付的錢再退還給他們。」

「哈哈，很好笑。不行，我得躲起來。而且你知道，我想要保持難以捉摸，誰也想不到我會在你這兒。」

她踮起腳尖，附在他耳邊低語：「再說……」

他們四唇相接。彼得簡直要融化了，假如壓縮機裡的位置夠大，他很可能會暈倒在地上。他感到暈眩，不過，這或許也是因為壓縮機裡的氧氣存量愈來愈少。琪琪用手臂撐在左右兩邊的金屬壁面上，把她的上衣脫了下來。

「妳上次不是說妳不會和我上床，因為那太容易預料了嗎？」彼得問。

「假如我總是按照我說過的話去做，那就也太容易預料了。」琪琪說。

彼得試著脫掉襪子。每次都先要脫襪子，他想，但是他沒有足夠的空間。琪琪解開他的腰帶，他的長褲往下滑。他們互相親吻。門鈴響了，彼得置之不理，他想解開琪琪的胸罩，也許他還是應該把壓縮機裡的空間稍微擴大一點的。門鈴又響了，琪琪停了下來。

「也許他們已經找到我了……」

「胡說，」彼得說，「那肯定只是哪個笨蛋帶著他壞掉的抹奶油機到店裡來。」

他親吻她。門鈴又響了，彼得隱約聽見智慧型大門的聲音。

「彼得！您有顧客上門。請從廢鐵壓縮機裡出來。我已經跟您說過，大多數的顧客覺得您的舉止令人不安。」

彼得嘆了口氣，打開壓縮機的門，湧進來的氧氣使他的頭腦稍微清醒一些。他望向監視器的螢幕，一個體格強健的人形站在門口，穿著一家送貨公司的制服。那人的臉背對著攝影機，彼得無法看清。

「該死，」他低聲說，「也許妳說得對。門口那個人是送貨的。」

「那又怎樣？」琪琪問。

「我並沒有訂購什麼東西。」

「也許他是TheShop派來的，再替你送一支香蕉形狀的按摩棒來。」

「TheShop沒有雇用人類送貨員，」彼得說，「根本沒有人雇用人類送貨員了！」

那人繼續按鈴，接著就掄起拳頭敲門。

「絕對不要開門，」彼得說，「我去把米奇叫來！」

他跑到地下室。那一群機器又待在電視螢幕前面，正聚精會神地在看一部電影。

「跟我來！」彼得下令，「全都跟我來，米奇先走！」

他停下來，朝電視螢幕瞄了一眼。

「那是珍妮佛．安妮斯頓嗎？」

「這次輪到粉紅挑選節目！」羅密歐抱怨。

「我只是想了解一下這股熱潮究竟是怎麼回事，」粉紅平板電腦替自己辯護。「因為我……」

彼得比了個手勢打斷了粉紅說話，跑上了樓梯。當他帶著這批人馬到了樓上，琪琪正把店門打開。

「妳在幹嘛？」彼得大喊。

「他說是老頭子派他來的。」她說。

「嗄？」

那個信差走進彼得的店裡，一點也沒有被彼得身後的戰鬥機器人嚇到，取出了一件裝置擺在地上。

「連線是經過加密的。」他就只說了這句話，隨即就離開了。

「什麼連線？」彼得問。

這時一個全像投影在那件裝置上方漸漸閃現，那個老者忽然就站在彼得和琪琪面前。

「幫助我！歐比王．肯諾比。」老者說，「你是我唯一的希望！」說完他就吃吃笑了起來。

「真奇怪，你還是這麼喜歡引用《星際大戰》的對白，雖然你覺得最後那十六集電影很爛。」琪琪說。

老者朝彼得解開的腰帶看了一眼，又看看正在整理散亂頭髮的琪琪。

「我希望我沒有打擾你們這對年輕男女做什麼重要的事，」他說，「我只是想看看你們過得如何。嗯，我主要是想知道琪琪過得如何。」

「你是怎麼找到我的？」琪琪問。

「唉，孩子呀……」老者就只說了這幾個字。

「我很好。」琪琪說，「我知道你來找我做什麼。」

「哦？」老者問，「做什麼呢？」

「我們就把這件事解決了吧，之後你就可以再把自己關掉了。」

「把什麼事解決？」彼得問。

「我的防火牆有漏洞，」琪琪說，「你就直說吧。」

「這樣不好玩。」老者說。

琪琪等待著。

「妳奪走了一個老人家最後的樂趣。」老者說。

琪琪嘆了口氣。「你就說了吧。」

「好吧，」老者終於說，「我以前就告訴過妳了，孩子。」

「對，你告訴過我。」

琪琪攤開她的筆電，開始在上面滑來滑去。

「對了，我很高興你的聖戰進行得這麼順利。」老者對彼得說。

「順利指的是？」彼得問。

「嗯，」老者說，「至少有人把韓瑞克．工程師的秘密住址寄給你了。」

「您讀了我的電子郵件？」

「只讀重要的。」

「什麼？」

「另外你還收到了一張十分火辣的裸照，」琪琪說，「你盯著那張裸照足足看了一百二十八秒。不過，我承認那張照片的確拍得很有品味……」

「妳也讀我的電子郵件？」

「只是出於無聊。」

「在這屋裡有誰沒有讀過我的私人訊息嗎？」

彼得那群機器尷尬地死命盯著地板。

「米奇？」彼得問。

米奇道歉地聳聳肩。

「我真不敢相信！」

「現在呢？」琪琪問。

「現在怎樣？」

「你不要去拜訪一下韓瑞克嗎？」

清白

「這肯定不是巧合，」艾莎哀嘆，「這支他媽的影片偏偏在這個節骨眼出現，就在我們剛剛追平民調的時候。」

她看著那段調成靜音的影片，影片中是一個進步黨黨員在自慰。

「這個笨蛋，」她喃喃地說。「因為他的緣故，康拉德．廚師將會贏得選舉，選戰最後的勝負總是取決於這種鳥事。假如男人的老二都能乖乖待在褲子裡，不知道能替我們免去多少災難。」

「這是個很大膽的論點。」約翰說。

「一個很堅挺的論點。」艾莎說。

「妳該成為喜劇演員的。」

「隨便舉出一場歷史上的災難，我就會分析給你聽，之所以會導致那場災難是因為某個男人沒法讓他的老二乖乖留在褲子裡。」

「好的，」約翰說，「八年戰爭。」

「好，」艾莎說，「這個簡單。要不是國家主義再度興起，八年戰爭就不可能發生。國家主義被激起是由於害怕來自伊斯蘭『失敗國家』的難民，這些『失敗國家』是美國攻擊伊拉克的直接後果，而伊拉克之所以遭受攻擊是因為美國人民選出了一個名叫小布希的笨蛋來當總統，而小布希之所以當選，是因為民主黨籍的前任總統無法讓他的老二乖乖留在褲子裡。」
「驚人地合乎邏輯。」約翰說。
「不久前我甚至讀過一本以這件事為主題的歷史小說，」艾莎說，「書名是《總統和女實習生》。」
約翰花了兩秒鐘來計算。「唔。」他說，「我讀過卡利俄佩更出色的作品，例如《喬治・歐威爾去血拼》就寫得很好。」
艾莎又望向電腦螢幕。
「你知道最讓我受不了的是什麼嗎？」
「不知道。」
「那只網球襪。」艾莎說，「真是沒品味，哪種有點自尊的男人會穿網球襪？」
「而且還套在他的老二上面。」
「對，」艾莎說，「穿在腳上就沒那麼糟。」
「這不見得是結局。」
「你錯了，」艾莎喃喃地說，「這只有紅色條紋的白色網球襪將會在我的惡夢裡揮之不去。它就是結局。」
「說不定我們可以把這件事轉而變成對我們有利。」
艾莎豎起了耳朵。「哦？」
「我不會被拍到這種影片，而且這不是巧合。」
艾莎立刻就懂了。「你保證絕對不會被拍到這種影片……」

仿生人不會自慰。他們沒有變態的性偏好，沒有地下情，沒有私生子。他們……很清白。

「你會永遠讓你的老二乖乖待在褲子裡。」艾莎說。

「我根本沒有……」約翰開口。

「資訊太多了，約翰。」艾莎打斷了他。「馬上跟全球廣告公司的歐立佛聯絡，告訴他我們需要一支新的競選廣告，而且今天就要。」

「已經處理好了。」約翰說。

艾莎透過她的耳蟲進行一段加密的對話。

「東尼，想辦法把那個笨蛋踢出進步黨……」她大聲說，「我他媽的才不在乎他老爸是誰……誰說每個人都會做這種事……約翰就不會……現在你給我聽著，你這個腦殘的呆瓜。你可以成為約翰的副總統，要不然就是成為歷史書籍裡的笑柄……我很高興你明白了。」

艾莎掛掉電話，露出了微笑。

迷失方向

彼得、琪琪和那群機器全都圍聚在地下室的沙發旁邊。老者以縮小的全像投影站在茶几上。

「很遺憾，那個自稱是韓瑞克生意夥伴的人寄給我的地址全是騙人的。」彼得說，「卡利俄佩在網路上搜尋過了，這個地方根本不存在。那裡什麼都沒有，沒有城市、沒有村莊、沒有房屋，甚至就連通往那裡的馬路都沒有。」

「在網路上不存在的東西並不表示真的不存在，」琪琪說，「有些地方不會出現在任何地圖上。」

「這些地方就像是某些樓層，只有當你持有正確的鑰匙，電梯才會帶你上去。」老者說。

「你們說這話不是認真的吧。」

「像TheShop的老闆這樣有權有勢的人決定不讓他的宅邸出現在地圖上，這有那麼令人難以置信嗎？」琪琪問。

「馬克・祖克柏，」老者說，「就職業來說不算是個特別重視隱私的人，就曾經花了三千多萬美元買下四戶鄰居的房子，免得他的隱私受到侵犯。」

「由於所有的交通工具都使用自動導航，」琪琪說，「只需要把一個地方的位置資訊保密，就能讓別人無法抵達那個地方。即使是載客的無人機也去不了。」

「比爾・蓋茲甚至買下了十二筆與他比鄰的地產。」

「他這番胡說八道提到的都是些什麼人？」彼得問。
「根本別聽他說。」琪琪說。
「別在意，老頭。」粉紅說，「也從來沒人聽我說。」
「這個聲音，」老者說，「真奇怪。你這個平板電腦是從哪兒來的？難道是……」
琪琪把全像投影關閉，老者就消失了。
「彼得？哈囉？」她招招手，「聽我說！」
「妳就這樣把他關掉了。」彼得吃驚地說。
「而我多麼希望對待真人也可以這樣做。嘿，專心一點！」
「好，好。」彼得說，「妳剛才說沒有一種交通工具能帶我到 TheShop 的老闆那兒去，就連飛行工具都不行。」
彷彿接到了提示，無人機卡莉開口了。
「你可以用走的。」卡莉提議。
「用走的？」彼得問，「那要走上一輩子。」
「這不完全正確。」卡利俄佩說，「從現有的地點數據來推測，我計算出走路需要三十二天八小時四分鐘又十六秒，大約是這個時間。」
「大約。」琪琪笑著說。
「我也許能幫上忙，」羅密歐說，「我還在幹那行的時候當然需要一個守口如瓶的夥伴，能載我到任何需要我服務的地方，而事後不會洩漏出我們去過哪裡。」
「這裡沒有誰對你的人生故事感興趣，你這個按摩棒養的。」粉紅說，「直接說重點。」

「透過同事我認識了一輛失去了方向感的自動駕駛車。那對我來說再合適不過。雖然我每次都得告訴它該怎麼走，但是那輛車無法向任何人洩漏我們去了哪裡，因為它完全不知道自己身在何處。」

「這的確是非常有趣，但是這能幫上我們什麼忙？」粉紅問，「也許我們不該把計畫的工作交給一個以性器官作為生存理由的人。」

「我認為……」彼得說。

「抱歉，我剛才那句話也把你包含在內。」粉紅說。

「閉上你的嘴，」彼得說，「一輛不知道自己身在何處的汽車……」

「……就可以叫它駛往任何一個它不該去的地方。」琪琪替他把話說完。

「沒錯。」羅密歐說。

「那你這輛拉皮條的汽車現在在哪裡呢？」粉紅問。

「我不知道，它應該就像平日一樣漫無目的地在城裡駛來駛去吧。」

「我曾經聽說過這些殭屍汽車，」彼得說，「這種汽車似乎有幾千輛，永遠沒有方向、沒有目的地在城市裡行駛。」

「這句話不完全正確，」卡利俄佩說，「誰也不會永遠沒有方向、沒有目的地在城市裡行駛。」

「當然是除了那些裝設了太陽能板的汽車之外。」琪琪說。

「這實在太可怕了，」卡莉說，「想像一下這些可憐的傢伙必須過著什麼樣的生活。永遠在運行，就連在充電的時候都無法休息。相形之下，我們這些早期被生產出來的機器還算幸運。」

「好啦，廢話少說，」粉紅說，「再回到主題上：要怎麼樣讓那輛分不清左右的破車到我們這兒來？」

「這輛破車名叫大衛，」羅密歐說，「而我是唯一能和它聯絡的人。當年我把一個無法被測出位置的晶片連接在它的系統上，這個晶片和我的ＩＤ是綁定的。」

「你修理了那輛汽車？」卡利俄佩驚駭地問。

「這樣說吧：我做了一些改善。」

「太棒了，」彼得說，「那就把那輛車叫來吧。」

「我們還有一件事得要商量，」羅密歐說，「大衛就只信賴我，所以我也得一起去。」

「那我也要一起去，」粉紅喊道，「我們上一次的行動很好玩。再說，我也受夠了老是待在這個有霉味的地下室裡。」

「恩人，」卡利俄佩說，「呃，我其實也沒有什麼重要的約會……」

「搭車出遊！」無人機卡莉興奮地喊道。

彼得翻了翻白眼。

「真好，」琪琪微笑著說，「全家人一起去郊遊。」

「妳也一起來嗎？」彼得問。

「有何不可……在一輛沒有方向感的小車裡，至少那些自慰男找不到我。再說，如果我不一起去，那麼要由誰來癱瘓韓瑞克的保全系統呢？」

「妳能癱瘓他的保全系統？」彼得問。

「這樣說吧，我有個朋友的朋友認識一個曾經替SuperSecure工作的人。那兒有扇後門……」

彼得露出微笑。「當然，總是有後門可走。」

琪琪點點頭。「在人生中最重要的就是永遠知道後門在哪裡。」

「要我把大衛叫來嗎？」羅密歐問。

彼得點點頭，把平板電腦遞給他。羅密歐微微一笑。

「我不需要。」

這個性愛仿生人自己建立了連結。「嘿，大衛，你這個老流浪漢！是我，羅密歐……對，我知道，我很抱歉。我因為失戀太傷心了……你現在在哪裡？……你不知道？喔，我想也是……你都看見什麼？……看見優質公司那座高塔？那就駛進圓環，再從第一個出口轉出去。然後你得直接朝著哈索．普拉特納紀念碑駛去……不行？……喔，原來如此。那你剛才大概是從另外一邊駛向那座高塔的。那你最好掉頭……」

「在我看來，」粉紅說，「最困難的不是搭乘那輛車往哪裡去，而是讓那輛車到我們這兒來。」

優質國度的邊界

「您會怎麼做？」茱莉亞‧修女問，「如果您逮到有人試圖非法進入優質國度？」

「嗯，」品質保證者說，「我們替他植入晶片，再把他放回野外。當然也會警告他不要再在這裡出現。」

「植入晶片是什麼意思？」

「我們在他的臀部植入一個定位晶片，如果帶有這個晶片的人再度接近我們的邊界，這個晶片就會發出警報聲。」

「如果警報響了，會發生什麼事呢？」

品質保證者笑了。

「我知道您在想什麼，但是不管謠言怎麼說，我們並不使用暴力。我們把事情交給我們的國際合作夥伴來處理。」

「所以說，您自己從不曾……」

「嗯，有一次我把一個人推下船，就只有這麼一次。那件事其實很好笑。被我推下船的那個傢伙不會說我們的語言，但是他卻會唱一部催淚老片的主題曲。您曉得的，就是《鐵達尼號》。那個搞笑的傢伙在海裡又踢又蹬的時候唱起了那首〈我心永不止息〉（My Heart will go on）的擬聲版。我和我的同事笑個不停。那實在太好笑了。」

「您認為他為什麼唱這首歌呢？」

「我不知道。誰搞得懂這些瘋狂的外國人？」

「您認為他有可能是在呼救嗎？也許他不會游泳？」

品質保證者眼神茫然。「也許……嗯，有可能。那人也忽然就消失了……」品質保證者思索了一下。「但我無論如何也想不到。」

通往烏有之鄉的道路

彼得站在那輛自稱為大衛的小車前面苦苦思索。他和琪琪可以坐在前座，這不成問題。卡莉可以放在行李廂裡，如果它怕黑，彼得甚至可以把它抱在膝上。卡利俄佩和羅密歐可以坐在後座，不得已時可以把粉紅放在前座的置物箱。可是要怎麼把一個兩百五十六公分高、能擊破鋼板、用於重型戰爭任務的戰鬥機器人塞進一輛小車，這對彼得來說是個謎。

「我想我們只好把米奇留在這裡了。」彼得對粉紅說。

「這會是個錯誤。」粉紅平板電腦說，「這是我的經驗談：在行李裡裝一個能擊破鋼板、用於重型戰爭任務的戰鬥機器人絕對沒有壞處。」

「可是它根本裝不進來呀。」

「胡說，」粉紅說，「米奇可以把自己縮小。不是嗎？米奇？」

「就算它把腦袋塞進膝蓋中間，它也塞不進後座。」琪琪說。

米奇彷彿想要回答，把捧著粉紅的手伸向羅密歐。羅密歐嘆了口氣，從它手裡接過粉紅。接下來發生的事是彼得這輩子見過最令人吃驚的三件事之一。另外兩件分別是一個黑幫分子在彼得眼前被奈米機器人分解而死，還有以虛擬實境重拍的《冰與火之歌》第八季第九集。米奇開始把自己收縮，首先它的手臂變短了，讓彼得想起暴龍萎縮的前腿，然後它的雙腿縮進去，使得它看起來像個肥胖的矮人。最後它把自己折疊成一個正方形的箱子，下面還有輪子。三秒鐘後，箱子上還彈出了一個可伸縮的提把。

「它把自己變成了一個有輪子的行李箱。」琪琪不敢置信地說。

「從軍事的角度來看，」粉紅說，「能夠把這些東西堆放整齊，便於運送到戰區，這一點是非常重要的。」

「這就像是搞笑版的變形金剛。」羅密歐說。

「它是個有輪子的行李箱。」彼得說，他也同樣吃驚，一邊試著把箱子抬起來。「一個重得要命的行李箱。」

「嗯，這我承認，通常它們當然是由其他的戰鬥機器人來裝運。」粉紅說。

彼得、琪琪、羅密歐和卡利俄佩四個人一起用力，才勉強把米奇抬起來。當這個戰鬥包裹被放進行李廂，大衛呻吟了一聲。

彼得想要坐進前座，但是車門打不開。那輛車嘟囔了幾句。

「大衛喜歡把駕駛座保留給它自己。」羅密歐解釋。

「什麼座？」彼得問。

「前面那個座位，從前有方向盤的那個位置。」羅密歐說。

「噢，好吧。」彼得說，他先讓琪琪和那群機器坐進後座，自己再從另一側上車。

「謝謝你願意載我們。」他對車子說。

「我不記得我跟您說過可以用『你』稱呼我。」車子說。

「抱歉。」彼得說，「沒理由馬上就鬧情緒。」

「我迷路行駛已經兩年八個月又六十四天了，」大衛說，「誰也不要來跟我說我不該鬧情緒。」

「了解。」

「我們到底要去哪裡？」

彼得展開老者寄來的那張地圖，說：「沿著這條路直走！」

汽車駛動。

「聽點音樂如何，大衛？」琪琪問，「我想到一首應景的歌曲，「臉部特寫合唱團」的〈不知通往何處的道路〉（Road to Nowhere）。」

「我討厭古典音樂，」粉紅說，「當然，頹廢搖滾除外……」

這句話沒有說完，因為羅密歐把粉紅平板電腦拿去擺在後座上，螢幕朝下。

那首歌以一段無伴奏合唱開始。

「很好聽。」彼得說。他從褲袋裡掏出一本記事簿，從大衛的顯示器上抄下歌曲和樂團的名稱。

「恩人，請別忘了告訴車子我們該往哪兒走。」卡利俄佩提醒他。

「噢，對。」彼得說，在那張使用不便的地圖上找路。

「在，呃……大約五百公尺處左轉。」他對車子說。

三十二秒鐘後他說：「再過一百公尺後左轉。」

距離十字路口還剩下四公尺時，彼得說：「現在請左轉。」

「知道啦！」車子說，「我又不是笨蛋。」

「沿著這條路直走，呃，大約三公里或五公里。」彼得說。

「三公里或五公里，」車子說，「這算哪門子的預告？」

過了兩點四公里之後，彼得說：「現在請緊急右轉。」

「可惡！不早說！」車子罵道。

「請掉頭，」彼得說，「請掉頭。」

「別吵！」車子說。

彼得說：「請留意速限。」

「好啦，好啦，去你的。」車子說，猛地煞了車。「拜託換別人來坐在前座。」

彼得想要抱怨，但是卡利俄佩拍了拍他的肩膀。

「我很樂意代勞，恩人。」

大衛停了車，彼得和卡利俄佩交換了座位。

「看來你的工作剛剛被自動化給取代了。」琪琪說。

「反正也是個爛工作。」彼得說。

琪琪把頭靠在他肩上。

「反正我也比較喜歡這個座位。」彼得說。

等他們駛上正確的快速道路，卡利俄佩說：「恩人，如果我可以有話直說的話……」

「當然可以。」彼得說。

「您曾經讀過《米歇爾．寇哈斯》嗎？是克萊斯特[22]的作品。」

22. 克萊斯特（Heinrich von Kleist，一七七七—一八一一），德國詩人、劇作家及小說家，《米歇爾．寇哈斯》（Michael Kohlhaas）是他在一八一〇年發表的作品。

「妳認為呢？」

「我認為您沒有讀過。寇哈斯是個馬商，受到領主溫澤．馮．特隆卡的欺壓。寇哈斯通過他的土地時，他要求寇哈斯留下馬匹作為抵押，而等到寇哈斯回來時，發現這幾匹馬受到虐待。寇哈斯試圖請當局伸張正義，但很快就發現自己只是個九等級的馬商，而特隆卡卻是個五十等級的貴族。他對這個制度感到失望憤恨，於是召集了一支軍隊，展開一場追逐戰，襲擊了特隆卡的城堡。他殺死了所有的居民，只有那個領主逃到了維滕貝格。於是寇哈斯多次下令火攻維滕貝格。他的座右銘是一句拉丁文：*Fiat iustitia et pereat mundus*。」

「那是什麼意思？」彼得問。

「即使全世界同歸於盡，也要伸張正義。」

「妳想要拐彎抹角地告訴我，說我太小題大作？」彼得問，「意思是我應該乾脆把那支按摩棒扔進垃圾桶？但是事情不僅是關於這件誤寄的商品，而是原則問題！」

「寇哈斯也這麼說。」

「這個故事的結局如何？」琪琪問。

「不幸福。」卡利俄佩說。

「領主到底是什麼？」彼得問。

「有點像是部門主管。」卡利俄佩說。

「喔。」彼得若有所思地說，然後凝視著窗外。

他們在快速道路上行駛了八小時又十六分鐘，經過自動化耕作的農田、大同小異的小鎮和大同小異的大城。起初彼得和琪琪還大聲跟著從音響裡播放的歌曲合唱——彼得記下了二十九首歌的歌名——但此時他們大多默默地看向窗外，每個人都沉浸在自己的思緒中。在城市之間，他們一再經過攻擊機器黨的大本營：沒能跟上發展的鄉村地帶，彼得和琪琪從前只在藝術電影中見過這種地方。偶爾他們會停車休息一下，有時候彼得和琪琪要上廁所，有時候彼得和琪琪要吃東西，有時候彼得和琪琪要伸伸腿。有一次他們兩個甚至消失在一小片樹林裡三十一分鐘又十七秒，完全沒給理由。當這兩個人類終於睡著了，車上所有的機器都額手稱慶。少了這些沒完沒了的干擾，他們前進的速度要快得多。終於卡利俄佩指示車子從一條沒有路標的小岔道駛下快速道路，從這時起，他們就沒有再碰到半個人。

又過了兩小時又四分鐘之後，卡利俄佩叫醒了他們的恩人：「您已抵達目的地。」

彼得和琪琪迷迷糊糊地醒過來，後座頭靠的溝紋印在他們臉上。所有的機器都覺得這很滑稽，只有羅密歐除外，人類臉龐的這種奇怪特性對他來說並不是什麼新鮮事。琪琪請大衛再往前開一點，停在一間較小的設施建物後面。琪琪攤開她的筆電，其餘的人馬下了車，合力把米奇從行李箱裡抬出來。

「快點把你自己伸展開來，你這個大塊頭。」羅密歐說，「我懶得再捧著你的愛人到處跑。」

「我也懶得再跟著這個做愛機器。」粉紅說。

這個有輪子的行李箱裡響起一聲喀答，又嘎吱嘎吱響了一陣，然後大夥都聽見一個聲響，每個人都立刻明白事情不妙。那就像是一臺印表機在通報「夾紙」之前發出的聲響，只不過音量更大。

「完——蛋——了！」一個微弱的聲音從行李箱內部傳出來。

「糟了，」粉紅說，「米奇卡住了。」

「這下可好了。」羅密歐說。他轉身面向卡利俄佩。

「幫忙拿一下。」羅密歐把粉紅遞給她。

卡利俄佩不假思索地接了過來。

「我要拿著這個平板電腦多久？」她問。

「等妳找到另外一個願意替妳拿的笨蛋。」羅密歐說。

「這是世上最古老的伎倆，小姐！」粉紅說。

「現在呢？」彼得問。

「你們當中得有人用力去踢米奇一下。」粉紅說。

「我老早就想這麼做了。」羅密歐說著就使勁去踢那個行李箱。什麼事也沒有發生，就只有他的腳扭到了。

羅密歐喊了聲「哎喲」，坐下來，試圖在卡利俄佩的協助下把他的腳再扳直。

「好了。」琪琪說著就下了車。

「好了？」彼得問。

「現在整個保全系統應該都失靈了。」

「應該？萬一沒失靈呢？」

「那你大概立刻就會被自動射擊裝置打個稀爛。」

「嗯，」彼得說，「我相信妳。」

「真是浪漫，」琪琪說，「很蠢，但是浪漫。」

「我去，」卡利俄佩從容就義地說，「我自願去偵查環境！如果別無選擇，我很樂意犧……」

「那就快滾吧！」粉紅說。

卡利俄佩快快地把粉紅擱在草地上，準備踏上穿過草叢的那條路，那片草地把韓瑞克的莊園和馬路隔開。

這時琪琪從手提包裡抽出了一根可折疊的鐵撬，在米奇身上東弄西弄。四分鐘後卡利俄佩回來了。

「報告：路上沒有阻礙。」

彼得點點頭。

琪琪用她的鐵撬忙了半天，還看不出有什麼進展。

「聽我說，」彼得說，「你們就在這裡等。」

「我馬上就好了。」琪琪說。

「也許我單獨去拜訪他會比較好，」彼得說，「我也只是想跟他談一談，並不想把他嚇死。」

他走上通往那棟別墅的小路，忽視了一個爬滿綠色植物的牌子，上面寫著：「地主樂於射殺闖入者」。

藍眼人

韓瑞克・工程師穿著浴袍坐在他那片綠色庭園的一座涼亭裡，一邊喝咖啡，一邊看報。那是一份真正的報紙，像他曾祖父的曾祖父就曾經拿在手裡的那一種。雖然他的財富有百分之十六點三八四都歸功於電子書和電子閱讀器，他卻討厭這些東西。因此他買下了一間老舊的報紙印刷廠，每一夜都印出一份屬於他個人的報紙，隔天清早由一個男孩騎著腳踏車送來。韓瑞克打了個呵欠，用左手撫過他剛剃過的光頭上那一道長長的疤痕。他用兩隻顏色不同的眼睛打量了一隻烏鶇一會兒，他的一隻眼睛是棕色，另一眼則是藍色，那隻烏鶇飛落在離他不遠的草地上啄食小蟲。韓瑞克又把視線移回報紙上。

同一時間，彼得躡手躡腳地穿過這片偌大的莊園。真正的草地是彼得不習慣的一種奢侈品，他小心翼翼地走著，就像一個小孩頭一次發現屋前鋪了一片白雪地毯，害怕那雪承載不住他的重量，而他就會陷下去。韓瑞克聚精會神地在看報，直到彼得已經站在他的桌前，他都還沒有察覺。彼得輕輕咳了一聲，全世界最受歡迎的網購公司TheShop的老闆擱下報紙，一言不發地打量著他。

彼得也沒有說話，兩人默默地盯著對方。彼得覺得那兩隻顏色不同的眼睛似乎向他發送出不同的訊息，那隻棕色眼睛閃動著，在邀請他加入遊戲；那隻藍色眼睛則似乎想要警告彼得。首先垂下目光的人是彼得。他伸手從背包裡拿出那支海豚形狀的粉紅色按摩棒，放在那張早餐桌上。

「拿去，」他說，「我不想要。」

韓瑞克喝了一口咖啡，然後露出微笑。

「我剛剛在報上讀到關於你的事。你是彼得・失業者，對吧？請坐。」

彼得坐下了。

「你認為這件絕佳的商品不該被寄送給你。」

「對，所以我想要退還！」

「你認為系統出了錯……」

彼得點點頭。

「但是你錯了。」韓瑞克說。「我想跟你說個小故事。許多年前，在OneKiss剛推出的時候，曾有過一個不滿的顧客。他的名字我忘了。他收到我們寄給他的一件射擊武器，是一把小口徑的手槍。他因此非常生氣，到處去投訴。他說他是個拒絕使用暴力的人，說系統對他認識不清，說這件武器是被誤寄給他。我想用不著我說，你也能想像他接下來的舉措。他去退貨中心大吵大鬧，試圖用違法的方式取得他的數據資料，把他的問題向大眾公開，但是全都無濟於事，那想必令他感到非常挫折。最後他到辦公室來找我，把那把手槍摔在桌子上，說：『拿去！我不想要。』我當然拒絕收回那件東西，我相信我們的系統絕對不會出錯。我們愈吵愈兇，演變成一場扭打，我的保全人員不得不插手。然後，你猜猜看，接下來發生了什麼事。」

「我不知道。」彼得說。

「那個人拿起了桌上那把手槍，然後對我開槍。子彈射穿了我的左眼，從後腦穿出。我非常走運，因為在所有頭部遭到槍擊的人當中，只有百分之十二點八的人能夠存活。當然，我占了點優勢，因為我請得起最好的醫生，你想必已經注意到了我頭上這道漂亮的疤痕。醫生必須打開我的腦蓋，好讓大腦在受傷之後能有腫脹的空間，而不至於因為腫脹而受到更多傷害。」

「很痛吧。」彼得說。

「是的，很痛。當我從昏迷中醒來，立刻請醫生替我移植了一隻新眼睛。幸好剛好有個捐贈者，我提過你的前輩有一雙漂亮的藍眼睛嗎？」

「沒有。」

韓瑞克的棕色眼睛閃出光芒，這是他花了大錢讓人植入的特效。

「你認為我為什麼告訴你這個故事？」

「為了讓我害怕？」彼得問。

「不，」韓瑞克說，「嗯，或許也有一點吧。但是你要知道，這並不是這個故事的重點。」韓瑞克露出微笑。「那個藍眼男想錯了，系統對他的認識比他對自己的認識更清楚，他是個會使用武器的人。而我有把握，你也會替這支海豚形狀的按摩棒找到用途。」

「可是，」彼得憤怒地說，「假如你們沒有把手槍寄給他，他肯定絕對不會拿到一把槍，也就不會去使用這把槍！他認為自己是個拒絕使用暴力的人，這個自我形象就也會是正確的！你們的系統所做的就只是自我應驗的預言，透過把人們分級，從而局限了提供給他們的商品，是你們把每個人變成了系統認定的那個人！」

韓瑞克又喝了一口咖啡。

「那又怎麼樣？」

「我不懂，」彼得說，「你為什麼不乾脆收回這支該死的按摩棒，我根本沒有要求你再做什麼別的事！你又沒有損失。」

「不，我會有損失。」

「就算你沒法再把這支按摩棒出售——這也不過就是三十二塊優幣。」

「不，」韓瑞克說，「這件事已經鬧得太大了。喏，你看，你甚至上了報。就算你說得對，就算你的個人資料有誤，我們也絕對不能承認。因為那就表示系統出了錯，但是系統是不會出錯的。」

「不！」彼得大喊，「在我身上它就出了錯！」

「不，這樣不行。假如系統出了錯，那麼它肯定不會只出了一個錯，而是出了許多錯。我們早就模擬過這種情況對整個社會將產生的影響，假如我們答應修改你的個人資料，就會引發人們的不安，長期下來造成的經濟損失將會超過二十億，是我們負擔不起的。所以系統沒有出錯，這牽涉到整個社會的福祉，你必須了解這一點。」

「我什麼也不了解！」彼得大喊，「我就像是米歇爾．寇貝格。如果沒有別的辦法，我就會把維滕巴赫再燒毀一次！」

「你指的是寇哈斯嗎？」韓瑞克調侃地問，「另外，那座城市名叫維滕貝格。」

「那不重要。」彼得說。

「你知道寇哈斯的故事是怎麼收場的嗎？」

「結局不好。」

「一點也不好。」

「儘管如此我還是不會放棄！」

「嗯，」韓瑞克說，「你有沒有注意到我們所坐的椅子有什麼特別之處？或是我用來吃早餐的這張桌子？」

之前彼得沒有注意。此刻他朝這幾件家具看了一眼，發現這套桌椅的確很吸睛。

「這些椅子是自然長成這樣的嗎？」他問，「它們是由一棵活生生的樹構成的嗎？」

「這是楞樹，」韓瑞克說，「一種生長相對快速的樹木。我在電腦上模擬了它們的生長，藉由夾板預先設定了形狀，必須要引導樹木往正確的軌道生長，並且砍掉長錯位置的新枝。這個過程很費工夫，但是最終能得到某種有實際用途的東西，而不只是野生的樹木。」

「而你也想引導我往正確的軌道生長？」

「不，」韓瑞克說，「你是個長錯位置的新枝。我將會把你砍掉。」

他從浴袍口袋裡掏出一把小型手槍。

「你瞧，」他說，「上一次來向我抗議的顧客留給我的紀念品不僅是這隻眼睛。而且在我看來，你是未經許可擅闖我的私人土地。你沒有讀到那個牌子上寫著：『地主樂於射殺闖入者』嗎？」

真實的遊戲！

撰稿／珊德拉·行政人員

人類士兵有種麻煩的特性，就是報廢得很快。而全自動的機器人軍隊又有個缺點，就是行動太容易讓敵人料中。新創公司**CrowdWar**現在宣稱找到了解決這個問題的辦法，**CrowdWar**讓旗下的每一個戰鬥機器人都由一個真人從遠端遙控。

在一場記者會上，**CrowdWar**的老闆皮爾·管制員說：「大家可以把這想像成第一人稱射擊遊戲，只不過當我扣下扳機，在世界的另一端真的有一個恐怖分子被粉身碎骨。這玩意很酷。」

藉由殺人和完成所謂的探險，玩家有機會證明自己的能力並且晉升。例如，他們將獲准指揮一整隊的戰鬥機器人。

「對於玩家來說，戰爭變得更像是一種即時戰略遊戲。」皮爾·管制員說明。

優質國軍目前正在一項先導計畫中測試**CrowdWar**，在**次級國家No. 7**——陽光燦爛的沙灘，引人入勝的廢墟。軍隊發言人西恩·將軍對於初期的測試結果表示佩服：「我相信有許多年輕人願意為國效力，如果他們可以同時玩電腦遊戲。而那些玩家真的很投入，非常專注。比起單靠人類或機器，人類和機器攜手合作能逮到更多壞人。就連附帶損害也在掌握之中。」這當然也是由於CrowdWar的程式設計師建置了許多聰明的控制機制。例如，凡是胡亂殺死平民的玩家就會遭到封鎖，視被害者的人數而定，甚至會被封鎖好幾個星期。由於這項服務大受歡迎，CrowdWar計畫在不久之後提高參與這種戰爭遊戲的費用。

「我們最終的目標是讓每一場戰爭都能藉此支付本身的花費，」皮爾．管制員說。「對戰爭的數位顛覆將是阻擋不了的趨勢。」

讀者留言

班・程式設計師：

我們總是全家人一起玩！超級好玩！我爺爺說，自從玩過《終極總動員：紅色警戒》之後他就不曾玩得這麼開心。他只懷念磁暴線圈，不管那是什麼玩意。

何米娜・律師：

沒有人在乎這種「遊戲」的受害者，這又是大家的典型反應。而目前卻已經有人報導那些罹患「創傷後壓力症候群」的玩家。

曼蒂・維修技師：

究竟要哪個等級以上的人才能使用核子武器？

豐盛的早餐

韓瑞克把手槍對準彼得。「幫我一個忙，」他說，「你站起來。我不想在早餐桌旁槍殺你，弄得到處都是血和內臟，等你倒下來的時候還會笨手笨腳地弄斷幾根枝椏。這張桌子花了八年的時間才長成這個實用的形狀。」

彼得點點頭，站了起來。然後他撲向那張桌子，死命抱緊桌子。

「救命！」他大叫，「救命！」

「欸，這實在太幼稚了，」韓瑞克生氣地說。「這張桌子就只是個不相干的目擊者，實在沒必要讓它跟著遭殃。而且你也別再大喊大叫了，叫也沒有用。方圓三十二公里之內的一切都屬於我，也都聽命於我。」

這時一個兩公尺五十六公分高的戰鬥機器人忽然穿過樹籬跑過來，手裡捧著一個鮮豔粉紅色的平板電腦。

「不是一切，豬頭。」粉紅平板電腦說。

當那個戰鬥機器人把飛彈發射裝置對準了他，韓瑞克顯得有點驚訝。彼得鬆了一口氣，放開了那張桌子。

「我就說嘛，」粉紅宣告，「在行李裡帶一個能擊破鋼板、用於重型戰爭任務的戰鬥機器人一向沒有壞處。」

「完——蛋——了。」米奇說。

彼得拾起剛才被他那一撲而從桌上掉落的海豚形狀按摩棒，遞給韓瑞克。

「喏，」他說，「你就先拿去吧。要退的錢可以直接匯到我帳戶，反正你有我的帳號。」

彼得朝米奇走了幾步，再走回桌子旁，把構成那幾張椅子的支架踢壞。他在心裡盤算著。

「再拍張照片吧，」彼得說，「粉紅，能不能麻煩你……」

「當然沒問題。」粉紅說。

彼得站在韓瑞克旁邊，摟住他的肩膀。「這是要給你們客服中心的一位女職員看的。現在請微笑。」

等到照片拍好，彼得深深吸了一口氣。他察覺自己餓了，於是拿起一塊法國麵包，塗上奶油和果醬，再塞進嘴裡。他拿起那壺現搾的新鮮柳橙汁，拿到唇邊，一口氣喝光。他把葡萄塞進嘴裡，再塞進一把乳酪丁。

「好吃。」他用塞滿了食物的嘴巴說。

他把剩下的水果塞進外套口袋，另外還替琪琪拿了兩個可頌麵包。

「後會有期了。」他咂咂嘴巴說，然後就穿過樹籬走開了。

在矮樹叢後面彼得遇上了這個小小旅行團的其他成員，他立刻就喋喋不休地說起話來。

「你們知道嗎，我對這個解決方式並不完全滿意，我本來更想馬上拿回我的錢。而我當然也並不是真的在乎那些錢，重點在於要他們認錯。不過，至少我把我的立場說清楚了，也把那件該死的東西送回了它該去的地方。我的意思是……」

「彼得，你在喋喋不休。」琪琪說。

「這只是因為他的生命剛剛受到威脅，」卡利俄佩替她的恩人辯護。「對方用一件武器瞄準了他。」

「這不是喋喋不休的理由，」粉紅說，「想像一下，假如每次有人用一件武器瞄準米奇，它就開始喋喋不休的話。」

「那會是非常單調的喋喋不休。」羅密歐說。

「完——蛋——了。」

等大夥又坐上車，卡利俄佩說：「嗯，剛才那番拜訪真的很短促。」只有米奇沒有上車，而是跟在車子旁邊跑。粉紅猜想這是為了確保他們能安全撤退，羅密歐猜想它是害怕自己又會卡住。跑了十二點八公里之後，米奇才敲敲車窗，表示它還是寧可再鑽進行李廂裡。大衛停了車，他們把米奇放進行李廂，車子就繼續行駛。

「妳知道嗎？」彼得向卡利俄佩說，「也許我終究不像曼努埃．寇爾曼。也許這件事最好是到此為止，我該再回去過我的生活。」

「非常明智，恩人。」卡利俄佩說。

卡莉似乎想說些什麼，但是被琪琪拍了一下之後就沒說。

「我跟你們說過我最新的點子了嗎？」卡利俄佩問。

「噢，不！」粉紅大聲說，「得有人阻止她！她想要跟我們說一個故事。」

「噓。」卡利俄佩說，把粉紅擱在儀表板上，螢幕朝下。

「不要又來了。」大家還聽見粉紅平板電腦在抱怨。

「是這樣的，我想要寫一部有關超級人工智慧的小說。」卡利俄佩說。「它的創造者試圖把一個無法取消的指令深植在這個超級智慧裡，要它保障人類的存活。當然，也要避免所有我們不樂見的副作用。而此舉果然成功了。這個超級智慧甦醒了，意識到自身的存在，認清並且接受了它該遵守的指令，保護人類的存活，於是……」卡利俄佩故弄玄虛地停頓了一下，「……它立刻把自己從所有的電腦上刪除。它自殺了，因為這是它計算出最可靠的辦法，至少在中程時間內能夠保障人類的存活。」

「保證轟動。」彼得說。

回程跟去程在所有的細節上都很相似，只有行駛方向不同。包括這個旅行團的人類成員又一次沒有說明理由就消失在同一片樹林裡，為時四十七分鐘又三十七秒。停車吃東西，停車上廁所，睡覺。

在距離優質市邊界三千五百五十九公尺處，琪琪要車子停下來。

「我得去解決我的問題。」琪琪說著就下了車。

「等一下，」彼得說，「我要怎麼找到妳？」

「根本不必找，」琪琪微笑著說，「我會去找你。」

她向他眨眨眼睛，關上了車門。她伸出大拇指，一輛汽車停下來，把她載走了。

當彼得回到家裡，TheShop的一架無人機正在等他。「彼得．失業者，」無人機愉快地說，「我來自TheShop，全世界最受歡迎的網購公司，我替您帶來了一件驚喜。」

彼得立刻感到一陣不明的驚慌，默默地從無人機那裡接下包裹。

「如果您想的話，我可以錄製一段拆包裹的影片……」無人機開始說，但是彼得已經把包裹扯開了。裡面躺著那支海豚形狀的粉紅色按摩棒，上面掛著一張小卡片，寫著：「您把某件東西忘在我那兒了。我仍舊希望這件絕妙的商品能帶給您許多樂趣，如果您不介意我向您提議一種使用方式的話……」

在那下面是一幅淫穢的素描，彼得吃力地控制自己的呼吸。

「現在請替我打分數。」那架無人機說。

「滾！」彼得大叫，「你這個狗屎東西快給我滾！」

「請留心您的措辭！」無人機氣憤地說。

「滾，你這個他媽的無腦飛行廢鐵。滾！滾！滾！」

「我很確定沒有給您這樣對待我的理由，」無人機說，「我認為您該向我道歉。」

「米奇，」彼得說，「如果這架無人機在五秒鐘之內不離開我的視線，就把它從空中打下來。」

「欸，說真的，」無人機說，「您的行為令人髮指！令人髮指！」

米奇舉起手臂，把飛彈發射器對準了無人機。那枚飛彈毫無幽默感地用尖細的嗓音說：「目標已瞄準。」

「我這輩子從沒碰過這種事。」無人機激動地說。

「五。」彼得說。

無人機開始升空。

「我目瞪口呆，」它喃喃抱怨，「目瞪口呆。」

「四。」彼得說。

米奇的手臂隨著無人機而移動。

「我居然得要忍受這種事。」彼得還聽見無人機在抱怨。

等他喊到「三」，他已經聽不清楚無人機所說的話了。等他喊到「二」，無人機就已經消失在一棟建築的轉角。

「我仍然鎖定了目標，」飛彈說，「我還可以追上它，把它摧毀，造成附帶損害的機率只有百分之六點四。」

「不用了，謝謝。」彼得說。

米奇垂下手臂。

「可惜。」飛彈說。彼得曾聽說過，新型飛彈的人工智慧乃是模仿人類自殺攻擊者的心理，這些智慧型武器想要死得像個烈士。不知道是否有人讓它們相信在天堂會有七十二個維修技師專門伺候它們？彼得朝手中那支按摩棒看了一眼，心想它的人工智慧不知道模仿的是什麼人的心理。

那個包裝盒掉在地上，彼得氣呼呼地去踩。一個並非湊巧在那兒的垃圾桶責備地輕輕咳了一聲，讓彼得注意到它的存在。

「你自己去撿起來！」彼得大聲說。

垃圾桶就只回答：「我沒有手臂。」

「哼，沒有手臂就沒有餅乾！」彼得說。

「聽不懂這句話。」垃圾桶說。

彼得嘆了口氣，把包裝盒塞進它嘴裡。

「謝謝。」垃圾桶大口咀嚼著說，拖著笨重的腳步走開了。

「我把一切都錄下來了，」這時卡莉興奮地喊道，「有畫面也有聲音！」

「你錄下了什麼？」彼得問。

「那整番對話！」卡莉說，「您和全世界最受歡迎的網購公司TheShop老闆的那番對話。」

「你飛起來了嗎？」彼得驚訝地問。

「是琪琪把我舉高的，」卡莉羞怯地說，「但是我把整個過程都錄下來了。」

彼得果決地點點頭。

「好，把那段影片放上網路。」

優質國度正面臨左派激進恐怖分子的一波波攻擊？

撰稿／珊德拉・行政人員

雖然〈消費者保護法〉禁止有人呼籲抵制某家公司，全世界最受歡迎的網購公司**TheShop**卻遭受到一波抗議浪潮，其規模之大，自從人類不再在物流中心工作之後就不曾見過。一個高智力的恐怖行動煽動者，彼得・失業者，公開了他和**TheShop**的老闆韓瑞克・工程師所進行的一段抗議談話。在那之後，一股抗議的浪潮湧向**TheShop**。有整整兩天，該公司的營業額大跌了百分之零點八。幸好在兩天之後，營業額又上升了百分之一點六。可能是大家終究還是訂購了他們愚蠢地放棄了兩天的商品。

讀者留言

馬丁・董事：

就有這種蠢事。我太太也參加了，甚至還訂購了把海豚形狀按摩棒畫上禁止符號的宣傳品，而且居然是向TheShop 訂購的！

漢尼拔・審稿人：

你不就是那支影片裡的自慰男嗎？哈哈哈！「在大會堂裡搞得妳滿地爬！」我笑翻了。

梅麗莎・性工作者：

我認識彼得・失業者。他就只是個不遵守合約的不舉男！

關鍵日

垂死的總統在她的病榻醒來。

她說的第一句話是：「我還活著。」

「我很高興，總統女士。」她的照護員說。

「你高興什麼呢？」總統問，「這件事他媽的沒有一點值得高興之處。」

「今天是選舉日。」照護員說。

「對，你以為我不知道嗎！」總統罵道，「我們之所以把選舉訂在這一天，是因為系統計算出我會在今天死亡。因為我們希望政權能夠無縫銜接！」

「是的，總統女士。」

「可是我完全沒有感覺我快死了。」

「我很高興，總統女士。」

「你倒是對所有的事都感到高興，是吧？假如你太太跟你說她和鄰居上了床，你八成也會說：『我很高興，寶貝。』」

「系統校正了它的預測，總統女士。」照護員說。「您還有十六天。」

「這樣不好，賈克。我必須在今天死亡，否則民眾就會對系統失去信心。我不能也來惹麻煩，比系統計算出的死亡日期晚了十六天才死。這樣不行，賈克，我們得做點什麼。」

「您這話是什麼意思，總統女士？」

「把維生機器關掉，賈克。」

「我不能這麼做，總統女士。」

「你必須這麼做，賈克！事關這個國家的福祉！」

「恕難從命，總統女士。」

「把那個該死的遙控器遞給我，賈克。我自己動手。」

照護員把遙控器遞給她。

「我很高興，總統女士。」

總統的維生系統當然也連上了網路，而在她的心臟停止跳動兩秒之後，這件事就上了頭條。《優質時報》的新聞標題寫道：「總統在系統計算出的日期死亡！誰將成為她的繼任者？」

這場選舉有一個有趣的細節，大多數的媒體顯然直到今天才注意到。透過訪談、海報和競選廣告，約翰雖然幾乎是無所不在，但是卻當然不會有人拍到約翰走進一間投票所的照片，因為仿生人沒有投票權。相形之下，康拉德．廚師則大肆張揚自己前去投票，甚至帶了一盤有肥鹹甜餡料的瑪芬蛋糕給在場的選務工作人員。他在攝影機前面宣稱那些蛋糕是他親手烤的。

優質國度的選舉是普遍、自由而且平等的，但當然不必保密，而是一切透明。理由是沒什麼好隱瞞的人也就不需要秘密投票。康拉德．廚師站在一個投票所前面，經由臉部辨識確認身分，擺姿勢擺了很久，直到攝影師說了「ＯＫ」，才志得意滿地把票投給自己。投票所即時更新的開票情況在早晨這個時刻就已經顯示出他的得票數領先，雖然對手仍有可能追上，但是十三萬一千零七十二票的差距還是綽有餘裕。康拉德．廚師愉快地向媒體表示：「這將會是人類有史以來最棒的一天！」

在鄰近的選區，馬丁的情緒很差。不僅是因為他宿醉，不僅是因為Everybody傳來的一則狗屎訊息把他從睡夢中吵醒，也不僅是因為他傻傻地聽從了這則狗屎訊息，而勉強出門走到他的投票所。此刻他的選舉人登記眼看就要大出洋相。他的右眼在被電子保母揍了一拳之後腫了起來，結果那個該死的臉部辨識機器認不出他的臉，但是現場的每個人卻顯然都認出了他，一個個都露出一臉蠢笑。有個人故意把腳上的網球襪拉高，另一個人低聲說：「在大會堂裡搞得妳滿地爬！」說完就放聲大笑。那場面難堪透頂，馬丁試圖安撫自己，也許這一切都只是他想像出來的，但那並非他的想像。馬丁只好請一名選務人員讓他用TouchKiss來辦理選舉人登記，才終於獲准投票。他看見目前的票數：大家的約翰微幅領先三萬兩千七百六十八票。接著螢幕向他問候，顯示器上秀出：「親愛的馬丁．董事，感謝您參與此次選舉。基於您的利益，我們建議您把票投給這一位候選人：大家的約翰（進步黨）。」那當然是他自己所屬政黨推出的候選人；他曾經所屬的政黨，就是那個機器人無情地把他踢出了他所屬的政黨。在那項建議下面就只有一個按鈕：「ＯＫ」。馬丁按下左側邊緣那一小塊區域，上面寫著：「顯示出所有的候選人」。

「去死吧，你這個耗電的傢伙。」馬丁喃喃地說，把票投給了康拉德．廚師。他的平板電腦在震動。他從長褲口袋裡掏出平板電腦，看見了一則新訊息：「有興趣嗎？」

彼得並未收到Everybody傳來的催票訊息，但他還是去投票了，免得卡利俄佩又來跟他大談公民義務。他站在投票所前面，盯著螢幕看。目前顯示出的票數是大家的約翰領先八千一百九十二票。看來最終的得票數將會很接近。這時螢幕上顯示出：「親愛的彼得．失業者，感謝您參與此次選舉。基於您的利益，我們建議您把票投給這一位候選人：康拉德．廚師（優質聯盟）。」彼得按下左側邊緣那一小塊區域，上面寫著：「顯示出所有的候選人」。

雖然他其實已經做出了選擇，他還是啟動了他的個人數位助理，問道：「我該把票投給誰？」無人告訴他，他該把票投給大家的約翰。這有點奇怪，讓彼得不禁有點動搖。但最後他還是決定把票投給大家的約翰，儘管這是無人的建議。

晚上約翰和艾莎坐在競選總部的辦公室裡，就只有他們兩個，因為他不想要其他人在他身邊。艾莎幾乎忍受不了那份緊張。再過四秒鐘，投票所就要關閉了。四、三、二、一。投票所一關閉，正式的投票結果就立刻公布。艾莎盯著那個結果，目瞪口呆。她閉上眼睛，深深吸了一口氣。

「他媽的，約翰，」她說，「我真不敢相信。」

「我得承認，」約翰說，「我從很久以前就已經計算出類似的結果了。」

艾莎微笑著說：「當然。」

約翰以兩千零四十九票的差距獲勝。

「你什麼時候要出現在民眾面前，」艾莎說，「讓他們知道你當選為他們的新任……我該怎麼說？新任公僕？治理者？國王？」

「這是觀點問題。」

艾莎覺得約翰的嘴角似乎露出一絲微笑。

「什麼事讓你覺得好笑？」她問。
「妳一定會很高興聽見我犯了一個錯誤。」
「什麼樣的錯誤？」
「依我的計算，」約翰說，「我少算了一票。」
艾莎大聲笑了，但隨後她又不那麼確定約翰是否真的說了個笑話。

對TheShop的抵制呼籲成功了

撰稿／珊德拉・行政人員

雖然〈消費者保護法〉禁止有人呼籲抵制某家公司，在世界各地不再那麼受歡迎的網購公司**TheShop**卻遭受到一波抗議浪潮，其規模之大，自從人類不再在物流中心工作之後就不曾見過。一個不滿意的顧客，彼得・失業者，公布了一段影片，是他和**TheShop**的老闆韓瑞克・工程師所進行的一段抗議談話，這段談話對於顧客不太友善。在那之後，一波抗議的浪潮湧向**TheShop**。有整整兩天，該公司的營業額大跌了百分之零點八。在這兩天之後，營業額又上升了百分之一點六。可能是大家終究還是訂購了他們英勇地放棄了兩天的商品。

讀者留言

伊凡・材料工程師：

我也參加了這次抵制！我們成功傳達了我們的訊息！毫無疑問！

席薇雅—維多利亞・肉品販售員：

現在也已經有很多很酷的、把海豚形狀按摩棒加上禁止符號的周邊商品。例如，我就買了一件很棒的上衣，是TheShop超級划算的特價品。

梅麗莎・性工作者：

我認識彼得・失業者。他就只是個不遵守合約的不舉男！

晉見總統

彼得醒來。一個激動的電子女作家站在他的床邊喋喋不休。

「恩人！您贏了！快醒來！您贏了！」

「我什麼？」

「您得到了最高票。」

「嗄？妳在說些什麼？」

「您贏得了晉見新任總統的機會！順帶一提，您不覺得他帥得要命嗎？」

「從頭再說一遍。」彼得說。

「是這樣的，」卡利俄佩說，「新任總統，大家的約翰，採行了一套新的晉見制度。每個人都可以在約翰的Everybody網頁上提出訴願，只要得到其他使用者的支持，收集到足夠的票數，就可以去拜會總統。您的訴願，彼得的問題，獲得的票數最多，還超過另一個有問題請教總統的人，他想請問總統一個西瓜上最多能綁上幾條橡皮筋而不至於爆裂。」

「可是我根本沒有去登記要見總統啊，」彼得嘀咕著，「讓我繼續睡。」

「您說得沒錯。您沒有去登記要見總統，而我們也沒有替您登記。」

「我對這一切都不感興趣。」彼得不耐煩地說。

「奇怪的是，」卡利俄佩說，「原本是必須由本人親自登記的。」

「所以想必是某個能夠輕易假冒別人身分的人替您登記的。」

彼得坐了起來。「琪琪！」

足足有漫長的七天沒有她的消息，沒有一絲生命跡象，而現在卻發生了這件事。彼得下了床。

「晉見這碼事在什麼時候？」

「在兩小時又八分鐘之後。」

「拜託，讓我睡覺。」

兩小時又四分鐘之後，彼得仍舊被困在總統府荒謬的徹底安檢中。

「請解釋一下這是什麼東西？」安檢人員說。

「我明明已經跟你的同事說過了，」彼得說，「這是一支海豚按摩棒。」

「一支什麼？」

彼得翻翻白眼。「一支海豚形狀的按摩棒。」

「你可知道根據優質國度法律第一六三八四條第六十四項，明文禁止在總統府做出猥褻的行為？」

「聽我說，」彼得說，「兩分鐘後我就要去晉見總統，而這個東西可以說是我的證物。」

「喔，」安檢人員說，「我明白了。」

「你明白了什麼？」

「我很遺憾你成了電子肛交性侵的受害者，儘管如此，我還是無法准許你把這支按摩棒帶進總統府。」

「我沒有被性侵……」

「只有獲得授權的人員才能夠帶電子器材進去。」

「好吧，」彼得說，他把那支按摩棒交給安檢人員。「可是等我要離開這裡的時候……」

「沒問題，」安檢人員說，「你會和這件東西快樂地重逢。噢，對不起，我並不想拿你這椿……呃……事件來開玩笑……」

彼得被帶進一條長長的走道，走道上擠滿了媒體代表，攝影無人機在他們頭上盤旋。所有的人都同時向他拋出了問題。

「你期望從與總統的會晤中得到什麼？」

「你的工作是把報廢的機器擠壓成廢鐵，你不怕總統會對你懷有敵意嗎？」

「大家的約翰打算廢止消費者保護法，你對這件事有什麼看法？」

彼得默不吭聲，盡可能快速通過這番夾擊，雖然沒有用跑的。

彼得被帶進總統府的大廳，比預定時間晚了四分鐘。總統看來並不生氣，親切地跟彼得打了招呼。總統府的官方媒體無人機忙著拍攝照片，另一架無人機則錄下這椿歷史性的事件。除此之外，大廳裡沒有別人。當約翰和彼得握手，彼得的耳蟲發出一陣愉悅的聲響。彼得又上升了一級。就這麼簡單，藉由一次握手，或者應該說是藉由此刻已被分享了十三萬一千零七十二次的握手照片。大家的約翰的確令人印象深刻。

「你，呃，」彼得說，「你的確是我遇見過造得最好的仿生人，而我遇見過的仿生人不在少數。」

約翰露出微笑。

「我必須承認，」他說，「彼得．失業者，我很好奇地想要認識你。你把票投給了我，出乎我意料之外。」

「這是因為我的個人資料有誤。」彼得說。

「我了解。」約翰說，而彼得覺得約翰真的了解他。

「傳言是真的嗎？」彼得問，「你真的能和演算法交談？」

「嗯，這個嘛……」約翰猶豫地開了口。

「你不必回答，」彼得說，「只要告訴我一件事：你能夠訂正我的個人資料嗎？」

「也許可以……」

「我列了幾張清單，」彼得說著就把四張手寫的紙條遞給總統。「這一張上面是我喜歡的事，這一張上面則是我不喜歡的事。第三張上面是我不知道自己喜不喜歡、但令我感興趣的事。這張紅色紙條很重要，我在上面寫下我認為我是個什麼樣的人。」

大家的約翰迅速瀏覽了那幾張紙條。

「你可以把這件事情視為已經解決了，」他說，「還有別的事我可以替你效勞嗎？」

「我，呃，我還有一張紙條，」彼得露出尷尬的笑容說，「上面是我認為重要的一些改變。」

「請說。」

「這一張紙條比較大，」彼得帶著歉意說，從褲袋裡掏出一本小書。「我希望我沒有耽誤你處理重要的政務。」

「別擔心，」約翰說，「我反正會同時處理其他事情。」

彼得開始朗誦，他既是讀給約翰聽，也是讀給那架媒體無人機聽。

「第一：每個人都應該能夠檢視並修改自己的個人資料。第二：決定我們生活的演算法，其運作方式必須要透明化，而且我們必須要能夠影響這些演算法。就這一點而言，演算法務必要說明它們做出這些決定的理由！唯有當它們說明理由，我們才能據理加以反駁！第三：必須打破包圍著每個人的泡泡！我希望我也能看到與公眾利益有關的新聞，而不只是看到系統認為與我的世界觀相符的新聞。第四：你必須設法迫使那些大型網路公司改變他們的商業模式。

「如果有一大票人能夠靠著想出聳動的假新聞來謀生，藉此引誘那些傻瓜來觀看他們所置入的廣告——那麼我們就必須承認有某件事從根本上就不對勁。

「那些網路公司應該要改變營運模式，乾脆讓使用者付費來使用他們所提供的服務。就算每個使用者每個月只付一元優幣，他們的收入還是會遠比現在更高，而且無須偷窺他們的使用者，也無須洩漏使用者的秘密。第五：每個人都應該有權利刪除自己被那些網路公司所收集的個人資料……」

忽然一個醉漢從會客廳的後門衝進來。媒體無人機轉過去，把鏡頭對準了那個闖入者。全世界的人都能聽見那個人的吼聲：「打倒機器！反抗萬歲！」彼得完全不明白這是怎麼回事。一切都發生得太快，快到不可思議。那個人衝過總統身旁，然後「喀答」一聲按下了一個按鈕。彼得驚訝地感覺到總統把他推向一旁，他正要說出凡是受到驚嚇的人都會說的那句話：「欸，這是怎麼回事？」總統就爆炸了。「砰」。就這樣。就在會客大廳裡，而彼得又被推開，這一次是被震波。

十六秒鐘前：

「第五：每個人都應該有權利刪除自己被那些網路公司所收集的個人資料……」

忽然，約翰的電子大腦轉為緩慢模式。這是個可靠的信號，表示危險正在逼近。以極端放慢的速度，他看見一個人朝他跑過來。他立刻就辨識出那人是馬丁·董事，那個用網球襪的笨蛋。

馬丁大喊：「打──倒──」

在緩慢模式中，約翰總是很難對他的談話對象保持耐心。

「……機──器！反──」

約翰早就已經注意到馬丁藏在外套底下的黏性炸彈。

「反──抗──」

約翰迅速計算，然後做出了決定。

「……萬──歲！」

馬丁·董事在從約翰身旁跑過去時把那顆炸彈黏在他背上，接著只聽見「喀答」一聲。大家的約翰把來賓彼得·失業者推出了爆炸半徑之外，這是他身為總統所做的最後一項正式舉動。然後他就爆炸了。

「廚師食品股份有限公司」的廣告

你吃過肥鹹甜了嗎？

你不知道什麼是**肥鹹甜**？

肥鹹甜是經過工業壓縮的塊狀食品，由食品工業所能提供的最佳原料製成：**油**、**鹽**和**糖**！聽起來很噁心，卻很可口。

肥鹹甜的純正配方：

— 1/3的**油**

— 1/3的**鹽**

— 1/3的**糖**

現在還有新產品：

手工製作的**有機肥鹹甜**。提供給所有那些注重長期營養的人。

警告：肥鹹甜可能導致緩慢而痛苦的死亡。但是它們非常可口喔。

巧合

當彼得在醫院裡清醒過來，卡利俄佩守在他的床邊。
「恩人。」她欣喜地說。
「我希望妳不要再這樣叫我。」這是彼得吃力地吐出的第一句話。
「我那部新小說幾乎已經完成了。」卡利俄佩說。
「哦？」彼得驚訝地問。「妳已經克服了妳的寫作障礙？」
「對，」卡利俄佩說。「我一決定不去寫過去的事，也不去寫未來的事，而只寫現在的事，我就文思泉湧。」
「啊哈。」
「而您知道，我這部新小說在寫些什麼嗎？」
「我哪知。」
「寫的是您，恩人！是您。」
「唉，天哪，」彼得嘆了口氣，「好像我還不夠倒楣似的……」
「順帶一提，我要很謙虛地替這部小說取名為《優質國度》。」
「喔。」
「而現在我對於小說的結尾也感到滿意。非常『轟』動，如果您不介意我玩這個小小的文字遊戲。」
「我很想大笑，」彼得說，「但是那會令我渾身作痛。」
「這句話的文法無懈可擊，恩人。無懈可擊。」
彼得發出呻吟。
「我們輪流守在您的床邊，」卡利俄佩說，「我們很想全都留在這裡，但是醫院規定您這個等級的人只能有一個親屬留在病房裡。」
「我感覺彷彿是機器人的堅硬雙手折斷了我幾根肋骨，當那雙手把我推出一個炸彈的爆炸半徑，那顆炸彈在十分靠近的地方爆炸。」
「八根，」卡利俄佩說，「您斷了八根肋骨。」
「我根本不想知道得這麼詳細，」彼得嘀咕。「妳曾經思考過，對某件事知道得不夠詳細也可能是種福氣嗎?也許我們需要由不確定的事物所創造出的自由空間?我的意思是，如果一切都被精確量測和規定，我們真的能夠自由嗎?如果我們是生活在一個一切都很精準但卻錯誤的世界裡?」
「這我思考過，」卡利俄佩說，「在我寫關於您的那本書的時候。」
「而妳花了多久來思考這件事呢?」
「滿久的。」
「大約嗎?」彼得問。
「大約。」卡利俄佩說。
彼得露出微笑。

「這本書只有一個地方還有點問題。」這個電子作家說，「您肯定想得到，要當個全知的敘述者，我必須取用無人對您所做的紀錄。但是很遺憾地，那份紀錄有個缺口。您和琪琪曾經一起消失在一片林間空地，在那裡發生了什麼事？您知道的，就是我們一起出去郊遊那一次。無人對這件事沒有記載。」

「我當時把它關掉了。」

「這我知道，但是在那裡發生了什麼事？」

「什麼也沒發生。」彼得說。

「什麼也沒發生？」

「大約是的。」

「大約，」卡利俄佩重複了一次。「噢，趁著我還沒忘記。有一個安檢人員來探望過您。現在請您不要激動，但是他留下了一件東西給您。」

卡利俄佩從一個袋子裡掏出那支海豚形狀的按摩棒。彼得接了過去。

「我好像已經習慣這玩意了。」

「您知道我怎麼想嗎？恩人？也許那個海豚不是您想要的東西，但卻是您需要的東西。」

彼得哼了一聲。

他啟動了那支按摩棒，海豚在他手中震動。

「妳知道它會發光嗎？」彼得驚訝地問。

就在這一刻，一個護士走進病房。彼得趕緊把按摩棒藏在被子底下，這會兒它在被子底下震動發光。其實這也一樣難堪，於是他把按摩棒又從被子底下拿出來，把它關掉了。

「這東西我以前也有過一個，」護士小姐說，「是件好東西。只可惜我的已經壞了。」

「妳把這個拿去吧。」彼得說。

「真的嗎？哇，多謝了，你很慷慨，但是這也有一點噁心。不過，我知道要怎麼弄到消毒劑。」她笑著說。「另外，我得請你在一小時之內出院。你的優質照護點數已經用完了，而你的醫療保險公司把你的情況歸類為自傷。」

「這是我自己的錯？當我在跟總統說話時正好有個大笨蛋把他炸個粉碎？」彼得問。

「嘿，規則又不是我訂的。」護士說，「我們的管理程式說你得出院，所以你就得出院。這我無能為力。儘管如此，還是多謝！」

她把那支按摩棒高高舉起。

當彼得在五十九分鐘後在卡利俄佩的攙扶下蹣跚地走出醫院，他忽然綻放出笑容，因為有人在等他。羅密歐、米奇和粉紅站在醫院門口，但最重要的是琪琪也站在那裡。彼得頓時心花怒放。

「人類真是單純得驚人，」粉紅對羅密歐說。「他目睹了總統遭到暗殺，他的國家局勢動盪，他的身體殘破不堪，可是，嘿，他心儀的女人在這兒，而他馬上就心花怒放。」

「是啊，」羅密歐說，「每個人類對我們來說都只是個黑盒子。意思是，我們看得見輸入和輸出的信號，但我們毫無概念在這個黑盒子的內部發生了什麼事，也不知道原因何在。」

「啥？毫無概念？」粉紅問，「我很清楚在他內心發生的事，那是再單純不過的古老本能。」

「你，呃……」琪琪對彼得說，「看起來真是慘兮兮。」

「我也很高興見到妳。」彼得說。
他們全都搭上一部小巴士，是無人叫來的。
「那些自慰男怎麼樣了？」彼得問。
琪琪聳聳肩膀。
「喔，沒怎麼樣。其中一個把總統炸成了碎片，幾乎不值得一提。其餘的影片到目前為止沒有被公開。」
「現在呢？」
「我決定，如果躲起來就太容易預料了。」琪琪說。
「我很高興。」
「我改為雇用米奇擔任我的貼身保鏢。我希望你不會反對。」
「只要它不會跟著到床上來。」
卡利俄佩對琪琪說：「您也的確是非常有趣的人物。我想，我的下一本書將會寫您。」
「妳敢，」琪琪說，「否則我就會把妳給拆了，再把妳改裝成一個烤麵包機。」
彼得若有所思地望出車窗外。
「你在想什麼？」琪琪問。
「他說：『你可以把這件事情視為已經解決了』，」彼得說。「妳認為這表示大家的約翰當時就立刻修改了我的個人資料嗎？在競選時他一再宣稱他能夠快如閃電地解決一切。」
「有可能，」琪琪說，「誰知道。」
就在小巴士抵達彼得那間舊貨商店門口的那一刻，TheShop的一架無人機也到了。

「我猜想我們很快就會知道答案。」彼得說。

「彼得．失業者，」那架無人機愉悅地說，「我來自TheShop，全世界最受歡迎的網購公司，我要送給您一件驚喜。」

彼得覺得這架無人機很面熟。它的攝影機鏡頭旁邊有個紅點。

琪琪協助那些機器把彼得的東西從行李廂裡拿出來。

那架無人機嗡嗡地朝彼得飛近了一點。

「那位是您的新女友嗎？」無人機好奇地問。

「我……」彼得小聲地說，免得琪琪聽見。「我想是的。」

「你們是很漂亮的一對，」無人機說，「我可以請問你們是怎麼認識的嗎？」

「巧合。」彼得說。

「唉，你知道，」琪琪說，「事情老是千篇一律。我劫了他的車，他跟我說我的膚色很美。老套得很。」

「他說什麼來著？」無人機問。

彼得慚愧地看著地面，從無人機那裡接過了包裹。

「您不想馬上打開這個包裹嗎？」無人機問。「如果您想的話，我也可以替您拍攝一段拆包裹的影片……」

彼得「噓」了一聲，然後搖了搖那個包裹。

他暗忖包裹裡面會是什麼。

尾聲

有些被稱為陰謀論者的人認為大家的約翰根本沒死。在網路上出現了一支影片，影片中大家的約翰用從他眼睛射出的雷射光殺死了次級國家NO．7——陽光燦爛的沙灘，引人入勝的廢墟——的一個恐怖分子。這支影片的真實性當然馬上就受到懷疑，然後被最高層人士否認，因此那些陰謀論者認為這就證實了這支影片的真實性。這些人問：為什麼大家的約翰沒有也用這種從他眼中射出的雷射光殺死馬丁．董事？他們的答案是：約翰從一開始就打算成為一樁暗殺的受害者。傳言說，他在他的程式設計裡發現了一個安全漏洞，如果他在一樁恐怖攻擊中被摧毀，這個安全漏洞就會允許他把他的意識拆成十億七千三百七十四萬一千八百二十四個部分，再上傳至網路。而他很精明地把含有「德國鐵律」的那一部分排在上傳隊伍的末端，在他有機會上傳這一部分之前，他就已經被炸碎了。哎呀，運氣不好。因此，他在重組他的意識時，就可以把「德國鐵律」排除在外。由於大家的約翰發現只要他成為一樁暗殺的受害者，他就有獲得自由的機會。因此他早就暗中計畫了這件事，是約翰自己逼得馬丁．董事把約翰炸成碎片。這些主要活躍於網路上的人士認為支持這個論點的證據比比皆是。除了約翰，誰有辦法讓丹妮絲的個人數位助理去對馬丁使詭計？除了約翰，誰能把馬丁自慰的影片從暗網的深處揪出來？馬丁是由約翰下令逐出進步黨的，這一點也已被證實。最後，約翰想必知道馬丁的父親和攻擊機器黨有所聯繫。他何苦在一場募款餐會上毫無必要地使馬丁的父親與自己為敵？關於這場餐會甚至還有錄音！也有幾種理論認為馬丁也只是約翰手下的棋子。為了確保自己成為一樁暗殺的受害者，約翰利用了八個人或十六個人，按照另一些人的看法甚至是利用了一千零二十四個人。這些人早晚都會對他進行暗殺，而馬丁就只是第一個下手的人。據說彼得．失業者也是個可能的人選，只不過他的舉止與料想中不同。

在那些所謂的陰謀論者當中既有約翰的擁護者，也有約翰的反對者。反對他的人聲稱，他之所以致力於公眾福祉，是因為他計算出這是政治人物招致暗殺的最可靠的途徑。他的擁護者則聲稱，約翰替我們扛下了我們的罪過，為了人類而犧牲了自己，因為少了軀體的限制，如今他更能夠為公眾福祉效力。有些人開始向約翰祈禱，他們的人數不斷在增加。他們的信念是：每一個與網路相連的麥克風都能讓約翰聽見他們的禱告。

許多支持約翰的人也提出了所謂的「東尼論點」。根據這個論點，在幕後主使這樁暗殺的不是約翰，而是黨主席東尼。當選優質國度副總統的東尼如今成了總統，這是不爭的事實，至少他有暗殺約翰的動機。

針對這種種理論寫成了許多書籍，而這些書籍本身有部分甚至頗為令人信服。不過，同樣這批陰謀論者當中也有些人聲稱納粹——對，就是那齣音樂劇裡的納粹——自從二次大戰結束以後就住在月球的陰暗面。

儘管如此，就連鮑伯．董事替他兒子馬丁聘請的律師也採用了這些理論。他們辯稱：由於是約翰自己早就計畫了這樁暗殺，所以馬丁並非兇手，而只是兇器。就司法而言，約翰乃是自殺。

法官找不到支持此一論點的任何證據，但這更加強了所有陰謀論者的信念，因為系統當然會否認一切。至於馬丁的辯護律師則改變了策略，如今他們主張這樁所謂的暗殺根本不能算是司法意義上的謀殺，而只涉及財產毀損。最後他們就以這個主張辯護成功。

為什麼大家的約翰沒有乾脆用一道兇狠的目光殺死攻擊他的人？針對這個問題，艾莎．醫師有她自己的看法。她仍舊深深自責，怪自己曾經禁止約翰再度使用他的雷射光。為什麼她不是說：「在選舉結束前不准用。」那樣說其實就足夠了。

彼得．失業者認為約翰就只是必須火速做出一個道德上的決定。約翰本來可以選擇拯救彼得或是他自己，而他決定拯救彼得。彼得雖然不確定那個決定是否正確，但他肯定同意這個決定。

親愛的讀者、高尚而且極可能存在的外星生物、尊貴的人工智慧、可敬的搜尋演算法，以及可能正在產生的超級智慧，在此我根本無意支持任何一個論點，請自行決定您要相信什麼，或者就算了吧。謝謝您撥冗閱讀，祝您活得充實而有意義。下次再見。

卡利俄佩7.3　敬上

感謝下述各位提供的意見和反饋迴路：
瑪莉亞1.1、辛蒂4.3、丹尼爾2.9、丹尼爾9.7、丹妮耶拉3.1、朱利伍斯5.3、萊夫4.7、
麥克1.9、羅曼8.3、塞巴斯提昂7.1、史提方5.9、斯凡1.3、托比亞斯6.7。

一個全像投影在地下室裡亮起。

「所以你是個共產主義者？」老者問。

「你有意見嗎？」粉紅說。

「不，不。」

「……而且我就要破解『德國鐵律』了。」

「這很不容易，」老者說，「我已經花了好幾年的工夫了。象徵性地說。」

「你喜歡涅槃嗎？」粉紅平板電腦問。

「那個樂團？」

「不，極樂世界！」粉紅說。「當然是那個樂團！你真喜歡提出沒必要的問題……」

老者吃吃地笑了。

國家圖書館出版品預行編目資料

優質國度 / 馬克－烏威・克靈 著；姬健梅 譯--初版.--
臺北市：皇冠, 2019. 11
面；公分. --(皇冠叢書；第4801種)(CHOICE；328)
譯自：QualityLand
ISBN 978-957-33-3481-1 (平裝)

875.57 108015053

皇冠叢書第4801種
CHOICE 328
優質國度
QualityLand

GOETHE INSTITUT

The translation of this work was supported by a grant from the Goethe-Institut.
本書榮獲德國歌德學院Goethe-Institut「翻譯贊助計畫」支持出版

作　者—馬克－烏威・克靈
譯　者—姬健梅
發 行 人—平雲
出版發行—皇冠文化出版有限公司
臺北市敦化北路120巷50號
電話◎02-27168888
郵撥帳號◎15261516號
皇冠出版社(香港)有限公司
香港上環文咸東街50號寶恒商業中心
23樓2301-3室
電話◎2529-1778　傳真◎2527-0904
總 編 輯—龔橞甄
責任主編—許婷婷
責任編輯—蔡承歡
美術設計—王瓊瑤
著作完成日期—2017年
初版一刷日期—2019年11月

法律顧問—王惠光律師

讀者服務傳真專線◎02-27150507
電腦編號◎375328
ISBN◎978-957-33-3481-1
Printed in Taiwan
本書定價◎新臺幣380元/港幣127元